DUMONT

Der Dorfpunk ist Stadtbewohner geworden, allerdings kein glücklicher. Michael Sonntag ist Kunststudent, der die Kunst hasst. Nachts zieht er auf dem Hamburger Kiez durch die Kneipen, tagsüber schlägt er verkatert die Zeit tot, schreibt Gedichte oder geht zum Psychologen – das Leben ist für ihn eine Beleidigung. Seine einzige Hoffnung ist die Frau von gegenüber, die ihm beängstigend schöne Augen macht ...
»Sternstunden der Bedeutungslosigkeit« erzählt vom Alltag in der Warteschleife des Lebens. Zwischen liebenswert kaputten Gestalten treibt Rocko Schamoni seinen unkaputtbaren Helden immer aufs Neue in Situationen, in denen nichts mehr hilft als sein verzweifelt trockener Witz

Rocko Schamoni, 1966 in Deutschland geboren, veröffentlichte zahlreiche Musikalben, arbeitet für Theater, Film und Fernsehen, tourt regelmäßig solo oder mit Band durch die Republik und hat eine eingeschworene Fangemeinde. Nach seinem Debüt »Risiko des Ruhms« (2000) schrieb er den Roman »Dorfpunks« (2004), der zu einem lang anhaltenden Bestseller avancierte. Es folgten die Romane »Tag der geschlossenen Tür« (2011) und »Fünf Löcher im Himmel« (2016).

rocko schamoni

Sternstunden der Bedeutungslosigkeit

Roman

DUMONT

FSC
www.fsc.org
MIX
Papier aus verantwortungsvollen Quellen
FSC® C083411

Februar 2019
DuMont Buchverlag, Köln

Umschlaggestaltung: Lübbeke Naumann Thoben, Köln
Autorenfoto und Umschlagabbildung: Dorle Bahlburg
Gesetzt aus der Quadraat
Druck und Verarbeitung: CPI books GmbH, Leck
Gedruckt auf säurefreiem und chlorfrei gebleichtem Papier
Printed in Germany
ISBN 978-3-8321-6484-3

www.dumont-buchverlag.de

Für Norbert, Vaclaf, Sigurt, Tobias, Wolli,
Heino, Moni, Renate, Björn, Ulli

1

Das ist das Ende. Gesundheitstermine sind die letzten Termine, die ich noch einhalten kann. Wenn man den Arzttermin nicht mehr schafft, tut sich nur noch die bodenlose Leere auf. Der Arzt ist der Letzte, der jemanden wie mich in einem sinnvollen, menschlichen Rahmen halten kann. Ärzte stehen noch über Chefs, über Politikern, über Eltern. Über dem Arzt ist nichts. Für einen wie mich.

Eben habe ich wieder in das eine alte Auge der Sprechstundenhilfe Fräulein Bethke gestarrt. Man kann nur in das eine blicken, das andere ist, seit ich in diese Praxis komme, zugeklebt. Die Frau ist deutlich über fünfzig, ihre Sehschärfe kann man nicht mehr richten wie bei einer Fünfjährigen, wieso also verklebt man ihr das eine Auge? Egal. Das eine Auge ist verklebt, und das andere stiert einen missmutig durch eine Hornbrille an, die für zwei Augen geschliffen wurde. Das Pflaster hinter der blinden Seite wird durch das Brillenglas vergrößert. Da das sehende Auge so missmutig blickt, starre ich immer auf die Poren des Pflasters, jedoch ohne Ablenkung zu finden vor dem stählernen, prüfenden Blick der Zyklopin.

»So, guten Tag, was möchten Sie?«

»Ich möchte zu Herrn Doktor, gibt es noch einen Termin heute Vormittag?«

»Wir haben jetzt offene Sprechstunde, Sie müssen aber Zeit mitgebracht haben.«

»Das ist mein geringstes Problem.«

»Waren Sie schon mal bei uns?«

Ich war schon etwa dreißig Mal in dieser Praxis und habe jedes Mal zur Begrüßung in dieses eine Auge geschaut. Warum fragt sie mich diese Frage immer wieder? Ich verstehe das nicht.

»Ja, ich war schon oft hier«, antworte ich. Sie ist unbeeindruckt.

»Haben Sie Ihre Karte dabei?«

Ich gebe ihr die Karte.

»Worum geht es denn überhaupt?«, fragt sie beiläufig.

»Es geht um mehrere Dinge. Ich habe seit einigen Tagen wieder starke Bauchschmerzen, so Krämpfe, und gestern kamen dann noch Stiche in der Brust dazu, ich habe Angst, dass …«

»Gut, setzen Sie sich ins Wartezimmer, Herr Doktor ruft Sie dann auf.«

Mann, ist die hart, denke ich. Was wäre, wenn ich jetzt wirklich etwas hätte? Kann doch sein. Wenn ich hier gleich auf dem Wartezimmerteppich verenden würde? Ich werde schwitzend warten und irgendwann wird mein Name aufgerufen. Irgendwann an diesem bedeutungslosen Tag wird jemand meinen Namen aussprechen. Dann weiß ich, dass ich da bin. Ich heiße, also bin ich.

Heute sind nur wenige Patienten hier. Ich sitze allein auf einem braunen Korbstuhl und starre auf ein kleines Aquarium, genauer gesagt: auf ein ballförmiges Glas mit etwas Sand und einem Fisch darin. Ein Guppy wahrscheinlich. Ich bin nervös, habe einen ziemlichen Kater, weiß, dass ich ungesund aussehe. Ich atme aus der Nase, damit die anderen Anwesenden wenigstens nichts von meiner Leidenschaft riechen können. Die Nase beherbergt aufwendige Filtersysteme, die den Mundgeruch herausfiltern, glaube ich. Ich habe noch nie bei einem Trinker die Fahne durch die Nase gerochen. Vollkommen logisch.

Je länger ich sitze, desto mehr Durst bekomme ich. Ich traue mich nicht aufzustehen, um mir ein Glas Wasser zu holen. Das würde meinen Nachdurst verraten. Ich kann den Mund nicht öffnen, meine Zähne sind mit Betonspeichel zusammengeklebt. Ich starre auf den Guppy, kann keine Zeitung lesen, ich sehe ihn seine Runden drehen, gefangen und beobachtet. Er ist wie ich. Vielleicht wartet er auch darauf aufgerufen zu werden? Seit Jahren. Minuten, Stunden, zähes Rinnen. Die vor mir liegende Wartezeit kommt mir vor wie eine Falle. Mein Durst wird unmenschlich.

Schließlich bin ich der Letzte im Wartezimmer, kurz vor der Mittagspause. Kalter Schweiß steht auf meiner Stirn. Es gibt keinen anderen Ausweg: Ich stehe auf, packe das Aquarium, setze es an und trinke es in einem Zug aus. Der kleine Fisch rinnt mir die Kehle runter, ich spüre ihn in meinem Hals zappeln, es ist die umgedrehte Geschichte von Jonas und dem Wal. Ich setze das Glas ab und wische mir mit dem Ärmel die Mundwinkel trocken. Ein brackiger Geschmack breitet sich in meinem Rachen aus, Sand knirscht zwischen meinen Zähnen. Ich schleiche ins Vorzimmer, durchquere dieses im toten Winkel der Einäugigen und verlasse die Praxis, um auf die Straße zu stürzen. Was ist bloß mit mir los?

Was ist bloß los mit mir in letzter Zeit? Ich war doch schon mal anders drauf. Ich stehe an einer Bushaltestelle vor der Praxis und überlege, ob ich mich übergeben soll. Was mache ich mit dem Fisch? Lebt der noch? Der kann doch nicht da drinnen bleiben. Oder ist der jetzt schon zersetzt? Ich kann mich nicht übergeben, hocke mich ratlos in das Bushäuschen und stiere vor mich hin. Es ist kalt, kein

Licht dringt durch die dichte Wolkendecke, die diese Stadt für immer umschlossen hat. Die Aufgeregtheit lässt nach, der Wartezimmerdruck schwindet, die Bauchschmerzen heißen mich wohlig willkommen – zurück in der normalen Welt. Einer zumindest könnte mehr wissen über die Ursache meiner Magenprobleme, denn er ist vor Ort, aber den kann ich nicht fragen. Was ist bloß los mit mir?

Ich beschließe erst mal nach Hause zu fahren. Verdammter Kater. Ich hätte es gestern sein lassen sollen. Wie immer. Der Bus ist gerammelt voll. Ich hasse gerammelt volle Busse, ich drängle mich in den Hintereingang, ergattere mit der Hand einen freien Platz an der Stange und halte die Luft an. All die Menschen um mich herum, die aus allen Poren und Öffnungen ausdünsten. Ich rieche Schweiß durchzogen mit Deodorantfetzen und Mundgeruch – von dem ich erst nach Sekunden wahrnehme, dass es mein eigener ist. Ich klappe schnell den Mund zu. In meiner nächsten Nähe schweben Gesichter in der Luft, Körperteile, Nasen, Ohren, Haare, einige Mitfahrer halten ihre Augen geschlossen. Wir können unsere Nähe nicht ertragen, alles unter einem Meter Distanz erzeugt beim Menschen Stress. Ich blinzle zwischen meinen halb geschlossenen Lidern hindurch, die Schläfrigkeit vortäuschen sollen, und beobachte die Züge der Umstehenden. Ich bete, dass bloß keiner hustet oder niest. Vor kurzem habe ich in einer Wissenschaftssendung eine Infrarotaufnahme eines Niesenden in einem Nahverkehrsbus gesehen. Es war grauenvoll. Es sah aus wie ein Atompilz, der trotz vorgehaltener Hände dem Kopf des Niesers entstieg und alle Umstehenden unbemerkt mit einschloss. Solche Bilder vergisst du nie. Kriegsberichte von der Alltagsfront. Wer in so einer Bakterienglocke landet, ist chancenlos gegen die Krankheitserreger, die in solchen Glocken wohnen. Aber auch die Vorstellung, in der badezimmerwarmen Innenluft meines Nächsten zu stehen, ist mir zuwider. Ich möchte nicht in seinem Atem schwimmen. Noch sechs Stationen und der verdammte Bus wird nicht leerer. Wieso steigt auf dieser Strecke keiner aus? Es kommen immer nur Fahrgäste hinzu. Die meisten Menschen schweigen gestresst, im Hintergrund höre ich jemanden husten, er scheint mir weit genug weg. Neben mir putzt sich jemand die Nase. Ich bekomme Panik. Wenn der jetzt losniest, denke ich. Schließlich halte ich diesen Menschen-Kompressor nicht mehr aus, meine Handflächen sind schweißnass und meine Nase ganz trocken, wie die eines kranken Hundes. Immer wenn ich eine trockene Innennase bekomme, ist das Ende meiner Geduld erreicht. Ich gebe mich geschlagen und steige aus. Die restlichen drei Stationen kann ich auch zu Fuß gehen, ist sowieso gesünder.

Ich springe aus dem Bus, platsche in eine Pfütze und schlurfe weiter. Vorbei an langen Reihen von Wohnhäusern, Parterrewohnungen. In einigen warten ältere ausländische Mitbürgerinnen, warten seit Jahren und träumen von der Heimat, von Ländern voller Licht, von einem Leben mit mehr Sinn als diesem in dieser kalten, dunklen, fremden Stadt in einem Land namens Deutschland, dessen Bewohner sie nicht kennen und deren Sprache sie kaum verstehen. In den Cafés sitzen junge Leute, emsig ins Gespräch vertieft, junge Leute in Szeneklamotten, junge Leute, die sinnvolle Gespräche führen und gleich wieder zu einer sinnvollen Arbeit gehen.

Etwa hundert Meter vor mir steht eine kleine Gruppe von Südländern auf dem Bürgersteig, eine ältere Frau, zwei jüngere, ein älterer Mann und ein etwa Zwanzigjähriger. Sie schreien aufeinander ein. Plötzlich sackt der junge Mann zu Boden, der ältere dreht sich um und kommt mit einem selbstgerechten Blick auf mich zu. Ohne zu wissen, was vorgefallen ist, lese ich in seinen Zügen, dass er sich im Recht fühlt und einen kalten Stolz empfindet. Ich gehe an ihm vorüber und komme der kleinen Gruppe näher, von der Kleidung, den Frisuren und der Sprache her halte ich die fünf für Jugoslawen. Die Frauen schreien einander an, der junge Mann kniet am Boden in seinem schneeweißen Jogginganzug. Als ich bei ihm bin, richtet er sich auf und schreit dem Alten voller Hass etwas hinterher. Ich kann nicht verstehen, was, dann sackt er wieder zusammen, eine der jungen Frauen rennt kreischend auf die Straße. Ich überlege kurz, ob ich umdrehen soll, dann frage ich mich, warum. Falscher Stolz, falsches Ehrgefühl, irgendeine Banalität, die sie hat durchdrehen lassen, es ist ihr Problem. Ich bin erstaunt, wie unberührt ich reagiere. Langsam vergesse ich den Vorfall und lande wieder bei mir selbst. Bei meiner Wenigkeit.

Ich gehe weiter, ohne den Kopf zu heben, schaue auf den Boden, entdecke keinen Schatten. Dann muss ich wohl selbst der Schatten sein. Habe mich vom Boden erhoben und gehe durch die Gegend. Nur wessen Schatten bin ich? Das wüsste ich wirklich gerne.

2

Ich heiße Sonntag. Mit Nachnamen. Vorname Michael. Das ist aber eigentlich egal, wird sowieso von niemandem benutzt. Von meinem vierzehnten Lebensjahr an nannten mich alle nur noch Sonntag. Ein Name, der zu dummen Sprüchen förmlich einlädt.

»Ach, der Herr ist wohl wieder in Sonntagslaune.«

»Heute ist ein ganz normaler Arbeitstag, Herr Sonntag.«

»Als Letzter kommt immer der Sonntag.«

Von mir aus! Ich hab den Namen trotzdem nicht ungern. Er strahlt eine gewisse Gelassenheit aus, täuscht etwas vor, selbst mir, was ich immer gerne gehabt hätte. Ich war nie gelassen, am wenigsten an Sonntagen.

Einmal die Woche hatte ich Namenstag. Wenn für alle anderen die Welt stillstand, war sie für mich am wenigsten zu ertragen. Wenn nichts passiert, alle Räder ruhen und die Gesellschaft zu Tische sitzt, bekommen die Einsamen, die Ängstlichen, die Hungrigen, die Paranoiden, die Suchenden, die Kaputten, die Depressiven, die Verlassenen, die, die draußen stehen, Panik.

Willkommen am siebenten Tag.

Ich schleiche die Treppen hoch zu meiner Wohnung im vierten Stock, das Holz ächzt und riecht, es gehört zu mir bei jedem Schritt. Ich habe eine Tür mit Türgriff, also ohne Knauf. Sie ist fast immer offen, da ich nicht abschließe. Bei mir gibt es kaum was zu holen. Die Wohnung ist klein, hat einen engen Flur und zwei Zimmer. Der Flur ist dreckig, mit alten Buchdeckeln tapeziert, eine Birne baumelt von der

Decke und die Küche ist winzig. Man kann sich mit der Bratpfanne grade mal um die eigene Achse drehen. Aus dem Küchenfenster habe ich einen tollen Ausblick über das ganze Viertel. Ich kann bis zum Heiligengeistfeld gucken. Nur rechts ragt ein halb verfallenes Haus in mein Blickfeld, genauso schrottig wie meins. Hier lebe ich, das ist meine Welt. Meine und Brunos.

Bruno ist ein komischer Typ. Ich habe ihn eines Tages in der U-Bahn aufgelesen. Ich fuhr mit meinem Freund Mischa zum Proberaum seiner Band. Der Proberaum war in einem Hochbunker. Dort gab es einen langen Flur mit einer Unratecke am Ende. Der ideale Platz für unsere Schießübungen. Wir besaßen beide eine Milbro G2, die billigste Luftpistole, die es damals gab.

Auf jeden Fall tauchte in der U-Bahn plötzlich Bruno auf, in Schnäppchenmarktklamotten: klotzig, blond, kräftig, heruntergekommen, setzte sich breitbeinig vor uns und fragte: »Wo wollt ihrn hin?«

»Wieso?«

»Ist doch egal, sag doch mal, sag doch mal einfach, ich weiß nich, wo ich hin soll.« Eine klare, direkte Ansage.

»Wir gehen in nen Bunker und wollen da n bisschen Sport machen«, meinte Mischa, während er ihn musterte.

»Echt? Kann ich auch mit? Ich weiß nicht, was ich sonst machen soll.« Der Typ gefiel mir. Wie ein herrenloser Hund, einfach mit irgendjemand Wildfremdem mitgehen.

»Könn ja mal kucken, was du draufhast.«

»Geile Sache, ich heiße Bruno, ich hab durchgemacht, weiß nicht, wo ich hin soll«, wiederholte er sich.

»Ah ja, ich bin Sonntag, das ist Mischa, grüß dich.«

»Hi, ich bin Bruno«, wiederholte er sich erneut.

Wir verließen die U-Bahn und machten uns auf den Weg zum Proberaum.

»Habt ihr Bock auf was zu saufen, he, wartet mal.« Bruno rannte auf die andere Straßenseite – mir fiel auf, dass ihm die Hacke seines linken Schuhs fehlte –, zu einer Tanke, verschwand kurz darin, ich sah ihn an der Kasse rumfuchteln, er zeigte mit dem Finger auf den Kassierer und schien lautstark auf ihn einzureden, der Kassierer nickte, dann kam Bruno mit einer Tüte voller Bier wieder raus.

»Wie hastn das gemacht?«, fragte ich.

»Ich hab ihm gesagt, dass er mir Bier geben soll.« Wieder eine einfache und gute Idee. Dieser Bruno hatte eindeutig eine Schraube locker, aber er war lustig, suchte Anschluss, wir konnten ihn nicht wegjagen. Wer weiß, ob er gegangen wäre, wenn wir es versucht hätten. Wir lagen den ganzen Nachmittag im Bunker auf dem Boden im Flur, wälzten uns im Dreck, tranken Bier und ballerten mit Diabolos auf selbst gezeichnete Pappkameraden. Immer wenn irgendwelche blöden Rockbands zu ihren Proberäumen wollten, mussten sie bei uns vorbei und bekamen Angst. Wir waren ein fertiger Haufen, und wenn wir anfangs bei Transporten noch aus dem Weg gerobbt waren, so mussten sie später ihre Gitarren und Amps über uns rüberhieven. »Haltet uns bloß nicht vom Schießen ab.« Bruno fing an, doofe Witze zu erzählen, und lachte dann als Einziger über sie. Das mochte er gerne. Er erzählte, dass alle Frauen auf ihn abfahren würden, kaum eine könne ihm widerstehen. *Träum weiter, Bruno, in deinen geliehenen Flohmarktklamotten.* Wir waren relativ schnell miteinander vertraut geworden.

»Ey Leute, mal im Ernst, ich krieg die meisten Weiber, ich weiß, wie das geht.«

»Klar, Alter, grade du, kuck dich doch mal an.«

Bruno schaute an sich runter.

»Es kommt auf die Methode an, man muss geduldig sein«, antwortete er wissend.

»Wie machst dus denn?«

»Is ganz einfach: Ich stell mich in die Innenstadt, an ner guten Stelle, bisschen abseits, aber wo trotzdem viele Leute vorbeikommen, wenn dann ne einzelne Frau vorbeikommt, frag ich sie einfach, ob sie Bock hätte mit mir zu kommen und ne Nummer zu schieben.« Er machte eine Handbewegung, die die Logik seiner Ausführungen untermalen sollte, eher aber fahrig besoffen wirkte.

»Klar, und das klappt dann immer, ja sicher.«

»Nein, natürlich nicht immer, meistens krieg ich eine gelangt, oder sie treten mich, oder sie gehen einfach weg. Aber jede Achte oder Zehnte, würde ich sagen, kommt mit.«

»Sicher, und wohin geht ihr dann?«, fragte ich nach.

»Ich war schon überall, in nem Hauseingang, in ner Telefonzelle, in nem Auto, was grade geht.«

»Sicher, Bruno, das glauben wir dir sofort.« Wir reagierten hämisch, aber ein leiser Zweifel hatte sich eingeschlichen. Was war, wenn er recht hatte, wenn das stimmte, wenn es so leicht war: einfach ein paar Ohrfeigen kassieren und dafür dann irgendwann die körperliche Belohnung.

»Ich werd es euch beweisen«, schlug er vor.

»Mag sein, aber nicht heute. Ich will jetzt erst mal nach Hause, keinen Bock mehr«, sagte ich. Allein die Vorstellung. Ich könnte das nie bringen, es wäre mir zu peinlich.

»Kann ich mit, ich weiß nicht, wo ich hin soll«, fing er sofort wieder an.

»Ich hab eigentlich keinen Platz bei mir«, sagte ich.

»Also bei mir gehts überhaupt nicht«, lehnte auch Mischa prompt ab.

»Scheiße, was soll ich denn jetzt machen, ich weiß nicht, wo ich hin soll«, jammerte Bruno weiter.

Ich gab nach. »Ich hab noch nen kleinen Raum mit ner Matratze.«

Seitdem wohnt Bruno bei mir im vorderen Zimmer. Seine Tür steht halb offen, ich schaue hindurch, er liegt dort nackt, halb auf dem Boden, er hat schwarze Tinte ins Gesicht geschmiert und eine Platte mit Wurstscheiben und Lachs lugt unter seinem muskulösen Arsch hervor. Die muss er sich irgendwo erlungert haben. Seit ein paar Tagen, sagt er, sei er Privatsekretär von so ner Galerietusse. Seitdem kommt er immer mit großen Fressplatten an. Davon leben wir.

Ich nehme mir ein paar von den Wurstscheiben von der Platte und gehe in die Küche frühstücken. Während ich die Wurst aus Ermangelung von Brot pur esse, schaue ich rüber zu dem verfallenen Haus zur Rechten. Dort wohnt sie. Ich sehe sie nur selten, zufällig. Sie trägt immer einen schwarzen langen Trenchcoat und oft eine schwarze Baskenmütze. Sie ist dunkelhäutig, groß, sportlich und hat Mandelaugen, die sie mit Kajalstift nachzieht. Manchmal sehe ich sie im Treppenhaus gegenüber und muss spontan stehen bleiben, meine Beine gehen dann nicht weiter, ich kann nur noch zu ihr hinschauen. Sie ist so unglaublich sexy, sie ist meiner Ansicht nach die schönste Frau dieser Straße, vielleicht des ganzen Stadtteils. Wie sie wohl heißt und was sie macht, frage ich mich oft. Nachts liegt sie nur wenige Meter weiter. Wir sind getrennt durch ein paar dünne Mauern, ich spüre ihren Atem, ich weiß, in welchem Zimmer sie wohnt, das Fenster ist immer von einem roten Seidenvorhang verhängt. Ich bin kein feiger Typ, aber ich kann sie nicht ansprechen, das ist zu viel für mich, sie steht zu hoch im Himmel meiner Wünsche, als dass ich sie erreichen könnte.

Ich schlinge die Wurst runter, hänge mit dem Blick auf ihrem roten Tuch, lasse ihn von dort wandern, nach oben, über die nassen Dächer, weiter über diese triste Stadt, die ich so liebe.

3

Ich bin seit zwei Jahren alleine. Es war die richtige Entscheidung. Patricia war meine Jugendliebe, wir waren verwoben, verstrickt, Kinder aus einer anderen Zeit, wir brauchten uns, um nicht alleine zu sein, als wir unsere Nester verließen, wir waren eine erotische und emotionale Zweckgemeinschaft. Ich glaube, es kann keine Liebe für ein ganzes Leben geben, vom Anfang bis zum Ende. Liebe besteht bei den meisten Menschen nach ein paar Jahren zu fünfzig Prozent aus Gewohnheit und zu fünfzig Prozent aus Feigheit. Ich will nicht sagen, dass es nicht auch andere Paare gäbe, Paare, die sich sehen, schätzen, achten, gegenseitig voranbringen, die sich lieben. Aber der größte Liebeszerstörer ist das, was die meisten Menschen die Liebe nennen, oder? Wir beide waren jedenfalls hungrig auf die Welt, spürten beide den Rand unseres Tellers und wollten darüber hinaus. Und sie auf eine andere Art und Weise als ich.

Als sie nach einer durchredeten Nacht die Wohnung verließ, konnte ich es trotzdem nicht glauben. Kurz vor der Zimmertür drehte sie sich um, und die Tränen in ihren grauen Augen glänzten wie Klebetropfen in den Strahlen der Morgensonne, die durch einen Spalt im Vorhang auf ihr Gesicht fielen. Es war beschlossen – sie ging.

»Ciao«, sagte sie leise und traurig, dann drehte sie sich in extremer Zeitlupe um und glitt durch die Tür. Bis ihre letzten Haarspitzen aus meinem Blickfeld verschwunden waren, vergingen Stunden. Mein Blick wanderte durch den leeren Raum, konnte sich an nichts festhalten, rutschte an den Gegenständen ab, als wenn sie mit einer unsichtbaren dünnen Ölschicht überzogen wären. Sie war gegangen. Sie hatte sich tatsächlich entschieden.

Ihre Tasse stand neben meiner auf dem Bett, sie war noch voll. Ich steckte den Finger hinein, um zu schauen, ob ihr Kaffee noch warm war. Tatsächlich. Das machte mich fertig. Diese Wärme war ihre Wärme, sie hatte den Kaffee gemacht, die Wärme des Kaffees war gleichsam die Wärme ihres Körpers, die jetzt langsam wich und in der Kälte des Todes unserer Liebe enden würde. Ich konnte nicht ertragen, dass der Kaffee sich weiter abkühlte. Ich ging in die Küche, holte ein Teestövchen, zündete ein Teelicht an und stellte die Tasse drauf. Ich fühlte mich besser. Aber das Wasser im Kaffee würde verdunsten, verschwinden, wie sie es getan hatte. Ich holte etwas Frischhaltefolie, spannte sie über den Kaffee und konnte nun beruhigt zurücksinken. Solange dieser Kaffee warm blieb, war die Sache nicht gestorben, lief unser Ding irgendwie weiter, war dieser Moment festgehalten, gab es einen Weg zurück. So fühlte ich. Ich habe mir eine Warmhalteplatte gekauft, und nach einigen Monaten habe ich den Kaffee in ein Einweckglas umgefüllt, weil die Frischhaltefolie immer so zerbeulte, aber nun steht er da, ewig warm, wie ein olympisches Feuer der Liebe. Ich kümmere mich um ihn, entstaube das Glas, bewege ihn manchmal ein wenig, damit er nicht absetzt. Andere Leute haben Haustiere, ich habe meinen Kaffee.

Patricia habe ich seitdem nur selten gesehen. Wir haben das Ding durchgezogen. Ich spürte, dass sie recht hatte, dass für uns beide jetzt das richtige Leben anfangen sollte, ein Leben mit uns selbst. »Du musst erst mal lernen, alleine zu leben!« Was man alles so muss im Leben. Erst muss man geboren werden, dann muss man aufwachsen, dann muss man lieben lernen, dann muss man lernen, alleine zu leben, und dann muss man auch noch sterben. Leben heißt sterben lernen. Abgesehen von all dem anderen Scheiß, den man daneben auch noch muss, wie z.B. Waschsalon, Lidl, Bundestagswahl und Arbeitsamt. Dieses MUSS macht mich fertig. Ich will nicht müssen. Ich dachte oft an sie, am Anfang jede Stunde, dann jeden Tag, jetzt nur noch jede Woche. Manchmal denke ich gar nicht mehr an sie. Liebe ist Opium für die Lebenden. Trennung ist ein schwerer Entzug. Warum es wohl dafür keine Entzugsanstalten gibt? Für all die, die diesen Entzug nicht überstehen, die durchdrehen, sich und andere umbringen oder im Rinnstein landen. Mein Kaffee war mein Methadon. Mein Kaffee und unendliche Onanieorgien.

Aber ich habe den Entzug eigentlich ganz gut geschafft. Es hat lange gedauert, und ich habe mich wirklich und ehrlich gequält und jetzt, jetzt bin ich frei. Frei, das heißt allein.

4

Am nächsten Morgen wache ich auf. Die Bauchschmerzen sind wieder da. Schon beim Aufwachen. Wie nervig. Ob der Fisch noch in mir lebt? Vielleicht lebt er jetzt für immer in mir. Vielleicht ernährt er sich von all den Speisen, die dort unten landen. Verhungern muss er jedenfalls nicht. Es ist zu früh für Maloxan. Also quäl ich mich aus dem Bett und mache mir in der Küche einen Kamillentee. Ekelhaftes Zeug, aber es hilft ein klein wenig. Brunos Tür steht offen, alle möglichen Dinge liegen bei ihm auf dem Boden herum: Schallplatten, Essensreste, alte Unterhosen, eine Perücke, er selber ist abwesend. Die Wände sind kahl, an der Decke hängt eine nackte Glühbirne. Mein Gott, wie wir hier leben. Die totale Achtlosigkeit. Ich gehe in mein Zimmer und räume auf, um den Anschein von Ordnung zu wahren. Platten sortieren, Kleidung ins Billy-Regal, Teppich saugen, den Kaffee bewegen und das Bett machen. Dann wieder hinlegen. Um elf Uhr ist der Fernseher an, und ich esse einen Teller Haferflocken. Der Zonk mit meinem Lieblingsmoderator Jörg Draeger. Einmal wie Jörg Draeger sein, nur einen Tag lang. Ich stelle es mir in Jörg Draeger sehr gemütlich vor. Irgendwie ausgeglichen und zufrieden. Ich schaue in den Spiegel und grinse mich als Jörg an. Meine Zähne blitzen sauber und weiß, mein Schnurrbart ist gut frisiert und die Haare liegen seidig weich um meinen selbstsicheren Schädel. In letzter Zeit spannt mein Showjackett ein wenig um die Taille, aber das steht mir gut. Ich bin ein charmanter Spieler, und die Frauen wollen mich gerne anfassen. Ich fühle mich ein wenig wie Gott, wenn ich vor den Kameras das Schicksal ganz nach meinem Gusto zuschlagen lasse, und ich bin sogar in der Lage, daraus sexuellen Profit zu schlagen, denn diejenigen, die ich gewinnen lasse, zahlen nach der Show auch gerne ein wenig zurück.

Die Wahrheit sieht anders aus: Ich sitze in einer verdreckten Wohnung im Schanzenviertel und angle im Nichts. Wie viele Stunden von solchen Shows habe ich bereits konsumiert? Vor allem amerikanische Fernsehshows. Die Amis halten den absoluten Rekord im Weltlebenszeitvernichten. Sie nehmen uns unsere verbrauchte Zeit günstig ab, wir – die Überflüssigen – können ja sowieso nichts damit anfangen. Wir haben die quälenden, sinnlosen Stunden über, sie nehmen sie ab, vernichten sie, und wir zahlen durch den Kauf beworbener Konsumgüter. Das ist ein fairer Deal. Auch die Holländer haben mir schon Wochen abgenommen. Engländer und Spanier nicht so viel. Und die Türken so gut wie gar nichts. Dafür kaufe ich ihr Obst, bei mir kommt jeder auf seine Kosten. Ich überlege, ob ich zum Lidl gehen soll, um etwas zu essen zu kaufen, dann fällt mir ein, dass ich keinen Pfennig auf der Naht habe. Der verdammte Dispo ist knietief ausgereizt. Ein Job ist nicht in Sicht, Alhi dauert noch und meine Eltern kann ich nicht schon wieder anpumpen. Was soll ich tun? Hab nichts gelernt, bin nicht qualifiziert, bin Kunststudent, der nicht studiert. Ich hasse die Kunst und noch viel mehr den Kunstmarkt, bin ein Überflüssiger, hab kaum Ambitionen. Immerhin: Ich bin ein guter Zeichner, habe unendlich viele bescheuerte Ideen, und Schriftsteller oder Dichter würde ich auch gerne sein. Neuerdings schreibe ich jeden Morgen beim Frühstück ein Gedicht. Eines wie dieses:

Da ist nichts!

Wo nichts ist
da ist nichts
schaut meinetwegen noch mal nach
da war nichts und da ist nichts
nicht unter den Kissen
nicht unter dem Bett
nicht in dem Ärmel
oder unter dem Sack
da ist nichts, seht es doch endlich ein
da ist verdammt nichts
ich habe selber schon geschaut
ich habe nichts gefunden
nun lasst es endlich sein
ihr plagt euch umsonst ab
ihr steht da umsonst rum
ihr seid umsonst gekommen
ich habe jeden Stein hochgehoben
ich habe jedes Staubkorn weggeblasen
da ist nichts, rein gar nichts
verdammt nichts
ihr Idioten
ihr wollt es nicht begreifen
und eure Söhne und Töchter werden
weitersuchen
aber ich werde hier gewesen sein
und ich werde es euch allen gesagt haben
da ist nichts und da wird nichts sein!

Von Gedichten kann man nicht leben.

Nachmittags ruft Maff an. Endlich, die Erlösung.

»Hörma, Sonntag, ick brauch dich heute. Haste Zeit?«, fragt mich seine ranzige Stimme am Telefon.

»Hm, lass ma überlegen, ich könnte wohl was frei machen. Wann denn?«

»Heute Abend, sagen wir mal ab neun, komm zum Schuppen«, lockt er mich. Super, der Tag ist gelaufen, jetzt kann ich machen, was ich will, es gibt eine Entschuldigung, ich kann mich hängen lassen, denn heute Abend gibts Arbeit. Maff hat ne kleine Plakatfirma und plakatiert wild für alle möglichen Auftraggeber. Er hat einen alten Kombi, fährt mich rum, und ich knall den Kram an die Wände. Wenn die Bullen kommen, haut er ab. Dafür krieg ich aber auch mehr als die anderen Plakatierer.

Maff ist Nasendrogist. Bei ihm gibts ab und zu etwas abzustauben. Ich vertrödle den Tag, glotze noch ein paar Stunden und geh dann spazieren. Vielleicht treffe ich jemanden, der mich einlädt. Auf dem Schulterblatt treffe ich Sina. Sie kommt mir mit einem Omaeinkaufsroller entgegen. Sie trägt bunte Plastikklamotten und riecht nach Alkohol. Weil sie mich mag und ich ihr einige Liebesdienste erwiesen habe, lädt sie mich auf ein Sandwich ein. Sex gegen Thunfischsemmel. Sie ist wirklich süß. Kleiner gelber Vogel. Aber ich kann nicht bei ihr bleiben, ich muss alleine sein. Ich laufe ziellos durch das Viertel und vergammle die Zeit bis zum Abend. Menschen beobachten. Langsam in Spiralen nähere ich mich meinem Ziel, und pünktlich um neun Uhr tauche ich bei Maffs Schuppen auf. Es ist bereits dunkel, nur ein Neonlicht weist mir den Weg durch einen vermüllten Vorgarten. Maff hat sein Lager im Bogen einer

S-Bahn-Überführung. Das hohe Tor ist aus alten Brettern zusammengenagelt und nur angelehnt. Ich trete vorsichtig ein, drinnen stehen Regale quer im Raum, Neonröhren leuchten an der Decke und überall liegen Plakate herum. Plakate aus verschiedenen Zeiten, von verschiedenen Künstlern und Anlässen. Vergangene, anzukündigende, freudvolle Ereignisse. Irgendwas stinkt alt, feucht und muffig. Ich sehe mich um, kann niemanden entdecken, mich fröstelt. Wie aus dem Nichts steht auf einmal Maff vor mir. Vielleicht hat er auf dem Boden gehockt oder ist hinter einem Regal hervorgesprungen? Ich weiche einen Schritt zurück. Maff ist bereits älter, vielleicht vierzig. Er hat eine ausgetrocknete Haut, schmale Lippen und spitze Zähne. Seine Augen sind geädert, und die dünnen Haare hängen ihm wirr vom Kopf. Er trägt einen Jeansoverall. Soll wohl cool aussehen.

»Pünktlich wie die Sau, typisch Sonntag!«, kräht er mich an. Jetzt weiß ich, was hier stinkt: Es ist sein Mundgeruch, der die ganze Halle ausfüllt.

»Klar, wie immer, Maff. Was gibts zu tun, Maff?«, frage ich müde, während ich einen weiteren Schritt zurückweiche.

»Du, ne janze Menge, haha, ne janze Menge. Wenn du Power hast, kannste heute Nacht tausend Plakate an die Wände ballern, haha, iss allet dabei: Motörhead, Chris Norman, Axel Zwingenberger, Senta Berger und lauter sone Scheiße, haha.« Er schmeißt alles in einen Topf. Maff ist egal, für wen und was er plakatiert, und mir muss es demnach auch egal sein, »Hauptsache, die Scheiße klebt, wie ick immer zu sagen pflege, haha.« Er berlinert meistens, obwohl er aus Braunschweig kommt. Das soll ebenfalls cool und großstädtisch wirken. Außerdem presst er in jeden Satz ein paar Lacher, so als ob er etwas Lustiges vermerkt hätte. Hat er aber nie. Maff öffnet die Klappe seines Opel Kombi, und wir verladen die schweren Stapel. Der Wagen sackt merklich ab. Als er bis unters Dach gefüllt ist, fahren wir los. Maff hat seine festen Touren: einmal durchs ganze Schanzenviertel, dann das Karoviertel, Innenstadt, St. Georg, dann St. Pauli und schließlich Altona. Das dauert viele Stunden. Maff sitzt am Steuer, fährt etwa fünfhundert Meter bis zum nächsten voll plakatierten Eckladen, ich spring raus, Eimer, Kleister, vier Plakate, zwei oben, zwei unten, fertig, dreihundert Meter weiter. Bei großen Wänden gibt mir Maff auch mal acht oder zehn Plakate raus. Heute Nacht läuft alles gut, ich achte wie immer drauf, nur abgelaufene Ereignisse zu überkleben, sonst gibts Ärger. Nach drei Stunden Geacker hält er an einer ruhigen Ecke.

»Hast du Bock auf ne Nase?«, fragt er.

»Was gibts denn heute?«

»Du, Jeschwindigkeit, kennst mich doch, haha, ick steh uff Jeschwindigkeit, is jutes Zeug, hab ick schon öfter jefahren, wirklich prima, ick jeb ne Runde aus, komm, Atze.«

Maff mag am liebsten Speed. Ich hab jetzt keinen Bock auf Speed. Plakatieren und Speed passt für mich sowieso schwer zusammen, weil Plakatieren so ein niederes Geschäft ist. Und dann auch noch die euphorischen Gefühle mit Maff teilen, lieber nicht.

»Nee, Maff, iss noch zu früh, vielen Dank, vielleicht nachher.« Er lässt den Wagen an und fährt ein Stück weiter. Ich denke schon, dass er es sich selber auch anders überlegt hat, doch plötzlich bremst er unvermittelt, reißt das Handschuhfach auf, greift sich ein schmales Briefchen, öffnet es und zieht mit einem gewaltigen Geräusch seine Nase hindurch. Ich schaue ihn erstaunt an, während er mit einem Gewinnerlächeln zurückgrinst.

»Du, ick kann das Zeug nicht mehr einfach so nehmen. Immer wenn ick davon rede oder wenn ick auch nur daran denke, schwillt mir die Nase zu. Ick muss mir selbst überraschen. Ick muss es ne Weile vergessen, bis die Nase bereit ist, und dann muss es schnell gehen, sonst krieg ick es nich mehr rein. Haha, jut, nä?« Er ist begeistert von seinem Selbstüberlistungstrick, schaut in den Rückspiegel und wischt sich den Frankfurter Kranz von den Nasenflügeln.

»Fantastisch, Maff!«, muss ich zugeben. Der Mann ist erfinderisch. »Aber ahnt die Nase denn nicht, dass du sie reinlegen willst?«

»Vielleicht. Aber irgendwann regt sie sich ab. Früher oder später wird sie nachlässig, und dann krieg ick sie und dann mach ick sie voll, haha, so schnell wie ick ziehe, so schnell ist die nicht wieder dicht!« Ich habe Respekt vor Maffs Willen zur Selbstvernichtung und davor, wie er sogar vor den deutlichsten Zeichen seines Körpers großzügig die Augen schließt. Ab jetzt wird das Arbeiten unangenehm, weil Maff durch das Speed platt zutraulich wird.

»Los, Junge, baller ran den Scheiß, du bist doch meen bestes Pferd im Stall, so wie du zieht keener durch.«

»Danke, Maff, is schon okay.« Ich versuche so viel wie möglich außerhalb des Wagens zu bleiben und gehe kleinere Strecken zu Fuß. Wir klotzen die halbe Nacht, irgendwann kurz nach drei Uhr sind wir fertig. Maff is immer noch drauf, das ist lohntechnisch günstig für mich. Ich steige in den Wagen, setze mich neben ihn. Auf einmal umarmt er mich. Sein Mundgeruch steigt mir in die Nase, ich möchte ihn wegschieben, weiß aber, dass das meinen Lohn schmälern könnte, also warte ich, bis er seine Zuneigung an mir abgerieben hat. Er nimmt mich bei den Schultern und guckt mir gerührt in die Augen. Die Adern um seine Pupillen sehen aus wie rote Kanäle auf zwei toten Planeten.

»Sonntag, du bist meen Bester«, sagt er, und ihm steigen Tränen in die Augen. Mir wird schlecht vor so viel falschem Gefühl, und ich schaue zu Boden. Er schüttelt mich an den Schultern, bis ich wieder hoch schaue.

»Meen Bester, hörst du?«

»Ja, Maff, danke dir.« *Bitte gib mir mein Geld und lass mich hier raus*, denke ich mir.

»Junge, irgendwann, wenn das Zeug mich fertig macht, werde ick dir alles überlassen, ick hab ja sonst niemand.« Tränen rinnen über seine Wangen, die gesprungenen Augen röten sich weiter, sein Atem hüllt uns beide ein. Ich bin kurz davor mich zu übergeben, schaffe es aber, meinen dankbaren Gesichtsausdruck zu halten. Er zieht nen Hunderter aus der Innentasche seiner Bomberjacke, steckt ihn mir in meine Brusttasche und sagt:

»So, nu aber raus, kein Wort, komm, komm, ick will nix hören, hau ab, Junge, mach dir ne schöne Zeit damit.« Er wendet sich heldenhaft und stolz von mir ab und guckt in eine andere Richtung, was seine Rührung verbergen soll, besser: was zeigen soll, dass er seine Rührung verbergen möchte, natürlich von mir voller Respekt honoriert. In Wirklichkeit schäme ich mich wahnsinnig, steige schnell aus, poche auf die Motorhaube und gehe dann langsam vom Wagen weg. Je weiter ich mich entferne, desto besser geht es mir, desto leichter wird mein Herz. Oh Gott, war das schlimm, so schlimm war es noch nie, der Typ ist echt am Ende. Und was wird, wenn der abnippelt? Hinterlässt er mir dann wirklich alles? Und was heißt alles? Den scheiß alten Opel und die blöde gemietete Halle mit den abgelaufenen Plakaten und ein paar alten Eimern? Herr Richter, ich lehne das Erbe ab.

Ich renne die Straßen entlang, freue mich über den Hunderter in meiner Brusttasche, bin aufgedreht und einsam. Ich stoße auf die Stresemannstraße, gehe sie entlang und lande endlich beim Nasenbär. Donnerstagmorgen um halb vier, beste Zeit. Ein Eckladen, plakatierte Wände, ein paar zugeklebte Fenster, eine Treppe, die hinunterführt. Ich betrete den Laden und stelle voller Freude fest, dass richtig was los ist. Ich bestelle mir erst mal ein kleines Braunes und nen Korn, um schneller Wirkung zu spüren. Im Nasenbär ist um die Zeit immer was los. Eigentlich heißt der Laden ganz anders, aber alle nennen ihn nur noch Nasenbär. Der Name lässt auf die Passion seiner Besucher schließen. Ich selber bin gar nicht so drogenmäßig drauf, lasse mich aber ab und zu ganz gern mal überreden. Ich komme eher her, weil der Laden die Nacht zum Tag macht. Die Leute, die hier sind, hängen nicht fertig am Tresen rum. Hier ist immer irgendeine Form von Spannung. Viele Künstler und Musiker, aber auch Kriminelle und Spinner jeder Couleur, mit einem Wort: Gesocks. Ein Zuhause für alle Überflüssigen. Wie mein Berufsschullehrer zu mir sagte:

»Herr Sonntag, was ist flüssiger als flüssig?«

Ich: »Keine Ahnung, was denn?«

Er voller Freude: »Sie, nämlich überflüssig, hahahahahahaha!«

Stimmt irgendwie, denke ich seitdem, aber ich bin nicht

der Einzige. Weil ich sowieso nicht schlafen kann, bestelle ich mir gleich noch zwei Bier.

Pisse ist da. Er ist der Sänger einer bekannten Hardcore-Band. Wir trinken Wodka am Tresen zusammen. Er ist saucool mit seinen Komplettlederklamotten und der kurzen Fetzenfrisur. Hinter mir steht eine Frau mit langen schwarzen Haaren. Ich merke, wie der Alkohol anfängt zu wirken, seinen versöhnenden Schleier über meine Seele legt. Die Nacht und der unendliche Augenblick. Die Magie des Alkohols, die einzige funktionierende Zeitbremse des Lebens.

5

Eine schwarzhaarige Frau bückt sich über mich, ihre Haare fließen wie Wellen auf mich herab, Licht pulsiert von hinten, ihre Haare bestehen aus sprudelndem, dunklem Bier, die Frau lächelt, sie ist sehr schön, ich kriege einen Steifen, ich höre polternde Geräusche und hebe den Kopf, die Frau verliert ihre Haare, das Gesicht der schönen Frau verwandelt sich langsam in das Gesicht eines hässlichen, älteren, runtergekommenen Typen, er trägt eine sackartige lila Jacke mit ausgebeulten Taschen, hat die graugelben Haare wie einen Topflappen über den Kopf gelegt und schaut mich durch eine staubige, zerkratzte Brille an. Ich erwache langsam. Der Alte trägt einen meiner Stühle unterm Arm und eine Lampe in der anderen Hand.

»He Sportsfreund, aufwachen, wir sind da ...«

Ich starre ihn verwundert an.

»Äh, wer sind Sie, was zum Teufel ...?«, krächze ich durch meinen rauen Hals. Er baut sich vor mir auf, ich liege vor ihm in T-Shirt und Unterhose im Bett, ich ziehe die Decke über meine Morgenlatte.

»Wir sind da, Kollege, umziehen, deine Sachen müssen raus, ab heute kommen wir.« Er ist etwas ungehalten.

»Ja, aber wer sind Sie denn, was wollen Sie mit meinem Stuhl?« Hab ich irgendwas vergessen, oder was läuft hier ab? Ist das Ganze ein Scherz, hab ich ne Wette verloren?

»Heute ist Umzug, wir ziehen jetzt hier ein, ihr solltet doch schon längst draußen sein.« Ich werde sauer, mir schießt das Blut in den noch halb betäubten Kopf.

»Wie, draußen sein? Aus meiner Wohnung? Was hast du denn für Probleme?« Ich wechsele automatisch vom Sie zum Du.

»Lass mal meinen Stuhl los und stell die Lampe hin, was soll der Quatsch, ich wohne hier und ich werde hier auch weiter wohnen. Mach dich vom Acker, Opa!«

»Also das ist ja wohl eine Frechheit.«

»Ich habe einen Mietvertrag für diese Wohnung abgeschlossen, vierter Stock oben rechts.«

Ich ahne, welchen Denkfehler der Dummkopf macht, springe aus dem Bett und schiebe ihn zum Ausgang.

»Ein Haus wie dieses hat zwei Seiten, vierter Stock oben rechts ist auf der anderen Seite. Dürfte ich jetzt bitte meinen Stuhl und die Lampe wiederhaben?«

Er schnappt nach Luft wie ein Fisch auf dem Trockenen, lässt meinen Stuhl los und geht auf die andere Flurseite, dort ist die Tür nur angelehnt, er öffnet sie und sieht, dass die Räume leer stehen. Anstatt sich zu entschuldigen pöbelt er: »Ja, dann schließ doch das nächste Mal ab. Ist ja kein Wunder, wenn man sich hier irrt.«

Ich reiße ihm meine Lampe aus der Hand, ziehe mir die mittlerweile schlaffe Unterhose hoch und knalle meine Tür von innen zu. Dann reiße ich sie wieder auf und schreie: »Vollidiot!«

Was für ein Morgen, was für ein Erwachen, was für ein Nachbarschaftseinstand. Wir werden uns die nächsten Jahre bestimmt blendend verstehen. Ich lege mich erschöpft ins Bett und versuche mich zu beruhigen, während ich von nebenan das Gerumpel des Umzugsteams höre. Ich denke zurück an meinen Traum, an die schwarzhaarige Frau, sie kommt mir so vertraut vor. Wer ist sie? Habe ich in den letzten Tagen einen Film mit Demi Moore gesehen? Eigentlich nicht. Woher kommt dieses Bild, dieses vertraute Gefühl? Wer taucht da in mir auf? Ich finde keine Antwort, also beschließe ich das Bild doch Demi Moore zuzuschreiben. Warum träume ich von Demi Moore? Auf die stehe ich doch gar nicht. Ich sacke zurück ins Bett, schließe die Augen. Mein Bauch meldet sich grummelnd zu Wort. Ich höre eine Stimme: Der Fisch klagt mich an.

»Du hast es schon wieder getan, du hast dich schuldig gemacht, du hast mich besudelt, mit Alkohol besudelt!«

»Lieber Fisch, ich wollte dich nicht verletzen, ich wollte dir nichts Schlechtes zufügen. Ich kann doch nichts dafür, dass du in mir wohnst, ich muss doch mein Leben weiterführen können, und gestern kam nun mal die Lust über mich.«

»Die Lust, die Lust, reiß dich zusammen, benimm dich nicht so kindisch. Du bist selber Herr deiner Taten.«

»Denkst du! Ich bin ein Getriebener, ich gebe dem Druck nach, ich kann mich für gar nichts frei entscheiden, ich laufe die Linie meines Schicksals ab, und wenn dort ein Glas Bier steht, dann muss ich es eben trinken, sonst stolpert noch jemand drüber.«

»Du bist ein willenloser Sklave deiner Sucht, das ist die Wahrheit.«

»Fisch«, sage ich, »seine Süchte sucht man sich nicht aus, die werden einem mit auf den Weg gegeben. Es sind Prüfungen, und um Prüfungen macht man keinen Bogen, man flieht nicht vor ihnen, man stellt sich ihnen. Erst wenn man sie bewältigt hat, kann man sie hinter sich lassen. Ich werde vor keiner Sucht fliehen, die es mit mir aufnehmen will.«

Der Fisch schweigt.

Word up, denke ich.

Aber dann bereue ich bereits alles wieder, jeden Schluck, ich richte mich auf, greife nach meiner Hose und wühle in der Tasche. Noch 35 Mark sind mir geblieben von dem verdammten Abend. Das ist entwürdigend. Ich kann nicht schon wieder zu Maff gehen. Ich muss haushalten mit dem restlichen Geld, es muss mindestens fünf Tage halten. Mein Kopf tut weh, alles tut weh.

Soll ich den Arzt anrufen? Ja, das ist die Lösung. Ärzte können immer helfen. Ich rufe die altvertraute sechsstellige Nummer an und höre ihre Stimme.

»Praxis Dr. Schinkel und Bock, Bethke am Apparat.« Es ist ihre Stimme, ich sehe ihr Auge, ich kann nichts sagen und lege schweigend auf. Da kann ich also nicht hin. Vielleicht sollte ich einfach den Arzt wechseln? Gibt ja genug hier im Viertel. Lieber nicht, Ärzte machen süchtig. Also Decke vors Fenster und Glotze an. Das Ganze ist wie ein Kettenkarussell, wie eine festgefahrene Zeitschleife, wann komme ich hier raus? Es muss doch mal weitergehen. Andere Leute gehen zur Universität, zur Arbeit, zum Sport, lernen Sex- und Liebespartner kennen, kaufen Autos und Häuser und gleiten durch ein menschenwürdiges Leben. Ich könnte zur Uni gehen, ich habe einen Studienplatz, ich bin begabt, ich kann zeichnen, ich habe gute Ideen. Aber ich kann dort nicht hin, es ist alles zu normal für mich.

Weit draußen im All, in einem Saturnring um den Planeten der Normalen herum, schweben wir Überflüssigen kreiselnd in der Kälte wie einsame, traurige Satelliten aus Fleisch, haben nichts zu tun, kriegen kaum Licht ab und treffen auf niemand anderen als auf uns. Pathetische Selbstmitleidsfantasien. Aber ist doch so.

6

Ich brauche zwei Tage, bis ich wieder einigermaßen auf dem Damm bin. Zwei Tage im Bett mit brennenden Augen vor der Mattscheibe. Mit schmerzendem Schwanz vor lauter trauriger Onanie. Ab und zu zwischendurch lesen. Abends gehe ich oft zur Videothek, ich kenne jeden Film, ich habe alles gesehen, was es dort gibt. Erst die großen neuen Filme, dann die großen alten, dann die kleinen, unbekannten, ich kenne sie alle, und doch entdecke ich immer noch einen weiteren nicht gesehenen Diamanten. Ich schreibe mir die Namen auf. Ich zeichne auch aus dem Fernsehen auf mit meinem alten VHS-Rekorder, der immer einen Flimmerrand unten macht, weil das verdammte Tracking nicht mehr funktioniert. Wie oft ich den schon öffnen musste, um den Bandsalat herauszuschälen. Und wie oft ich meine VHS-Tapes schon überspielt habe, weil ich keine unbespielten mehr hatte. Wie viele Schichten wunderbarer älterer Aufzeichnungen auf diesen Rollen kleben.

Das bringt meine Nutzlosigkeit mit sich, dass ich mich ganz gut mit Filmen auskenne. Mit Filmen und mit Büchern. Ich lese alles, was ich kriegen kann. Ich durchforste die Billigregale im Buchladen oder auf dem Flohmarkt, oder ich klaue in der Zentralbibliothek. Ich horte Bücher, sie sind meine Schätze, das Einzige, was ich besitze. Alte abgewetzte Bücher. Ich schreibe die Namen in einer Liste auf. Ich brauche Listen, ich bin aus Listen gemacht, Listen beruhigen mich. Ich bin ein listenreicher Typ.

Das meiste, was ich lese, vergesse ich sofort wieder. Vor

allem Sachbücher, die ich verschlinge. Das hat den Vorteil, dass ich Bücher voller Spannung dreimal lesen kann. Dass ich nie genug kriege von einem Buch. Aber wenn mich jemand fragt, wovon ein bestimmtes Buch handelt, erfinde ich meist eine Lügengeschichte, die hoffentlich interessant genug ist, damit er das betreffende Buch liest. So kann ich mir hinterher erzählen lassen, was drinsteht.

Wenn ich keinen Kater habe, bin ich ein guter Leser. In einer Durchschnittswoche schaffe ich drei mitteldicke Bücher. Allerdings: Was vorne reingeht, fällt hinten wieder raus. Was für eine Konsumhaltung. Vielleicht sollte ich ganz langsam lesen, damit ich mir die Inhalte besser merke. Und überhaupt: Schreiben – das wär's. Wenn schon keine Romane, dann wenigstens Gedichtbände. Gedichte über meine Einsiedelei, über mein niederes, billiges Dasein, über das Elend. Aber wer will so was schon lesen?

Am Morgen des dritten Tages raffe ich mich auf, ich habe genug gesühnt. Ich habe mich gesundgewichst. Ich bin wieder bei Sinnen. Thea, meine ältere Schwester, ruft an und erkundigt sich nach meinem Befinden. Ich erzähle ihr, dass es mir gut geht und dass das Kunststudium ziemlich spannend sei. Was soll ich sie belasten mit meiner Schwarzseherei. Sie lebt in geordneten Verhältnissen, zu Hause in Cloppenburg, in der Nähe meiner Eltern, hat mit ihrem Mann eine Apotheke, da soll alles so ordentlich bleiben, wie es ist.

Ich war ausgezogen, um die Welt zu erobern, aber die Welt war bereits erobert – diese Wahrheit muss ich für mich behalten. Wir verabschieden uns, und ich lasse alle schön grüßen.

Ich ziehe mich an und beschließe die Welt bei Tag zu besichtigen. Bruno ist nicht da, er ist schon seit Tagen abgängig. Ist wohl wieder bei irgendeiner Frau hängengeblieben oder sitzt auf ner Polizeiwache fest. Sein Ding. Ich verlasse die Wohnung. An der Tür der Nachbarwohnung prangt ein Schild: Pansen Seidler 1–6. Was soll das denn? Ich schlurfe die Treppe runter zur Ausgangstür und trete in die Außenwelt. Licht! Die Sonne hat sich einen Tunnel gegraben zu uns hier unten. Sie fällt mir ins Gesicht. Augenblicklich strafft sich mein Körper, Drüsen produzieren positive Botenstoffe, Energie durchfährt mich. Das ist ja verrückt, denke ich, ist das alles, was mir gefehlt hat? Licht? Ich sauge es in mich auf, während ich die Straße entlanggehe. Ich habe die Augen halb geschlossen und den Kopf nach oben gerichtet: wunderbares, wärmendes, glänzendes Licht. Licht ist wie Liebe. Ganz umsonst. Ich bleibe immer wieder unvermutet stehen, um es aufzufangen, um nur ja nichts davon zu verpassen, ich vermeide es im Schatten zu gehen. Endlich Licht! Nachdem ich zwei Stunden ziellos und benommen durch das Viertel geschwebt bin, lande ich vor Lidl. Bei Lidl gibt's alles, was ich zum Leben brauche.

Vor dem Laden befindet sich eine breite Treppe, auf der die Aussätzigen sitzen, also die, die noch viel weiter draußen sind als einer wie ich. Dieser Ort ist ideal für sie, zum einen weil die Versorgungsquelle vor allem für Alkohol gleich oberhalb der Treppe liegt, zum anderen weil der Bereich am Fuß der Treppe von dichten Bäumen überschattet ist, die vor Sonne und Regen schützen und sich hervorragend zum Pinkeln eignen. Ich kenne sie fast alle, die hier meistens sitzen. Es sind um die fünfzehn Leute, die meisten Männer, zwei Frauen. Die Frauen heißen Petra und Moni.

Die eine ist vielleicht dreißig, die andere deutlich älter, aber ich kann in ihrem verwohnten Gesicht kein genaues Alter mehr ausmachen. Die Männer gehen quer durch alle Altersgruppen. Es ist ein Punk dabei, zwei langhaarige Rocktypen, die anderen sind äußerlich undefinierbar. Einige tragen Schnurrbart, die meisten haben ihre Kleidung von Humana-Altklamotten, schätze ich. Wenn das Wetter gut ist, sitzen sie alle auf der Treppe, trinken Bier aus kleinen, wieder verschraubbaren Plastikflaschen und reden mit ihren harten, ungeschliffenen Stimmen aufeinander ein. Manchmal springt einer auf und schlägt auf einen anderen ein, manchmal gehen Petra oder Moni mit einem von ihnen weg. Die beiden Frauen werden von der ganzen Gruppe beansprucht, wobei Petra durch die Bank die besseren Chancen hat. Wenn man in diesem Fall von besseren Chancen reden kann. Sie leben hier zusammen wie ein Urstamm, losgelöst von den Sitten der normalen Gesellschaft, und sind den Regeln der Beschränktheit, Armut und Sucht unterworfen. An diesem Tag ist ein Neuer angekommen. Er sitzt auf der anderen Seite der Straße auf einem Begrenzungspfahl, der etwa einen halben Meter hoch aus dem Boden ragt. Er sieht noch gut und frisch aus, er ist etwa Ende dreißig, seine Kleidung wirkt relativ neu, Haut und Gesichtsausdruck weisen keine Verwilderungs- oder Zerstörungsmuster auf. Er sitzt dort in der Sonne in einem braunen Lederblouson mit grüner Anzughose, einem Bürohemd, einem Pianoklaviaturschlips, seiner Aktentasche zwischen den Beinen, schaut vor sich hin und trinkt Plastikbier. Man merkt an seiner Absichtslosigkeit, dass er nicht weiß, wo er sonst hin soll, dass er keinen sinnvollen Weg zu gehen hat, dass er unfreiwillig die dort auf der anderen

Seite als seinen nächsten Stamm erkannt hat und hier geduldig wartet, bis er die Chance bekommt, aufgenommen zu werden. Die anderen beachten ihn nicht. Sie haben ihren Stolz und ihre Rituale, sie brauchen Zeit, bis sie einen Neuen akzeptieren. Der Neue soll vorerst auf dem Pfahl sitzen bleiben. Ab und zu wirft er einen kurzen, beiläufigen Blick auf die Gruppe, wie zufällig, aber in dem Blick liegt sein ganzes Begehren, Teil einer Familie zu sein. Vermutlich ist er grade ganz frisch aus dem Nest gefallen und starrt jetzt in den Abgrund, der sich vor ihm auftut. Der freie Fall kennt keine Grenzen. Es gibt niemanden, der ihn aufnehmen würde, und er ist sich selbst zu wenig, um es alleine auszuhalten. Er hat keine Initiativkraft, um sich selbst zu retten, keine Ideen, wo er in der Welt hingehören könnte, nachdem ihn seine Familie verstoßen hat, vermutlich zu Recht, ihn, von der untersten Sprosse der Hierarchienleiter. So musste er an dieser Küste stranden, der Lidlküste, dem Rand von Kontinent Deutschland.

Auf eine gewisse Weise sind wir verwandt. Wir stehen beide draußen vor der Tür. Ich aber, weil ich es will. Oder etwa nicht? Automatisch ordne ich mich über ihm ein. Ich habe eine Wohnung, manchmal Jobs, bin Kunststudent, ich kenne mich mit Filmen und Büchern aus und schreibe Gedichte. All das hat und kann er bestimmt nicht. Was weiß ich schon? Ich gehe auf ihn zu und bleibe wie zufällig bei ihm stehen.

»Tag, na, wie gehts so, alles klar?«

Verdutzt schaut er mich an.

»Hä?« Er versteht nicht, was ich von ihm will.

»Ganz schöner Tag, nä? Endlich mal n bisschen Sonne.«

»Hä? ... Ach Quatsch«, ist seine schwache und gelangweilte Antwort, dabei wedelt er mit der rechten Hand ab, als wenn ich eine lästige Fliege wäre. Recht hat er, was soll er schon antworten auf derartige Plattitüden?

»Und, biste schon länger hier?«, wage ich mich trotzdem weiter vor. Er schaut wieder zu mir hoch mit skeptischem Blick.

»Jaja, ach egal ... ist doch egal.« Ich komme nicht durch zu ihm. Er merkt, dass ich nicht auf seiner Wellenlänge bin, dass ich nicht echt bin und nicht hierher gehöre. Jede Szene hat ihr eigenes Ethos und ihren eigenen Stolz. Da kannst du sonst wer sein, in diese Szene kommst du nicht so einfach rein.

»Naja, ich geh mal was einkaufen, wünsche noch nen schönen Tag.«

Er schaut erst gar nicht hoch zu mir, sondern wedelt nur noch ab. Schade, ich hätte gerne mit ihm geredet, aber jetzt komm ich mir vor wie ein bourgeoiser Sozialarbeiterwichser oder wie ein Medientrampel, der kurz davor war, eine zarte Blume zu zertreten. Ich betrete Lidl und wandere durch die Gänge. Durch das unendliche Angebot. Am Joghurtregal mache ich halt und suche nach einem Produkt, das ich noch nicht probiert habe. Ich ernähre mich relativ anspruchslos, meinem Geldbeutel entsprechend. Ich esse viele Fertiggerichte und Kaltspeisen, will sagen Brot mit den verschiedensten Sorten von Belag. Keine Sympathien für Vitamine! Ich habe mir vorgenommen, mich über kurz oder lang einmal durch das gesamte Kühlregal zu essen, und nehme deshalb jedes Mal ein neues Produkt mit, um es zu testen. Tatsächlich führe ich zu Hause eine Liste, in der ich alphabetisch sortiert die Produkte, ihre Geschmäcker, Preise, Vor- und Nachteile eintrage. Ich beobachte mich selbst nach dem Verzehr und vermerke meine Befindlichkeit, mein Magen- und Darmgefühl, den Sattheitsgrad, das Gewicht, den Übergangshunger auf eine andere Produktrichtung und vor allem mein Zufriedenheitsgefühl. Was macht mich glücklich? Ich möchte so allmählich zu einem umfassenden Wissen über die Standardproduktpalette kommen, die einem durchschnittlichen mitteleuropäischen Überflüssigen wie mir zur Verfügung steht. Warum das alles? Ich versuche die Welt zu durchdringen, indem ich sie mich durchdringen lasse. Ich versuche zu verstehen, wer ich bin, und das kann ich nur, wenn ich weiß, woraus ich bin. Ich kann über die letzten acht Monate ganz genau sagen, was ich eingenommen habe und woraus ich bestehe, also, was ich bin. Ich bin eine lebende, autonome, humanoide Einheit, bestehend aus der Billigproduktpalette von Lidl.

Heute kann ich mir nicht viel leisten, ich kaufe zwei Joghurts, eine Erbsensuppe und einen Beutel Schwarzbrot. Das muss reichen. Dann lasse ich mich weiter durchs sonnige Viertel treiben. Am Pferdemarkt begegne ich Siggi. Mein Gott, der sieht auch ganz schön fertig aus. Lange fettige Haare, Lederjacke, kaputte Anzughose, Bundeswehrstiefel und aschgraue Augenringe. Siggi ist der Herr der Augenringe. Aber Siggi ist immer entspannt.

»Hi, Siggi, wie gehts, machstn so?«

»Och, wie solls einem wie mir schon gehen? Kuck mich doch mal an. Gestern wieder bis sechs im Ex und die Schweine waren da«, erwidert er matt, aber freundlich.

»Wie, die Schweine waren da, welche Schweine?«, frage ich.

»Na, die Schweine, Sonntag, die ganz normalen Schweine, da waren echt nur Schoten unterwegs, nur Hirnis, total

Fertige, ich weiß auch nicht, aber irgendwie verabreden die sich und kommen immer zusammen«, meint er müde.

»Ja, kenn ich, muss was mit den Gezeiten und mit Erdstrahlen zu tun haben, mit Idiotenstrahlen, die Idioten kommen immer zusammen raus.«

»Ja, genau, nur Idioten, das ganze Klo haben sie zerprügelt, und einer hat von unten gegen den Billardtisch gewichst. Das war echt ekelhaft, ich hab ihn mit dem Fuß unterm Tisch gehalten und ihn gezwungen, die ganze Sauerei selber mitm Lappen wegzuwischen. Das hat Spaß gemacht, alle haben zugesehen.« Ich muss lachen.

»Lass die Schweine ihren Dreck doch selber wieder aufräumen, sach ich immer. Alles voll mit Schweinen«, meint er erschöpft. Ich lege meinen Arm um seine breiten Schultern, und wir gehen ein paar Meter gemeinsam.

»Was willstn sonst machen?«, frage ich ihn.

»Nix, is schon okay, ich bin ja genauso auf der anderen Seite vom Tresen. Aber wenn man arbeiten muss, nervt das manchmal ganz schön. Kommst du mit ins Olympische Feuer, aufn Ouzo?«

»Nee, lass ma, ich bin grade aus der Asche wieder raus, kann nicht schon wieder rein.«

»Versteh ich, jeder stirbt seinen eigenen Tod«, meint er und verabschiedet sich. Die edelste Nation ist die Resignation. Siggi ist einer der ganz Großen, er ist das Elefantenherz des Kiez. Neben ihm kann man nur wachsen.

Ich komme am späten Nachmittag nach Hause, es dämmert bereits. Als ich in unseren Wohnungsflur komme und meine Jacke aufhängen möchte, bemerke ich einen Schatten. Langsam drehe ich mich in Richtung des Toiletteneingangs. Da steht in der Ecke ein Mädchen. Sie ist klein und dünn, vielleicht achtzehn Jahre alt, hat schwarz gefärbte Haare und große Augen. Sie starrt mich an. Ich weiß nicht, was ich sagen soll. Während ich sie anschaue, habe ich das Gefühl, als wenn mich etwas am Bein berührt. Sekundenlang. Dann schaue ich an mir runter und stelle fest, dass dort ein Hund steht. Ein fetter, großer, alter Hund. Aus unerfindlichen Gründen leckt er an meinem Bein. Er schaut nicht zu mir hoch, vielleicht hält er mich für Nahrung? Das Mädchen sagt »Muschi«, und der Hund hört auf zu lecken. Er setzt sich und starrt das Mädchen an. Vielleicht hat er mein Bein für ihres gehalten? Ich schaue wieder zu dem Mädchen. Eine Hand legt sich von hinten auf meine Schulter.

»Das ist Mella. Mella, sag ma Tach.« Das Mädchen sagt »Tach«. Hinter mir steht Bruno, nackt wie immer.

»Kannst du vielleicht dein Ding von meinem Gesäß wegnehmen?«, bitte ich ihn freundlich. »Wo warst du die ganze Zeit?«

»Ich hab Mella kennengelernt, wir waren unterwegs und dann ganz lange bei der Polizei zu Besuch.«

Wie ichs mir gedacht habe. Mella schiebt sich an mir vorbei, während sie ihren Mantel fallen lässt. Darunter ist sie nackt. Sie fasst Bruno an seinen Schwanz und zieht ihn in sein Zimmer. »Muschi« geht dumpf ergeben hinterher. Ich beneide die beiden. Ich wäre jetzt auch gerne in so absichtsvoller Gesellschaft. Wie, verdammt, macht Bruno das immer? Er ist kein Schönling, er ist irgendwie schief, man sieht ihm auf Kilometer an, dass er ne Schraube locker hat. Wieso also fliegen die Frauen grade auf ihn? Es muss am Geruch liegen. Er muss einen immensen Sexgeruch verströmen, einen, den wir Männer nicht riechen können.

Schon geht das Gerappel in seinem Zimmer los. Was der arme Hund alles sehen muss. Schrecklich. Ich gehe in mein Zimmer und schließe die Tür gründlich.

7

Ich habe den ganzen Nachmittag gelesen, das entspannt mich. Zum Abend hin beginnt es in mir langsam zu rotieren. Eine schleichende Unruhe zieht in mich ein, ich fühle mich so gesund und ausgeruht. Etwas in mir will ausfahren. So muss sich Kolumbus gefühlt haben, als er losfuhr, denke ich, nur dass ich meine Route und das Ziel schon kenne: den Kiez. Ich gehe in die Küche, aus Brunos Raum höre ich nach wie vor Gerappel. Das muss schon Stunden so gehen. Ich schaue aus dem Fenster, Abendrot über St. Pauli. Mein Blick fällt nach rechts, gleitet an dem alten Haus herab und landet auf ihrem Fenster. Der rote Seidenvorhang ist weg, und in ihrem Zimmer brennt Licht! Ich kann von leicht oben hineinschauen. Ich sehe ihr Bett, ein schönes breites Bett mit einer schwarzen geknüpften Tagesdecke darauf, sehe den weiß gestrichenen Dielenboden, eine Kommode mit allerlei Kleinkram, und vor der Kommode sitzt sie: nackt, vor einem Wandspiegel. Ich kriege fast einen Herzschlag. Mir schießt das Blut in den Kopf und in die Lenden. Sie ist noch schöner, als ihr Trenchcoat es erahnen lässt. Ihre dunkle Haut, die braunen lockigen, langen Haare, ihre breiten Schultern und der durchgewölbte Rücken. Sie hat die Beine leicht gespreizt, im Spiegel kann ich ihre Scham erkennen. Ich kann mich nicht bewegen, ich bin vollkommen erstarrt, ich habe Lendenstarrkrampf. Was soll ich tun? Sie darf mich nicht bemerken. Ich möchte Stunden hier stehen. Ich will sie, ich will sie, ich will sie so! Sie bückt sich etwas nach vorne, und ihre Brüste berühren die Kommode, während sie sich mit dem Kajal die Augen nachzieht. Sie ist so lässig, so cool, ich begehre sie sehr. Ich hab mittlerweile eine schmerzhafte Dauererektion, die durch das Gerappel im Hintergrund zusätzlich animiert wird. Ganz still stehe ich, damit sie mich nicht bemerkt. Sie schaut sich in die Augen, dann wandern ihre Pupillen im Spiegel über ihr Gesicht, wandern weiter durch den Raum und auf einmal springen sie, springen durch die Luft mit einem großen Satz und fallen mit ihrem Blick genau in meinen. Ich halte mich mit beiden Händen an der Spüle fest, während sie mich ganz ruhig anblickt, sekundenlang. Schließlich setzt sie ein kleines, neckisches Lächeln auf. Oh Gott, bitte hilf mir! Hat sie den Vorhang extra aufgemacht? Für wen? Für mich? Wusste sie, dass ich immer zu ihrem Zimmer rüberschaue, wusste sie, dass ich sie begehre, hat sie mich vorher auch schon wahrgenommen? Ich kann mich nach wie vor nicht bewegen, während sie sich ganz ruhig weiterschminkt. Dann höre ich ein entferntes Klingeln, und sie steht auf und kommt zum Fenster. Sie schaut zu mir hoch, hebt die Arme, ihr Busen steigt, sie lächelt mich an und zieht langsam den roten Vorhang zu. Ich zittere, sacke auf den Boden vor der Spüle und sitze dort kopfschüttelnd. Minutenlang. Irgendwann habe ich das Gefühl, als ob mir etwas Feuchtes über die Stirn fährt. Ich schaue hoch. Dort steht Muschi und leckt mich stumpf ab. Sein Blick ist leer. Dann dreht er sich um und geht wieder in den Flur. Ich bin geschockt. Soll ich rübergehen und bei ihr klingeln? Ich weiß ja nicht mal, wie sie heißt. Außerdem hat es bei ihr grade geklingelt, ein anderer ist zuerst gekommen. Aber mich hat sie angelächelt, mir galt der offene Vorhang. Oder etwa nicht? Wie soll ich bloß weiter vorgehen? Wie komme ich an sie ran? Ich muss wissen, wie sie heißt! Ich hole einen Zettel und einen Edding aus meinem Zimmer. Auf den Zettel schreibe ich: WIE HEISST DU? Ich klebe den Zettel mit der Schrift nach außen an die Küchenfensterscheibe.

Jetzt heißt es warten. Wenn sie reagiert, drehe ich durch. Das wäre mir mehr wert als ein Lottohauptgewinn.

Heute muss was passieren, heute kann ich nicht schon wieder in der Warteschleife des Lebens kreisen. Ich blättere noch eine Zeit lang in einem Moebius-Comic und bewege den Café d'amour.

Dann stelle ich mich vors Regal und suche meine besten Klamotten raus. Hauptsache, alles ne Spur zu eng, ist meine Devise. Mit zu eng und zu klein kann man nichts falsch machen. Ich kämme mir die Haare in die Stirn und mache einen O-Mund vor dem Spiegel. Sonntag, du siehst scharf aus. Im Fernsehen läuft »Wetten dass?«. Einer behauptet, dass er mit geschlossenen Augen, nur durch den Geschmack, die Farbe von Buntstiften erkennen kann. Blödsinn, denke ich. Das klappt nie. Ich lasse den Fernseher laufen und gehe raus. Ich lasse ihn immer laufen, wenn ich nachts ausgehe, das gibt beim Nachhausekommen so ein gastliches Gefühl. Als ob Menschen zu Hause wären. Auf dem Bürgersteig lasse ich mich treiben, renne unbekannten Frauen hinterher, ohne dass sie mich bemerken, und werde mit der Zeit langsam nach St. Pauli reingespült. Traumhaftes, wildes St. Pauli, großer, tiefer, von den Stürmen des Lebens durchfurchter und von den ewigen, schweren Wellen des Schicksals überrollter Ozean aller Überflüssigen. Hier nehmen die Überflüssigen Flüssigkeiten ein, um noch flüssiger zu werden, bis sie endgültig überflüssig sind. Geschrei im Blauen Peter 4. Einer kommt rückwärts zur Tür raus und schlägt mit dem Hinterkopf auf den Boden auf, um dort liegen zu bleiben. Gute Nacht. Ade, du mein lieb Heimatland, die Ohnmacht naht von Geisterhand. Ich gehe zum Hans-Albers-Platz und setze mich mit ein paar Dosen Bier auf das alte Toilettenhaus, auf dem oben ein ca. vier Quadratmeter großes Plateau ist. Hier ist mein Platz. Hier sitze ich oft und schau mir die Leute an. All die Nutten und Dealer und Freier und Überflüssigen. Genau über mir steht der Mond. Um mich herum Sex, Musik und Prügeleien. Rohes Leben, aufgebrochener Alltag, stinkende Träume, Strom fließt durch die Luft. Ich werde ganz ruhig und entspannt. Hier habe ich schon gelegen und in den Himmel gewichst. Man sieht die Spritzer heute noch. Ich bin fast ein bisschen glücklich.

Nach etwa einer Stunde sehe ich Hühner unten vorbeilaufen. »Hühner, he Hühner, hier oben, he!«, rufe ich. Hühner schaut sich um, sieht mich nicht, dreht sich um die eigene Achse. »Hühner, hieeer, guck doch mal nach oben.«

Hühner schaut hoch. Nun entdeckt er mich.

»He, Alder, machstn da oben, warte mal, ich komm auch hoch.«

Er klettert an der Mauer hoch und schwingt sich neben mich. Er öffnet die Jacke und zieht ne Flasche Sambuca hervor, mit der anderen Hand angelt er ein paar Kaffeebohnen aus seinem Hemd.

»So, jetzt wird's gemütlich«, meint er und schraubt den Deckel auf.

»Geiler Platz, Alder, hier war ich noch nie. Hier kannst du ja alles sehen, geiles Ding, Alder.«

Er setzt die Flasche an seine dünnen Lippen. Alles an

Hühner ist spindeldürr, seine Haare sehen aus wie Daunen. Er nimmt einen tiefen Schluck, dann knackt er genüsslich einige Kaffeebohnen mit den Zähnen. Er hält mir die Flasche hin, und ich ziehe nach. Wir reden nicht viel, schauen nur den Bräuten in den Ausschnitt und genießen den Augenblick. Alle zwanzig Minuten gibt's irgendwo Gerempel. Wir fangen an, auf Gewinner bei Schlägereien zu setzen. Der mit dem richtigen Tipp kriegt den nächsten Schluck. Hühner gewinnt immer, also trinke ich mein Bier weiter.

»Hühner, was würdest du machen, wenn du unsterblich in ne Braut verliebt wärst, aber sie wäre zu schön für dich, sie wäre eine Boxklasse höher als du. Weißt du, was ich meine?« Hühner guckt mich unbeeindruckt an.

»Eine Boxklasse höher als mich gibt's nicht. Frauen können nicht zu schön sein. Für mich nicht, für dich nicht, Sonntag. Keine Frau kann zu schön für dich sein. Guck dich doch mal an. Du bist doch ein Prachtstück, alle Bräute wollen dich, glaubst du nicht? He, Ladys, he, guckt mal hier, mein Kumpel, findet ihr den geil?«, schreit er in den Menschenstrom rein. Ein paar Typen drehen sich um, eine Nutte winkt uns zu sich runter.

»Siehst du, du brauchst nur hier runterzuspringen und die Straße langzugehen, und ich wette mit dir, dass dich mindestens zehn Bräute mit ins Bett nehmen wollen.«

Er schaut mich begeistert an und zeigt auf die Nutten auf dem Bürgersteig.

»Hahaha, den kannte ich schon«, sage ich gelangweilt.

»Sprich die Frau an, entspann dich und mach ihr was vor. Denk dir was aus, um sie zu beeindrucken, lass die Muskeln spielen, es gibt doch tausend Tricks, sei bloß kein Feigling, wenn's nicht klappt, egal.«

Er hat recht, es ist so einfach.

»Pass auf, ich hab ne echt geile Idee«, meint Hühner.

»Du besorgst dir zwei so kleine Kinderhandfunken. Und eine davon schmeißt du in ihren Briefkasten oder schickst sie ihr als Paket. Daran muss ein Zettel sein, auf dem steht: BITTE SCHALTE HEUTE ABEND UM 10 UHR EIN. Und wenn sie dann einschaltet, bist du dran, ohne dass sie dich sieht und ohne dass sie weiß, mit wem sie spricht. Das macht sie heiß. Und dann erzählst du ihr tolle Schweinereien, und sie wird immer heißer. Und dann gehst du zum Fenster. Und dann, Sonntag, ruft sie dich rüber.«

Erwartungsvoll mustert er mich.

»Hühner, die Idee ist echt nicht schlecht, das probier ich, glaube ich.«

»Hab ich auch mal gemacht, hab die Frau abends in nen Park bestellt und wollte sie um zehn anfunken. Sie ist auch tatsächlich gekommen, doch dann war die scheiß Batterie alle. Fuck, ich hatte sie schon an der Angel.«

Hühner ist ein echter Spinner, ständig hat er bescheuerte Ideen auf Lager, überflüssige und unnötige Ideen. Diese gefällt mir besonders.

»Wer ist sie denn? Kenn ich die?«, fragt er.

»Nee, kennst du nicht. Das ist so ne schöne Dunkelhäutige, die wohnt bei mir im Nachbarhaus. Trägt immer nen Trenchcoat.«

»Ach, Mia meinst du, die immer so nen langen Trenchcoat anhat?«, fragt er.

»Ja, wie, was, woher kennst du die?«, frage ich erregt.

»Ach, die kenn ich schon lange. Mann, die sieht echt spitze aus, stimmt, ist aber immer mit so komischen Typen zusammen.« Ich will gar nichts weiter wissen. Irgendwann springen wir von der Toilette runter und gehen ins Ex zu Siggi, der heute Schicht hat. Da ist wieder Idiotenalarm, und Hühner und ich gesellen uns dazu und nehmen treudoof alles ein, was uns hingestellt wird. Bis alles wieder langsamer wird und nebeliger und Rauch in der Luft liegt und Hallräume aufgehen.

Und während die Welt da draußen weiter an der großen Geschichte strickt, an Karrieren, Bedeutungen und großen Momenten, stricken Siggi, Hühner, die Idioten und ich weiter am Nichts.

8

Der nächste Morgen ist ein Nagelbrett. Wo bin ich? Durch die halb geöffneten Augen erkenne ich über mir einen leuchtenden Planeten. Es ist die Erde, soweit ich das beurteilen kann. Strahlend blau steht sie dort über mir an einem schwarzen Himmel, der nach Rauch riecht. Was bedeutet das, wer hat mich ins Weltall befördert, wieso kann ich atmen? Ich öffne die Augen weiter, taste mit den Händen ins Leere. Schließlich erkenne ich: die Erde ist ein Lampenglobus. Ich schaue mich vorsichtig um. Ich wache in einer fremden Wohnung auf, habe dieses Kissen, auf dem ich liege, noch nie gesehen, auch nicht diese Decke, den Schrank, die Klamotten, die überall rumliegen. Es ist niemand da außer mir. Ich reibe mir die verklebten Augen und huste in die Faust. Ich schaue unter die Bettdecke: Ich bin nackt, ich habe ein Präservativ über dem Schwanz. Ich sacke zurück ins Kissen und denke nach. Das ist ja alles total schrecklich. Mich durchblitzen grelle Kopfschmerzen. Ich weiß nicht, wo ich bin, mit wem ich gemacht habe, was ich wahrscheinlich gemacht habe. Ich weiß einfach gar nichts. Die Uhr an der Wand steht auf viertel nach eins. Ich stehe leise auf und schaue mich im Zimmer nach meinen Klamotten um. Sie sind nirgends zu finden. Vorsichtig schleiche ich in den Flur. Was soll ich tun, wenn ich der fremden Person gegenüberstehe, mit der ich augenscheinlich geschlafen habe? Ich husche nackt zur Küche, zum Bad, nirgends sind meine Sachen, es gibt hier überhaupt keine Männersachen, nur Mädchenklamotten: Kleider, ein Petticoat,

Strumpfhosen liegen rum, einige schwarze Blusen, ein großer BH, im Bad ist auch nichts, rote Haare liegen in der Badewanne. Wieso ist eigentlich niemand in der Wohnung? Auch keine Nachricht, kein Zettel. Ich schaue mich nach Fotos um, finde nur ein paar Bilder von mir unbekannten Menschen auf dem Schreibtisch. Das gibt's doch alles nicht. Ich sacke auf dem Bett zusammen und überlege, was ich jetzt machen soll. Wie komme ich hier weg? Ich kann doch nicht nackt nach Hause gehen. Ich will aber auch nicht warten, ich muss hier weg. Ich suche nach einem Mantel, finde aber nur kurze Jacken. Ich probiere eine Jeans, die herumliegt. Sie passt nicht. Ich komme mit den Füßen nicht durch. Die Person kann nicht allzu groß sein. Mir fällt niemand in meinem weiblichen Bekanntenkreis ein, die klein ist, rothaarig, mit großen Brüsten und einer Rockabillyvorliebe. Ich muss also jemand Neues kennengelernt haben. Ich nehme mir ein langes und dehnbares Kleid aus dem Schrank, ziehe ein paar Strümpfe über und einen alten Pullover. Ich lege einen Zettel auf den Küchentisch und schreibe drauf:

MUSSTE SCHON WEG. RUFE DICH SPÄTER AN. ES WAR SEHR SCHÖN – Sonntag.

Das ist gelogen. Aber allein der Fakt, dass ich nen Präser über dem Schwanz hatte, lässt darauf schließen, dass irgendwas gegangen sein muss. Ich schäme mich wahnsinnig. Ich öffne die Wohnungstür und spähe in den Flur. Es ist niemand da. Ich gleite hinaus und schließe die Tür. Jetzt gibt es kein Zurück mehr. Ich muss gehen. Ich laufe drei Stockwerke durch das verlassene Treppenhaus und gehe unten durch die Haustür. Ich stehe in einer mir völlig unbekannten Straße. Was soll ich tun? Ich gehe einfach den Bürgersteig runter und hoffe irgendwann etwas wiederzuerkennen. Passanten kommen den Gehweg entlang und mustern mich aufmerksam. Es ist kalt. Ich friere. Meine Füße tun weh. Leute bleiben auf der anderen Straßenseite stehen und gaffen mich an. Ich kann mich im Spiegelbild einer Schaufensterscheibe sehen und muss spontan auflachen. Ich sehe aus wie eine groteske Tuntenscheue. Das viel zu enge Kleid, die Strümpfe, die wirren Haare, die verhärmte Haltung, das ist alles einfach lächerlich. Ich komme zu einer Bushaltestelle und schaue nach, wo ich bin. Altona, Friedensallee. Okay, schon besser. Ich warte auf den Bus und ignoriere die Blicke der anderen Wartenden. Ich kauere mich ins Bushäuschen. Als der Bus kommt, steige ich durch den Hintereingang ein. Viele jugendliche Schulkinder sind im Bus, sofort geht der Spießrutenlauf los.

»Eh, kumma, der Schwulettenkasper.«

»Ihh, wie sieht der denn aus.«

»Der ist varruck, kumma, der is fertisch.«

»Schmeiß den doch raus, ey.«

»Hahaha, was is das denn für n Penner, hahaha.«

Ich setze mich und schließe die Augen. Ihr blöden kleinen Viecher. Grade die ersten Haare am Sack und schon das Maul aufreißen. Einfach warten, einfach durch da jetzt, du bist selber schuld, Alter, selber schuld. Ab und zu öffne ich die Augen und schaue, wo ich bin. Schließlich komme ich in der Schanze am Pferdemarkt an und springe unter Gejohle aus dem Bus. Verfickte scheiß Jugendliche! Jugendliche sind das Allerletzte! Alle bescheuerten Jugendlichen gehören präventiv in den Knast, bis sie fünfundzwanzig sind. Zumindest die Typen. In jungen Männern wird die gesamte Scheiße der Welt gelagert. All der menschliche Unrat gärt in diesen laufenden Psychogüllesilos. Ich weiß das, ich war selber so. War? Der Hass der Generationen.

Jetzt bloß nicht noch irgendnem Bekannten begegnen. Ich bete innerlich, haste durch die Schanze. Ich sehe, wie etwa hundert Meter vor mir Maff in meine Richtung kommt. Himmel! Er hat mich noch nicht gesehen. Ich dränge mich in einen Hauseingang, knie mich hin. Mir frieren gleich die Füße ab. Maff kommt auf meine Höhe. Kuckt mich hohl an, erkennt mich nicht und geht vorbei. Ich laufe weiter, erhöhe das Tempo, rein in meine Seitenstraße, Eingangstür, die Treppe rauf, Blick zu ihrem Fenster, Vorhang ist zugezogen, endlich bei meiner Tür, Hand auf den Türgriff und – es ist offen, Gott sei Dank. Danke, jetzt macht sich die Schlamperei bezahlt. Ich bin völlig außer Atem, wanke ins Badezimmer, schaue in den Spiegel, ich sehe total fertig aus, bleich, habe einen Knutschfleck am Hals und Lippenstift auf der Nase. Ich werfe die Kleider ab und schaue an mir runter. Der Scheiß Präser ist immer noch auf meinem Schwanz. Zum Glück ist er leer. Ich zieh ihn runter. Was bin ich bloß für ein Irrer, was ist los mit mir? Ich ziehe mir eine Unterhose und ein T-Shirt an, dann gehe ich in die Küche. Mein Blick fällt auf den Zettel auf der Scheibe.

WIE HEISST DU?, steht da immer noch, und drunter steht BRUNO. Hahaha, Bruno, ich könnte mich totlachen. Idiot. Ich schau zu ihrem Fenster rüber. Ich krieg schon wieder Nervenzucken. An ihrer Scheibe hängt ebenfalls ein Zettel. Auf dem steht:

LIEBER BRUNO, ICH HEISSE MIA, SEHEN UNS!

Das gibts doch nicht! Sie hat geantwortet. Aber wegen meines Mitbewohneridioten hält sie mich jetzt für Bruno. Na, immer noch besser, als wenn sie wüsste, dass ich Sonntag genannt werde. Ich bin fertig, erregt, ratlos, beschämt, aber auch mit Hoffnung erfüllt. Und was mache ich mit der Unbekannten von gestern Nacht? Schlimm, wenn einem alles fehlt. Wie soll ich, wenn ich das nächste Mal ausgehe, wissen, ob ich nicht gerade vor derjenigen stehe, mit der ich vor Kurzem wahrscheinlich Geschlechtsverkehr hatte? Sie wird mich bestimmt anrufen.

Ich gehe in die Badewanne und ziehe mir danach meinen schwarzen Schlafanzug an. Dann setze ich mich mit einem Stuhl vor den Kaffee der Liebe. Die Platte ist wie immer warm. Die schwarze Flüssigkeit steht still im Glas. Es hat sich eine Haut auf der Oberfläche gebildet. Das Glas ist beschlagen und an der Unterseite des Deckels hängen Tropfen. Ich denke an Patricia, daran, wie warm sie war, wie sicher ich mich bei ihr fühlte, wie nah wir uns waren, wir brauchten niemand außer uns, wir hatten eine eigene Welt mit einer eigenen Sprache. All das habe ich hergegeben für das Jetzt, für eine Freiheit, die wild und wahnsinnig und kalt ist. Willkommen bei mir selbst, in der Einsamkeit, in einer dunklen Kammer: Decke vors Fenster, Glotze an, büßen. Stunden der Angst, des Zweifels, der Scham. Nachts Panik im Dunkeln. Blitze und Knallen im Kopf. Ab und zu der Blick zum Telefon. Vielleicht meldet sich die Unbekannte ja bei mir. Vielleicht ruft Patricia an.

»Es war alles eine Fehlentscheidung, willst du nicht zurückkommen? Wäre das nicht möglich? Ich vermisse dich so sehr, ich weiß nicht mehr, warum wir uns aufgegeben haben.«

Ich gebe den Gedanken auf, sie anzurufen. Ich werde niemanden anrufen. Ich zwinge mich zu schlafen. Mit Zwang geht bei mir gar nichts. Dann stelle ich mir eine Tasse Kamillentee vor, die ausläuft. Ganz langsam umschließt mich der warme, triste Tee, ich dämmere weg. In der Nacht kriege ich Magenkrämpfe. Das muss der Fisch sein, der mit mir reden will:

»Warum lässt du dich so fallen?«

»Ich muss, ich muss. Es tut mir leid, ich wollte dir nicht wehtun, aber manchmal zieht es mich so nach unten.«

»Was in aller Welt kann einen Menschen nach unten ziehen, wenn alles, was man als Mensch braucht, oben ist?«

»Da unten muss wohl was sein, was zu mir gehört.«

»Du bist unbelehrbar. Dein Urteil ist gefällt: Klapsmühle!«

Am nächsten Tag gehts mir schon ein wenig besser. Ich fasse den Vorsatz, eine lange Pause vom Trinken zu nehmen. Diese Löcher, ich ertrage sie nicht.

Am späten Nachmittag gehe ich in die Küche, um mir einen Tee zu machen. Ein Wunder, dass in einer so kleinen Küche so viel Unordnung herrschen kann. Ich schaue zu ihrem Fenster rüber. Der Zettel hängt noch dort. Der Vorhang ist halb geöffnet, in ihrem Zimmer ist kein Licht. Irgendetwas bewegt sich dort drinnen. Ich erkenne einen muskulösen Männerhintern, der auf und ab schwingt. Und ich sehe gespreizte Beine. Er liegt auf ihr. Er hat lange blonde Haare, wirkt von hinten ziemlich muskulös. Er fickt sie. Ich sehe ihre Waden und Füße mit den hellen Fußsohlen und die Hände, die sie in die Matratze gekrallt hat. Ich fasse es nicht! Andererseits: Warum hat sie den Vorhang aufgelassen. Ich schaue wieder genauer hin. Sie verändern ihre Position. Sie dreht sich um und geht auf die Knie, und er kommt hinter sie. Jetzt kann ich sie von vorne sehen, im Halbschatten, ihn auch, er sieht drahtig aus, wie ein Lude oder ein Pornodarsteller, denke ich. Ich ziehe mich ins Halbdunkel der Küche zurück, bin von unten kaum zu sehen. Mein Herz pocht mir bis zum Hals. Er fasst sie mit der einen Hand an der Hüfte und nimmt sie langsam. Sie öffnet den Mund und hat die Augen geschlossen, ihr Gesichtsausdruck ist gleichzeitig lustvoll und entspannt. Sie ist noch schöner, als sie sonst schon ist. Er packt sie mit der zweiten Hand an der Hüfte und steigert das Tempo langsam. Ihre Brüste zittern bei jedem Stoß. Ich bin sehr erregt. Auf einmal scheint es mir, als schaue sie mir direkt ins Gesicht. Ich bekomme einen Mordsschreck und will mich gleich fallen lassen. Ihr Gesichtsausdruck ist nicht erschreckt. Hat sie das alles geplant? Ihre Erregung steigert sich. Als sie kommt, sackt sie kurz in sich zusammen. Dann hebt sie einen Arm und zieht langsam den Vorhang zu. Ihre Hand erscheint noch einmal hinter dem Vorhang und macht den Zettel ab.

9

Ich lebe in einem kontraktiven Rhythmus: zusammenkrampfen und entspannen, Normalität und Wahnsinn, das Pendel schlägt weit aus, bleibt niemals in der Mitte stehen. Jetzt kommt die Lebenskraft zurück, und ich beschließe einkaufen zu gehen. Als ich in den Flur komme, steht die Tür bei Pansen Seidler 1–6 offen. Die Zimmer drinnen sind nummeriert, von eins bis drei. Eine der Zimmertüren steht offen, zwei Farbige liegen auf schmalen Pritschen. Pansen Seidler hat hier Illegale untergebracht, pro Zimmer jeweils zwei. Wahrscheinlich nimmt er ihnen für diese lausige Koje einen großen Teil ihres Lohnes ab. Drecksau, ich habs mir gleich gedacht. Wenn der Schlachthof nicht mehr so gut läuft, bescheißt man halt ein paar Ausländer. Pansen Seidler – die Schweine von heute sind die Schinken von morgen!

Ich springe die Treppe runter und laufe die Schanzenstraße Richtung St. Pauli zum Supermarkt. Am Lidl ist die Gruppe der Aussätzigen fast vollständig anwesend. Auch der Pfahlmann ist seinem Platz treu geblieben und hockt auf seinem Poller. Schon beim Näherkommen sehe ich, dass er sich langsam assimiliert. Seine Kleidung, die er wahrscheinlich nie wechselt, ist etwas dreckiger als beim letzten Treffen, und er hat im Gesicht Farbe bekommen. Die Entwertung hat begonnen. Eine Gleichgültigkeit umfliegt seine wässrigen Augen, die er bei seiner Ankunft noch nicht hatte. Mittlerweile hat er den Gedanken aufgegeben, auf das Terrain der anderen eingeladen zu werden. Er hat diesen Platz als den seinen erkannt und ihn auch mit einem gewissen Stolz besetzt. Eine offene Stelle an der Nase spricht von den Gefahren der Freiheit. Er ist frei, denke ich, so frei, wie er nie war, aber er ist frei ohne Vision, und das ist das Problem. Er ist frei im Fall. Während ich auf ihn zukomme, grüße ich so selbstverständlich wie möglich: »Guten Tag.«

Er schaut für eine Sekunde erstaunt auf, wundert sich über mich, die Skepsis über mein ungerechtfertigtes Interesse lässt ihn wieder in sich zurücksacken. »Jaja, ach Scheiße«, antwortet er mir mit einem matten, desinteressierten Blick. »Ach Quatsch.«

Er wedelt mich mit der Hand ab. Er guckt mich nur so lange an, wie er spricht, dann schaut er woanders hin. Er lässt mir keinen Grund zu bleiben, also gehe ich an ihm vorbei, rein zu Lidl, um mich dort in die Schlange der anderen Überflüssigen einzureihen: mit den engen Leggins, den Jogginghosen, den verrenkten Figuren und den stinkenden Haaren. Zerstörte Gesichter, in denen das Leben wie eine Bombe explodiert ist, gichtige Finger, an denen Tüten hängen, in denen Getränke transportiert werden. Kinder, die an dreckigen Ärmeln hängen, die bei Lidl früh lernen die richtigen Produkte zu kaufen, um später zu Hause in die Trinkerschule zu gehen. Beim Rauskommen wage ich nicht, den Pfahlmann noch ein zweites Mal anzusprechen. Er würde mich sowieso abwedeln.

Auf dem Heimweg wird mir klar, dass auch der billige Lidl bezahlt werden muss. Ich überlege, als Roadie anzuheuern. Irgendjemand ist immer auf Tour. Aus dem Nachtleben kenne ich eine ganze Menge Musiker und Bands. Wäre auch gerne Musiker, aber ich kann keinen einzigen Ton auf irgendwas spielen.

Nach einigen Telefonaten werde ich fündig. Siggi weiß, dass die Black Jets auf Tour gehen, eine Hamburger Beatband, komische, aber ganz nette Vögel. Vor zwei Jahren hab ich schon mal eine Tour als Roadie und Fahrer mitgemacht.

Ich rufe den Sänger Vassily an, alles passt. In ein paar Tagen geht es bereits los. Roadie für zwei Wochen – das klingt wie bezahlter Urlaub.

Ich klopfe bei Bruno an, seine Tür schwingt auf. Er liegt auf dem Bett und liest.

»Mensch, Bruno, du hier, alleine, wach und am Lesen, was ist denn mit dir los?«

»Ich hab grade ne gute Zeit«, sagt er.

Er ist verliebt. Schön für ihn.

»Du, ich geh bald auf Tour für zwei Wochen mit den Black Jets. Das wird mir den Kopf n bisschen freiräumen von unserer Nachbarin da drüben.«

Er lächelt wissend.

»Mia meinst du? Die kennt nur Bruno.«

»Ja, du Arsch, toll gemacht. Aber du bist ja schon versorgt, ich hingegen habe mein Herz verloren. Ich bin verknallt, Mann.«

»Da wäre ich aber echt mal n bisschen vorsichtig, ich glaube, bei der läuft ne ganze Menge.«

Ich erwidere nichts. Ich weiß, dass er recht hat. Das schmälert meine Gefühle nicht, eher im Gegenteil. Ich muss sie erst mal kennenlernen, vielleicht merke ich dann ja, dass sich die ganze Sache nicht lohnt.

Ich erzähle Bruno von der Idee mit den Funkgeräten.

»Klingt lustig.«

Stimmt. Wir tapern zusammen durchs Viertel und gehen zu verschiedenen Türkenläden, die mit ollem Elektrokram handeln. Bei einem finde ich ein paar Funken für zehn Mark. Abends gehe ich mit der einen Funke, die ich mit nem Briefchen zusammen in eine Plastiktüte gewickelt habe, zu ihrem Hauseingang und suche die Namen am Briefkasten ab. Dort steht er, ihr Name: Mia Kouri. Was für ein Name. Der Briefkastenschlitz ist zu schmal, die Funke passt nicht durch. Aber die ausgeleierte Klappe springt auf, und ich lege das Ding einfach rein und verschließe den Kasten wieder. In dem Brief habe ich nur einen kurzen Satz geschrieben. »Bitte schalte heute Abend um zehn Uhr die Funke ein. Ich möchte mit dir reden. Ein Verehrer«. Ich hole mir vom Imbiss noch ein paar Bier und gehe wieder nach oben. Heute gibt's Pizza für Bruno und mich zum Abendessen.

Ab halb zehn habe ich das Funkgerät an und lausche. Es rauscht, ab und zu ein Knacken. Die Uhr zeigt zehn. Der Zeiger kriecht weiter, nichts passiert. Vielleicht reicht auch das Signal nicht aus. Ich drücke auf den Sprechknopf:

»Hallo, ist jemand da?«

Erst ist es einen Moment still. Dann erklingt eine forsche männliche Stimme aus dem kleinen Lautsprecher:

»Moinmoin, hier Möwe 03, wer ist denn da grade auf der Neun, bitte melden ...«

Irgendein Hobbyfunker fühlt sich von mir angesprochen. Mit dem will ich definitiv nicht sprechen. Ich schweige und warte. Wahrscheinlich war Mia zum Abend hin gar nicht mehr am Briefkasten. Warum auch, sie wird das Ding erst morgen finden. Nach einigen Minuten spreche ich noch mal ein zögerliches »Hallo?« in das Mikro. Sofort meldet sich Möwe 03 wieder.

»Ja, wer ist denn da? Hier die Möwe 03. Wer hat denn da mal büschen Zeit für nen kleinen Plausch mit der Möwe 03 aus Hamburg City?«, sagt er in Jahrmarktsprechersingsang. Ich bestimmt nicht. Ich schweige. Es ist halb elf. Sie wird sich nicht melden, ich bin mir sicher. Also probier ich's morgen wieder. Zum Abschied sage ich »Beknackte Scheißmöwe« ins Funkgerät. Die Möwe schweigt. Ich schalte ab. Ich lese »Bartleby, der Schreiber« von Melville, bis ich mit meinem Buch in der Hand im Bett einschlafe.

10

Ich schlafe in letzter Zeit schlecht, manchmal nur vier Stunden pro Nacht. Eine Unruhe schleicht in mir herum. Bin ich auf der Jagd oder auf der Flucht? Das ist die entscheidende Frage. Ich wollte frei sein, jetzt fühle ich mich gefangen. Vom Nichts. Und wenn ich dann um zwei Uhr einschlafe und um vier schon wieder wach bin, denke ich an längst vergangene Geschichten, die mich, obwohl sie doch so vergangen und tot sind, aus dem Schlaf schälen. Stundenlanges erschöpftes Lesen, bis das Dröhnen der Großstadt, dieses tiefe Brummen, das Erwachen des Riesenmotors, einsetzt und mich wieder beruhigt, ein bisschen jedenfalls. Immerhin sind die Normalen schon wach. Die machen weiter, dann kann auch ein Überflüssiger weitermachen. Oft schlafe ich dann noch mal von zehn bis zwölf oder so, was mir das Gefühl gibt, auf meine Gesundheit zu achten. Beim Hackenschrauber sollte ich vor der Tour auch noch mal reinschauen. Man soll sich ja nicht gehen lassen.

Heute wieder nur fünf Stunden geschlafen. Wenn ich sehr früh aufwache, versuche ich die Zeit mit Gedichten totzuschlagen, manchmal gelingt mir dann etwas, manchmal wache ich mit sonderbaren Bildern auf, komischen Psychovisionen, fremden Worten, Fetzen aus einer anderen Welt, aus neuen, unbekannten Sprachen, die Mauer ist ganz dünn und ich kann etwas von drüben klauen:

Großer Keulwagen

ins Persischblaue schießt die Klaue
deiner kehlplatzbeschwungenen Rissleine
such sie mit Paukelbeeren
ich muss Blaupfaffich leeren
großer Pfaulaff, dein Gilblich schreibt Hoffnung
wer kann Icknick auf Kafflumber biegen
Wellenschaumpicknick
und Laffkumberziegen
schalten den großen Keulwagen offen
für morgen, mit Zopfen voll Sorgen
verehrter spehrbosebeparkter Henry Eupapel

Das Hirn entlädt sich und wirft Schemen an die Küste der Wachen. Ich klaube sie auf. Strandgut der Psyche, das sich auf keinem Markt der Erde verkaufen lässt. Wie soll ich davon leben?

Mittags mache ich meine Runde durchs Viertel, kaufe ein bisschen Obst, Brot und Käse. Ab und zu treffe ich einen Bekannten und bleibe auf ein paar Worte stehen. In der Bartelstraße höre ich hinter mir ein Raunen. Ich gehe weiter, ohne mich umzudrehen. Wenn sich doch die Welt mal einen Moment ignorieren ließe. Ein Flüstern dringt an mein Ohr:

»Isch mach disch kalt, isch mach dir ein Loch in deinen Kopf, du Schwein.«

Ich drehe mich um, vor mir steht ein Typ, den ich entfernt kenne. Er ist Barmann auf dem Kiez, heißt Taruk oder so, ist Türke oder Kurde, ziemlich stämmig. Er hat die dunklen Haare kurz geschoren, seine Augen stehen unfreundlich eng, seine fleischigen Lippen hängen leicht. Er trägt Jeans und Bomberjacke.

Ich sage:

»Was?«

Er sagt:

»Du weißt, was los ist. Isch mach disch fertig. Du bist schuld.« Er senkt den Finger, mit dem er auf mich gezeigt hat, dreht sich langsam um und geht.

»Was ist? Ich weiß nicht, was los ist …«

Mein Ruf prallt an seinem Rücken ab. Ich bleibe ungläubig stehen. Was könnte ich getan haben? Während ich weitergehe, suche ich vergeblich nach einer Erklärung. Mich beunruhigt, wie entschlossen er wirkte, wie nüchtern. Den Mann werde ich wiedersehen. Als ich zu Hause die Treppe hochsteige, bemerke ich auf dem letzten Absatz, eine halbe Treppe über meiner Wohnung, aus den Augenwinkeln eine Gestalt, die auf dem Boden kauert. Der Typ ist noch jung, aber total verwahrlost, mit langen filzigen Haaren, kaputten Klamotten und einem flackernden Blick. Ich grüße kurz und automatisch. Er grüßt zurück und tut dabei so, als wenn wir uns schon immer kennen würden. Will wahrscheinlich nicht rausgeschmissen werden. Scheiße, zwei Verrückte an einem Tag, wieso sind die immer in meiner Nähe? Ich muss die Verrückten irgendwie anziehen. Sie halten mich für einen von ihnen. Ich gehöre nicht zu euch, hört ihr? Sehe ich so aus, als wenn ich euch retten könnte? Ich kann doch nicht mal mich selber retten. Ich lege mich erst mal für ne Stunde in die Badewanne, möchte diesen Verrücktengeruch loswerden, wasche mich gründlich, rasiere mich und ziehe mich dann ordentlich an. Bruno ist nicht da, das machts leichter. Ich freue mich auf den Abend.

Heute wird sie das Funkgerät entdeckt haben, sie wird heute mit mir sprechen. Zum Abendessen gehe ich ins Olympische Feuer. Siggi und Tobbs sind auch da. Tobbs ist Siggis bester Freund, ein schlaksiger, schlauer Typ mit einer Vorliebe für Heroin, die er mit seinem Sortiererjob bei der Post so schlecht finanzieren kann, dass er es einfach nicht schafft, richtig abhängig zu werden. Oder besser gesagt, er ist bescheiden in seiner Sucht. Ich kenne ihn seit ein paar Jahren und bewundere ihn für seine außerordentlich schöne Gesangsstimme. Wir beide nahmen in einer Anwandlung von sportlichem Ehrgeiz einmal an einem Schnupperkurs für Karate teil und entschieden uns bereits nach einer halben Stunde bloßen Zusehens, wortlos wieder zu gehen, wir hatten beide erkannt, dass diese Form von Ehrgeiz zu nichts anderem als höchstens Muskelkater führen könnte, und was kann man sich schon für Muskelkater kaufen?

Ich setze mich dazu, beide sind schon bei der dritten Runde Ouzo. Ich halte mich merklich zurück, trinke nur ein paar Bier und erzähle den beiden auch nichts von meiner Vorfreude. Sie berichten mir, dass heute ne Aftershowparty von Depeche Mode im Nasenbär sei. Ich glaube das nicht. Was sollen die denn ausgerechnet im Nasenbär? Woher sollten die das kennen?

»Wieso, Nasenbär ist doch bekannt, da kommen auch Leute aus Berlin und so hin«, meint Siggi.

»Eine weltbekannte Erfolgsband wie Depeche Mode kommt nach Hamburg und will nach dem Gig ausgerechnet in einen schlampigen Undergroundladen, der Nasenbär heißt?«, frage ich.

»Wieso denn nicht?«, sagt Tobbs.

»Das sind voll die Pulvertypen, tragen nur Schwarz, sind fertig drauf. Das passt doch irgendwie.«

»Ihr meint also, dass der Nasenbär sich in der internationalen Rockstar- und Drogenszene allein durch seinen genialen Namen einen Ruf erworben hätte?«, frage ich noch mal.

»Der Nasenbär ist der coolste Laden in Hamburg, ich würde sagen, in ganz Norddeutschland. Das kriegst du als Ami oder Engländer oder was die auch immer sind auch mit. Und ich geh da heute hin und kuck mir die an«, beschließt Tobbs die Debatte. Siggi ist offenkundig der gleichen Meinung.

Ich wünsche den beiden viel Spaß und verdrücke mich. Es ist schon halb zehn, ich muss an die Funke. Ich sprinte den Weg zurück und die Treppe hinauf. Der junge Penner wacht erschreckt auf, blinzelt mich an, ich springe in die Wohnung. Ich setze mich mit der Funke im Dunkeln auf den Boden und warte. Bitte heute nicht Möwe 03, flehe ich. Der Kanal schweigt. Einige Minuten nach zehn Uhr höre ich ein Knacken.

»Hallo?«, sage ich leise.

Es knackt wieder und dann kommt ein »Hallo« zurück. Ein ruhiges, entspanntes, cooles, tolles »Hallo«. Das kann nur sie sein.

»Hallo, bist du es, Mia?«

Sie sagt: »Ja.« Schlichte Frage, präzise Antwort.

»Hi, wie gehts dir?«, schicke ich hinterher. Erstaunlich, wie leer mein Gehirn sein kann! Hätte mir einen Plan machen sollen.

»Gut.« Die Funke rauscht. Drei Buchstaben und ihr Part ist souverän erledigt. Sie will, dass ich agiere.

»Ich freu mich, dass du rangehst.«

»Soso ... wenn du schon an meinem Briefkasten warst, warum bist du dann nicht hochgekommen?«

Was soll ich jetzt sagen?

»Ich habe mich nicht getraut«, sage ich.

»Du traust dich doch sonst etwas.« Wieso sagt sie das? Weiß sie, wer ich bin? »Wieso kommst du nicht einfach zum Küchenfenster, Bruno. Dann können wir uns beim Sprechen sehen.«

Mir bleibt fast das Herz stehen. Langsam steh ich auf und gehe mit der Funke in die Küche. Ich schaue zu ihrem Fenster. Ihr Vorhang ist leicht geöffnet, das Licht im Zimmer ist aus, und sie steht im Spalt des Vorhangs, mit einem schwarzen Rock und einem schwarzen Rollkragenpullover bekleidet.

»Hi, da bist du ja endlich, Bruno.«

Wie sie Bruno sagt! Ich möchte ein neues Leben beginnen, in dem der Name »Sonntag« nicht existiert.

»Wie wäre es, wenn wir uns einfach treffen? Dann können wir uns direkt unterhalten.«

»J-j-jetzt?« Ich stottere. Ein bisschen viel Realität auf einmal.

»Wie es dir passt. Ich geh später noch in den Nasenbär. Depeche Mode sind heute da. Wenn du Lust hast, kannst du ja mal vorbeischauen.« Sie klingt freundlich, aber nicht mehr lässig.

»Ja, ich schau mal, vielleicht sehen wir uns nachher da.« Warum klingt das nicht lässig? So eine Demütigung. »Uncool« ist gar kein Ausdruck. Meine Chancen bei Mia sind im Keller. Ich schalte die Funke ab, laufe in meinem Zimmer herum, überlege, was ich tun soll. Ich bin zu aufgeladen, um einfach ins Bett zu gehen. Mein Magen grummelt, der Fisch meldet sich:

»Jetzt bleib mal ganz ruhig, du hast doch alle Chancen.«

»Halts Maul, Fisch«, kürze ich die Debatte ab.

Er blubbert irgendwas, und ich drehe die Musik laut, um ihn zu übertönen. Morgen können wir die Sache ausdiskutieren, aber vorher nicht.

Ich zieh mir einen schwarzen Anzug an und gehe zum Pferdemarkt, setze mich im Boll an den Tresen und trinke. Trinke mich warm – oder kalt. Trinke mich aus der Enttäuschung, aus der Scham. Um Mitternacht laufe ich zum Nasenbär. Das Ding ist brechend voll, Leute stehen auf der Straße. Vier Typen in Rockermontur sind gerade dabei eine Ente zu verarbeiten, die vor dem Laden geparkt hat. Erst wird unter die Motorhaube gepisst, dann durch die Seitenscheiben auf den Fahrer- und den Beifahrersitz. Die Stimmung ist vorzüglich, man kreischt bei jeder neuen Sauerei. Zu guter Letzt wird das ganze triefende Mobil von den vier Spaßgranaten quer auf die Stresemannstraße geschoben. Autos müssen halten, Gehupe, erregtes Wutgebrüll. Nach einigen Minuten kommt ein langhaariger, dürrer Typ mit Nickelbrille angelaufen, augenscheinlich Besitzer des Vehikels. Unter dem aufgeheizten Gejohle der Anwesenden muss er auf dem vollurinierten Gestühl Platz nehmen und die Pissschaukel entfernen. Alle Augenzeugen sind zufrieden. Ich drängle mich in den Laden, die Stimmung ist auch hier bereits jetzt ausgelassen. Am Ende des Raumes steht tatsächlich Martin Gore und stopft sich vegetarisches Zeugs in den Mund. Ich drücke mich an die Tresenecke und bestelle mir ein paar Getränke auf Vorrat. Halte ich das hier aus? Wo ist Mia? Ich kann sie nirgends sehen. In der Nähe von Martin Gore steht Patricia, meine Ex, sie steht dort mit einem mir unbekannten Typen und küsst ihn zärtlich auf den Mund. Ich wende mich ab. Nicht hinschauen, nicht dran denken. Dann entdecke ich Mia. Sie ist eben reingekommen, zusammen mit einem großen blonden Typen: Jeans, Cowboystiefel und ein heller Trenchcoat. Der sieht aus wie der Sänger von Mister Mister. Ist das ihr Fred? Ich drehe mich zur Seite, will nicht, dass sie mich sieht. Als ob ich nach der Idiotenaktion hier auf sie warten würde. Peinlich. Unauffällig dränge ich mich zum Ausgang. Draußen stehen immer noch die Rocker. Sie haben einen Gullideckel aus dem Boden gehoben. Einer von ihnen schmeißt vor den Augen aller Umstehenden einen Zehn-Mark-Schein in den Schacht. Sofort rempeln zwei Typen an der Öffnung und versuchen die Sprossen im Schacht runterzukommen, um den Schein zu ergattern. Beide klettern runter. Der Zehnmarkschein ist unten im Siel weggeschwommen. Als sie zurückklettern wollen, stehen oben zwei von den Rockern und pissen den Ankömmlingen ins Gesicht. Ein Riesengeschrei, teils aus Wut, von den Umstehenden aber aus Freude. Ich löse mich aus der Meute, ich halts nicht aus, ich kann heute nicht, ich bin nicht dabei, es ist einfach alles nur Demütigung.

Was für ein beschissener Tag. Ich gehe nach Hause, verkrieche mich in meinem Zimmer, schließe es von innen ab und setze mich heulend auf den Boden. Irgendwann später schlafe ich vor einem gewohnt gut aufgelegten Jörg Draeger ein.

11

Heute ist mein letzter Psychotermin vor der Tournee. Da muss ich nüchtern sein. Ich gehe in die Küche, um mir nen Tee zu machen. Auf dem Boden liegt Muschi und pennt. Im Flur, am Telefonanschluß, ist ein riesiger, stinkender Fleck auf dem Teppich. Im Rappelzimmer ist Ruhe. Der blöde Hund hat, weil ihn die beiden nicht ausgeführt haben, an den Telefonanschluß gepisst. Ich hebe das Telefon ab – nichts geht mehr. Ich schmeiß das Telefon genervt in die Ecke. Jaulend springt Muschi auf. Überall Idioten, ich schwörs: Keiner achtet auf keinen.

Ein Blick rüber zu Mia. Der Vorhang ist zu. Dahinter liegt ein abstoßender Mann bei der schönsten Frau, die ich kenne.

Ich frühstücke ein paar Haferflocken, repariere den Telefonanschlusss und telefoniere kurz mit Thea und Mutter. Tausche vermeintliche Alltäglichkeiten aus. *Ja, bei mir ist alles ganz normal, ein normaler Tag reiht sich an den nächsten, ja, die Tage gehen immer so weiter, Mutter, das ist vielleicht ein Leben, so schön hätte ich mir das nie vorgestellt, so schön normal und ordentlich, und alles ist gemacht und läuft, und ich brauche nur mitzugehen, und dann geht das immer so weiter, danke Mutter, diese Idee ist genial. Was macht Vater? Er arbeitet im Garten? Sag an, das ist ja mal was, da möchte ich auch mal hin. Wenn ich das in der Zukunft hätte, ein Traum ginge mir in Erfüllung. Na, darauf einen Dujardin.*

Nach diesem aufbauenden Gespräch ziehe ich mich an, um zum Hackenschrauber zu reisen. Doktor Frank hat seine Praxis in einem Viertel, in dem nur Leute wohnen, denen es gut geht: die Mitte der Gesellschaft. Wir, aus den Slums in der Innenstadt, müssen zu ihnen in die heilen Außenbezirke fahren, um uns reparieren zu lassen. Wozu machen die unsereins eigentlich wieder heil? Vielleicht halten sie uns ja auch in diesem kaputten Zustand, damit wir sie bezahlen. Sie leben von unserer Kaputtheit. St. Paulis Zerstörtheit ernährt ganz Eppendorf.

In Doktor Franks Praxis muss ich wie gewöhnlich warten, weil er grade noch einem anderen Patienten die Mütze wieder festschraubt. Wie immer starre ich auf das ewig gleiche Bild von Miró. Miró, Maler der Ärzte. In jeder etwas besseren Praxis hängt dieser bescheuerte Miró mit seinen langweiligen Farbgebilden. Ich kann darin nichts entdecken, Kunst für Ahnungslose. Miró kannst du immer hinhängen, da machst du nichts falsch, denken sie wahrscheinlich. Ich kann mich nicht konzentrieren, wenn ich auf dieses blöde Bild schaue, kann aber auch nirgendwo anders hinschauen.

Schließlich kommt eine junge Frau aus dem Behandlungsraum. Wir nuscheln uns eine verschämte Begrüßung zu. Wir sind nicht verrückt, wir beide nicht, wir sind nur so hier. Zufällig. Doktor Frank bittet mich in sein Zimmer. Bitte setzen Sie sich. Er setzt sich mir gegenüber und schaut mich an. Das macht er immer so. Sitzen und gucken. Kann er nicht das Gespräch durch eine Frage eröffnen? Warum muss immer ich die ganze Show liefern?

»Tja, ich weiß nicht genau, wo ich anfangen soll.«

»Das letzte Mal haben wir aufgehört bei Ihrer Beziehung zu Ihrer Schwester, Herr Sonntag. Wollen wir da ansetzen?«

Ich fange an zu erzählen, wühle in meiner Vergangenheit, nenne unerhebliche Details, halte mich an kleinen Begebenheiten auf. Ich suche und suche, aber mein Gefühl ist: Es gibt keinen objektiven Grund für mein ewig schlechtes Befinden. Ich bin nicht geprügelt, benachteiligt, unterdrückt worden. Mein Vater ist Fahrlehrer. Geduldiger kann ein Mensch nicht sein. Und meine Mutter verkauft Damenmode in Cloppenburg. Und zwar gerne. Was soll ich sagen. Der Doktor redet kein Wort, schaut mich nur ruhig an und fädelt ab und zu ein »Aha« ein. Ich rede und rede, suche nach etwas Interessantem, als ob ich für die Sitzung bezahlt würde, labere vor mich hin, während seine Augen immer schläfriger werden. Mein Gott, muss ich langweilig sein. Mein eigenes Gerede beginnt mich zu langweilen. Ich gähne, er gähnt, mein Redefluss wird leiser, die Worte kommen langsamer, irgendwann höre ich einfach auf, und in die Stille sagt er: »Aha.« Gott, ist das trist. Wir sind quasi beide eingepennt. Als nach Ewigkeiten immer noch nichts passiert, wird er erschrocken wach und stellt eine Frage, die das Gespräch wieder in Gang bringt. Meinetwegen. So bringen wir die letzten zehn Minuten rum. Können wir nicht einfach ne Stunde voreinander sitzen und schweigen? Oder einfach in einen Raum gehen und beide pennen? Und danach würde ich ihn bezahlen und mich besser fühlen. Als ich die Praxis verlasse, fühle ich mich wie immer tatsächlich besser. Was für ein Spuk. Ich habe mal wieder mit Doktor Frank geschlafen, denke ich. Die positive Wirkung wird etwa zwei Stunden anhalten, dann bin ich wieder auf dem Boden der Tatsachen gelandet.

Vor meinem Mietshaus ist Schnipselalarm auf dem Bürgersteig. Manchmal rieselt es stundenlang aus dem dritten Stock: Orangenschalen, Briefe, Zeitungen, Nudeln, Brotreste, Plastik, alles in kleine Schnipsel gerissen und runtergeschmissen. Von Frau Postel. Sie wohnt im dritten Stock und ist schon über achtzig Jahre alt. Sie kann die Treppen nicht mehr steigen. Also nimmt sie ihren Hausmüll und stopft ihn in ihre beiden fetten Katzen, und was da nicht reingeht, das zerschnipselt sie und schmeißt es aus dem Fenster.

Ich habe auch schon mal darüber nachgedacht, es so zu machen. Es ist so schön bequem und lustig. Und wenn Frau Postel schmeißt, wen störts dann, wenn ich meinen Müll dazuschmeiße? Sie ist die Frau Holle des Hausmülls. Ich mache einen kleinen Bogen um den rieselnden Müll und steige zu mir hinauf.

Morgen ist Abfahrt. Ich freu mich auf die Tour, endlich weg hier. Ich lege mich aufs Bett, um ein wenig zu glotzen. Mein Kopfkissen fühlt sich sonderbar hart an. Ich taste es ab, es liegt etwas darunter: Ein Jutebeutel. Drinnen ist ein harter, großer Gegenstand, eingewickelt in Küchenhandtücher, ziemlich schwer. Als ich das letzte Handtuch zur Seite ziehe, liegt vor mir der gehäutete Kopf eines Schafes: blutig, roh, mit heraushängenden Augen. Mir wird spontan schlecht. Ich lege das Handtuch wieder drüber. Es liegt kein Zettel dabei, keine Bemerkung, einfach nur der Kopf. Was soll das heißen, wer will mir hier was? Ich packe den Kopf, gehe in die Küche und schmeiße ihn aus dem Fenster auf den Hinterhof. Es knackt dumpf, als er in der Tiefe aufschlägt. Kommt er von Taruk? Oder von dem Verrückten eine halbe Treppe höher?

Ich öffne die Tür und stelle mich vor ihn.

»He, hör mal, hast du mir den Beutel ins Bett gelegt?«

»Welchen Beutel?« Seine Stimme überschlägt sich. »Ich kenne gar keine Beutel, bestimmt nicht.« Er verliert die Kontrolle über seine linke Augenbraue. Sie zieht sich angestrengt nach oben.

»Und hast du hier jemanden reingehen sehen?«

»Nein, ich bin immer hier, und hier ist keiner, außer wenn ich nicht da bin.«

Was? Ach, das bringt ja nun gar nichts, mit ihm weiter zu reden. Er wars nicht, das glaube ich ihm. Ich gehe wieder in mein Zimmer. Ich bin angewidert von dem Gedanken an den Kopf und dem Gedanken an den, der ihn mir hier hinterlassen hat. Ich kann den Feind nicht sehen. Ich kenne seine Gründe nicht. Ich beziehe das Bett neu und lüfte das Zimmer durch. Morgen bin ich hier weg.

12

Bin früh aufgestanden und habe Obst eingekauft. Auf der Etage des jungen Irren liegt ein Schulheft, auf dem steht: »Ich bin das Schülerienchen aus der Vocke Schule.« Darin sind psychische Art-Brut-Zeichnungen mit zackigen Männchen, Mündern mit riesigen Zähnen im Bauch. Sehr beeindruckend. Die beste private Kunst, die ich seit langem gesehen habe.

Unten in meinem Briefkasten liegt ein kleiner Zettel:

»Übrigens, vergiss die Kinderfunke und ruf mich an, wenn du magst: 4393784 – Mia.«

Ich werde sie von unterwegs anrufen. *Schöne Mia, sexy Mia. Scheiß auf deine billigen Männer. Ich, Fürst der Überflüssigen, Anführer der riesigen Armee der Coquille, die die konspirative Geheimloge der Nichtsnutze ist, Advokat der internationalen Idiotenvereinigung, werde dein zukünftiger Ex-Freund sein, der, der weniger zu bieten hatte als all die durchschnittlichen Funktionierer vor mir. Sie sind zu dumm, um Angst zu haben. Ich bin der laufende Zweifel. Warum ich so strahle? Warum mich alle haben wollen? – Angst schuf diesen perfekten Geist.*

Um zwölf Uhr haben wir den Bus fertig gepackt. Ein großer, alter Mercedesbus, von irgendeinem Freak gemietet. Vollgestopft mit Instrumenten, Verstärkern und Zubehör. Die Black Jets sind anwesend, ihre zumeist deutschen Namen passen nicht eben zum Bandnamen: Wassily Vorfelder (Mod, immer im Anzug, Pilzkopf, gut aussehend): Sänger, Bertl Bock (der Sohn des Arztes aus der Praxis Dr. Schinkel und Bock, Beat-Typ in schwarzen Jeans und Jackett, Velvet-Underground-Fan): Gitarrist, Gerd Busewankel (Anzugträger, Gunther-Sachs-Fan): Bassist, und Müller-Thurgau (Jeanstyp, etwas längere Haare, Sneakers): der neue Schlagzeuger. Dazu kommt der Merchandiser Robbi und der Tourmanager Floyd. Ich kann Floyd nicht ausstehen, der einzige unangenehme Typ bei der Tour. Aber das müssen Tourmanager ja auch sein. Einer muss die ganze Scheiße bündeln: allen Ärger, allen Frust. Floyd. Er will das so, er kommt sich dabei cool vor. Dass es Leute gibt, die es cool finden, scheiße zu sein! Sein Problem! Wir besteigen den Bus, halten noch mal an ner Tanke und rollen dann aus Hamburg raus, über die Elbbrücken, durch den Regen, auf die Autobahn Richtung Hannover. Sofort lassen wir uns gehen, richten uns ein, schaffen uns ein Herrennest. Nach einer halben Stunde ist der Bus bereits in einem Zustand fortschreitenden Niederganges. Überall liegen Zeitungen herum, Junkfood verteilt sich auf den Bänken und dem Boden, Bertl hängt bereits an der zweiten Bierpulle und es wird geraucht, dass man von außen nur noch Schemen im Fahrzeug erkennen kann. Der Bus als Gerbhöhle, als Lebenszeitverkürzer, als Personenverschrotter, als Gestaltenbeschleuniger. Ich habe mich an ein Seitenfenster verkrochen und versuche durch einen schmalen Fensterspalt Luft zu bekommen.

»Ej, Sonntag, mach das Fenster zu, das zieht.«

Es läuft dröhnend laute Musik. Wassily hört immer Kinks, gerne so laut, dass die Boxen knarzen. Alle anderen sind genervt. Das Musikdiktat in einem Bandbus gehört zu den Hauptstressquellen, die Streitereien nehmen kein Ende. So auch dieses Mal. Wassily wird so lange angeschrien, bis er die Anlage ausmacht.

»So, bitte, dann eben keine Musik, wie ihr wollt.«

»Wir wollen Musik. Nur nicht immer Kinks«, sagt Bertl.

Das fängt alles gut an. Man muss sich am Anfang einer Tour erst mal einrocken, muss sich auf ein sehr niedriges Level runterfahren. Der kleinste gemeinsame Nenner ist ein Klumpen Dreck, an den sich alle klammern müssen. Zumindest wenn es eine Herrentour ist. Es geht weder um Entspanntheit, Gesundheit, Lebensverfeinerung, Bildung oder Individualität. Das Ziel ist, relativ schnell zu einer rohen, stinkenden Horde zu werden, um das Ganze durchzustehen. Schützengrabenleben. Ich hatte das alles schon wieder vergessen. Touren ist überwiegend eklig. Nicht mal am Anfang der Reise bemüht sich irgendjemand, den Schein zu wahren. Wir versacken alle sofort in Apathie. Ab heute ist Ausverkauf.

Unser Zielort heißt Münster, Odeon. Da war ich auch schon zweimal. Auf der Autobahn um uns herum der zähflüssige Strom der Normalen: mit gesunder Atemluft, anständigen Zielen und einem verdienten Feierabend. Geputztes Blech, Heckaufkleber, Pandabären-Scheibenverdunkler. Ab und zu ein Garfield, mit dem Kopf nach unten an die Hinterscheibe geklebt. Warum eigentlich immer mit dem Kopf nach unten? Sie stoßen mich ab und ziehen mich an, die da draußen. Könnte ich mitfahren zu einem von euch nach Hause, als blinder Passagier? Ich bin schon im richtigen Fahrzeug untergebracht. Ich lehne mit dem Kopf an der kühlen Scheibe, sehe neben uns einen Audi mit einer perfekten und gesunden Familie. Die Eltern sitzen vorne. Zwei Töchter auf der Rückbank, alles strahlt Ordentlichkeit aus. Das ist so traurig, wie die da drin sitzen und gefangen sind in ihrer deutschen Tristesse. Die Kinder sind auch schon infiziert mit der Krankheit Leben. Sie sind genauso gefangen wie wir in unserem Traum von Freiheit, der ein stinkender Käfig ist.

Etwa um 16 Uhr kommen wir in Münster an. Die Band will erst ins Hotel. Dann fahren wir zum Odeon und laden aus. Dabei hilft mir Robbi, der Merchandiser. Nach etwa einer Stunde taucht die Band auf. Das meiste steht schon, die Gitarren sind gestimmt. Bertl ist besoffen. Er legt sich an die Bühnenkante und pennt ein, weil es bis zum Drumsoundcheck wegen der Mikrofonierung noch dauert und nichts zu tun ist. Die Stimmung kommt mir so vor, als wenn wir schon seit drei Wochen auf Tour wären. Kein überflüssiges Wort wird geredet. Müller-Thurgau zippelt unentwegt auf seinem Schlagzeug rum, übt Roller und Wirbel, es nervt.

Nach dem Soundcheck gehen wir in einer Pizzeria nebenan essen. Es gibt Pizza. Der Veranstalter hat vorbestellt, damit wir nichts Teures wählen. Bertl trinkt vier weitere Halbe während des Essens, danach zwei Schnäpse. Alle anderen forcieren jetzt auch das Trinkpensum. Die Stimmung steigt ein wenig, es werden sogar Witze gemacht. Müller-Thurgau bestellt sich ne Flasche Weißwein. Logo. Nach dem Essen gehen alle zurück ins Odeon und zügig in den Backstageraum. Die Band fängt an sich zu stylen. Es werden Anzüge angezogen, Haare gekämmt. Nur Müller-Thurgau besteht drauf, eine kurze Hose und Turnschuhe anbehalten zu können.

»Ey, wir sind ne Beatband, da gehts um Style und um Straightness, verstehst du das nicht?«, sagt Wassily.

»Und ich bin Drummer, wusstest du das nicht?«, antwortet Müller-Thurgau.

Darauf Bertl Bock: »Ich habs euch ja gesagt, der Typ ist kein Styler, der ist Techniker.«

»Was ist jetzt los? Was soll das denn, du Hampelmann? Du kannst doch nicht mal richtig Gitarre spielen.« Müller-Thurgau eskaliert die Situation.

»Alles klar, der Herr. Du hättst mal lieber in deiner Tanzkapelle weiterspielen sollen anstatt mit ner bekannten Band auf Tour zu gehen. Da muss man nämlich nicht nur spielen können, sondern auch nach was aussehen.«

Gerd Busewankel will sich einschalten. »Nu, kommt ma wieder runter, is doch egal, was Müller-Thurgau an den Beinen hat, Hauptsache, der spielt gut.«

Müller Thurgau: »Was hast du denn zu melden?«

»Wie, egal, was der an den Beinen hat! Der sieht scheiße aus und mit Scheiße geh ich nicht auf die Bühne, und schon gar nicht, wenn die Scheiße auch noch ein Baseballcappi auf dem Kopf hat.«

»Du bist doch so ein armer Waschlappen. Du bist doch ein ganz kleiner Wicharghhhuärgh...«

In diesem Moment springt Bertl Müller-Thurgau ins Gesicht und krallt sich in seinen Haaren fest, Thurgau schlägt wie blöde um sich. Es dauert, bis die Umstehenden eingreifen. Nicht zuletzt, weil wir die Situation genießen. Müller-Thurgau ist danach im Gesicht zerkratzt, Bertl Bock hat ein blaues Auge.

Floyd, der Tourmanager, betritt den Raum: »So, Leute, in ner halben Stunde ist Showtime. Is noch nicht so richtig was los draußen, macht aber nichts, sagt der Veranstalter, die Leute kommen noch während des Konzerts.«

»Wieso, wie viele sind denn da?«, fragt Wassily.

»So um die fünfzig. Kommen aber bestimmt noch mal so

viele. Außerdem haben wir heute jede Menge Konkurrenz. Kann sein, dass die Leute erst später kommen.«

»Oder gar nicht«, nölt Müller-Thurgau aus seiner Ecke.

»Halts Maul, Müller-Drecksau, halt bloß das Maul. Bei uns kommen ganz normal Leute, man kennt uns nämlich schon seit Jahren, zumindest die alte Besetzung«, faucht Bertl Bock.

Das Warm-up ist im Gange. Es werden Schnäpse eingenommen und unentwegt Zigaretten geraucht. Ich bringe eine Kiste Bier auf die Bühne, ein paar Handtücher und eine Flasche Wodka. Oben in der Halle ist kaum was los. Ein paar Leute stehen vereinzelt im Raum herum, über die Anlage läuft Jasper Vant Hofts Pilli Pilli. Der örtliche Mischer steht auf so was. Kurz nach neun Uhr betreten die Black Jets die Bühne. Es sind tatsächlich noch einige Fans eingetroffen und stellen sich ein paar Meter vor der Bühne auf. Die Musiker gehen in Position: Bertl Bock schwankt bedenklich, Müller-Thurgau zählt ein, Bertl Bock verpasst den Einsatz, vermutlich absichtlich, Lärm im Saal, der Sound ist undifferenziert, das Schlagzeug kracht in den Höhen, die Stimmen vermatschen zu einem mittigen Geröhre, man versteht kein Wort. Die Band hört ihren eigenen schlechten Sound im Saal und versucht genauer zu spielen, aber der Mischer kriegt den Sound nicht in den Griff. Beim Soundcheck klang es besser. In der Mitte des Saales tanzen zwei alte Hippiepunks. Die anderen Besucher sind nach hinten in den Saal gewichen. Der Sound und die Stimmung werden auch während der nächsten Songs nicht besser. Wassily springt mit dem Mikro ins Publikum und versucht die Leute nach vorne zu holen. Keiner geht mit. Irgendwie ist alles umsonst: Aufgepeitschte Beatsongs, allmählich immer besser gespielt, auch zwei Balladen, dann wieder Power, jede Form von Stimmung bleibt aus. Erst bei den letzten drei Songs kommen ein paar Leute zaghaft nach vorne und jubeln ein bisschen. Sogar eine Zugabe wird noch vierzighändig rausgeklatscht. Die Band gibt alles, um nach dem letzten Song frustriert in die Backstageräume zu wanken. Die Halle wird zügig geräumt. Im Keller gibt's sofort wieder Streit.

»So ein scheiß Mischer. Das war ja wohl das Letzte. Ich hab nichts gehört, nichts!«, schimpft Müller-Thurgau.

»Du hast nichts gehört, weil du zu laut warst!«, hört man Bertl aus dem Hintergrund des Raums. Sie sind zu erschöpft, um sich weiter zu streiten. Bertl legt sich auf eine Bank und pennt ein. Ich muss nach oben, um abzubauen. Als ich nach ner Stunde wieder nach unten komme, ist immer noch die gleiche Situation. Alle hängen besoffen auf den Bänken rum und versuchen den Abend zu analysieren. Es gibt nichts zu feiern, also wird es gefeiert. Nachdem wir den Bus mit allem gepackt haben, gehen wir aus. Wir landen mit dem örtlichen Veranstalter in ner Absturzkneipe, dem Roten Kreuz. Hier hängen noch ein paar Alkis rum und einige junge Leute, sogar welche, die vorhin auf dem Konzert waren. Die Aufrissversuche sind so jämmerlich, dass ich ins Bett gehe.

13

Die Tage gleichen sich. Um neun Uhr kommt Floyd: aufstehen, Besoffene wecken, Frühstück, den kaputten, immer noch pennenden Bertl Bock holen (ich habe ihm meistens Brötchen geschmiert), Abfahrt/Überfahrt, Ankunft, Aufbau, rumhängen, Soundcheck, Essen, rumhängen, Konzert, in irgendeinem Klub besaufen, pennen. Manchmal gibts noch nen Exzess im Hotel, alle trinken in einem Zimmer weiter, irgendjemand pisst in den Wandschrank oder zerstört Mobiliar. Einmal scheißt einer in Müller-Thurgaus Kulturtasche. Es lässt sich nicht rausfinden, wer es war. Ein anderes Mal scheißt jemand in Bertl Bocks Kulturtasche, auch hier lässt sich kein Täter feststellen. In Braunschweig lassen Robbi und Müller-Thurgau einen Feuerlöscher im Zimmer von Bertl Bock los. Er ist so besoffen, dass er es nicht mitbekommt. Am nächsten Morgen wacht er in dem total eingesauten Zimmer auf, und es gibt Riesenärger mit dem Hotelier, Hausverbot und Strafzahlungen. Bertl ist tagelang sauer auf Robbi und Müller-Thurgau. Ich habe einen ununterbrochenen Kater, der erst beim Startbier am Abend langsam verebbt. Ich versuche nach besonders kurzen Fahrten etwas von den Städten mitzubekommen, gehe in Kirchen und Museen. Ich kenne alle großen Kirchen und Museen in Deutschland. Wirklich. Aber auch das wird irgendwie zur stumpfen Routine. All diese Pracht der Dome, der Rathäuser und Ausstellungssäle zieht an meinen glasigen Augen vorbei, umsonst gebaut.

Die Zuschauerzahlen bei den Konzerten sind fast immer

im zweistelligen Bereich, ab und zu auch mal ein paar mehr. Dann ist die Stimmung deutlich besser, und es kommt so was wie Energie auf. Früher muss es für die Black Jets gut gelaufen sein. Jetzt bemühen sich die örtlichen Veranstalter nicht einmal mehr, den Schein zu wahren. Wir sind ein rollendes Verlustgeschäft, und so werden wir auch behandelt. Die letzte Platte ist schon zu lange her, es gibt aktuellere Bands. Floyd hat jeden Respekt vor den Black Jets verloren und hängt ständig am Telefon, um über Touren mit erfolgreicheren Bands zu verhandeln. Der einzige Lichtblick sind die weiblichen Fans, die ab und zu noch nach dem Konzert bleiben. Oder die man später in einer Kneipe trifft.

In Stuttgart taucht nach dem Gig eine massige Frau in Lederklamotten am Merchandisestand auf. Sie ist bereits ziemlich betrunken. Sie stellt sich als Agathe vor. Bertl Bock zeigt spontanes Interesse, obwohl sie sich mit Merchandiser Robbi über T-Shirts unterhält. Robbi will den Platz nicht räumen.

»Robbi, gib mir mal das schwarze Shirt mit dem Black-Jets-Schriftzug, ich wills der Dame hier schenken«, meint Bertl, während er die Lederfrau gierig anstiert.

»Wieso, das wollte ich ihr gerade persönlich schenken.«

»Du hast hier gar nichts zu verschenken, das sind meine Shirts. Du bist bloß der Verkäufer, capito?«

»Dann verkauf doch deine scheiß Shirts selber, will eh keiner haben.« Robbi ist sichtlich verletzt. Bertl reißt ihm das Hemd aus der Hand und hält es Agathe vor den Busen. Sie greift fahrig danach.

»Ach, das ist aber geil, das ist ja süß von dir. Bist du nicht auch in der Band?«, fragt sie Bertl leicht lallend.

»Entschuldigung, ich bin der Chef, ich spiel die Leadgitarre. Hast du uns vorhin nicht gesehen?«

»Nee, ich bin erst beim letzten Song gekommen, war vorher noch bei St. Vitus, das war echt geil.« Bertl ist naturgemäß beleidigt, stärker aber ist sein besoffener Geilheitsimpuls. Es ist ihm egal, wo sie herkommt und auf wen sie steht, Hauptsache sie kommt mit. Er bietet ihr weitere Getränke an und sie trinkt.

Im Hotel muss Bertl feststellen, dass er sich mit Robbi ein Zimmer teilen muss. Keiner von uns will Robbi aufnehmen. Also hocken sich die drei in ihr Zimmer. Agathe ist so betrunken, dass ihr ziemlich egal ist, wo und bei wem sie landet.

Robbi hat vorerst klein beigegeben, legt sich ins Bett und tut nach kurzer Zeit so, als ob er schlafen würde. Bertl und Agathe fangen an zu fummeln. In einem lichten Moment fällt Bertl ein, dass er seine Reisetasche mit den Präsern noch im Bus hat. Er zieht sich die Unterhose und seine Turnschuhe an und wankt nach unten. Jetzt schlägt Robbis Stunde, während Agathe vor sich hindämmert, folgt er Bertl heimlich zur Hotelhintertür, durch die man nachts kommen muss, und schließt diese von innen ab. Dann schleicht er nach oben, versperrt die Zimmertür und legt sich zu Agathe ins Bett. Sie ist breit, es ist dunkel, sie bekommt nicht mit, wer sich da an ihr vergreift. Robbi hat seine Präser parat, er ist schnell und zielsicher. Von draußen hört man Bertls Schreie, er muss entsetzlich frieren in seinen Unterhosen. Agathe grunzt. Robbi ist nach wenigen Minuten fertig mit dem Liebesgeschäft, schließt die Zimmertür wieder auf, geht in sein Bett und legt sich auf die Seite. Ab jetzt genießt er das Hörspiel draußen. Das Geschrei im Garten wird lauter, Steine fliegen gegen das Fenster. Bertl tritt unten gegen die Tür. Er ist außer sich. Andere Hotelgäste wachen auf und meckern aus dem Fenster, es gibt keinen Nachtportier. Schließlich geht irgendjemand nach unten und sperrt auf. Der hasserfüllte Bertl Bock weiß nicht, wer ihn ausgeschlossen hat, und trollt sich in das Zimmer. Er ahnt nicht, was vorgefallen ist. Durch offensives Streicheln und gutes Zureden versucht er, die Frau wieder zu wecken, aber sie ist total weg und schläft wie ein Stein. Das Bett ist höchstens einen Meter breit. Frustriert drängt er sich neben sie, bis er wegsediert. Als er am nächsten Morgen aufwacht, ist die Frau bereits verschwunden, den vollen Präser von Robbi hat sie im Bett liegenlassen. Bertl war betrunken genug, um sich für den Urheber der Samenpackung zu halten, und kann es nicht lassen, bei der Abfahrt im Bandbus zu erzählen, »wie geil das gestern noch gewesen wäre und dass sie richtig einen losgemacht hätten«. Wir lachen verlegen, die wahre Geschichte kennen wir bereits von Robbi.

14

In Graz spielen die Black Jets in einem Jugendzentrum am Rande der Stadt, in einem tristen Vorortviertel mit Baumärkten und genormten Kleinfamilienhäusern. Schon bei der Ankunft haben wir alle Hoffnung fahren lassen. Zum Konzert kommen dann auch nicht mehr als dreißig Leute. Doch dann passiert das Wunder. Irgendwie ist alles egal, und irgendwie spielt die Band saugut, und die Leute tanzen die ganze Zeit und schreien und johlen zwischen den Stücken, und es wird das beste Konzert der Tour. Nach dem letzten Stück bleiben alle auf der Bühne sitzen, die Band, die Fans, und trinken und feiern gemeinsam. Es sind auch einige Mädchen dageblieben, Beatbabes, mit Sixties-Kleidern. Jemand holt nen Kassettenrekorder, und wir hören Punkrock. Dann spielen alle Flaschendrehen, sogar Floyd. Innerhalb von zwei Stunden haben nahezu alle Anwesenden einen Sexualpartner gefunden. Nur ich und Bertl Bock nicht. Er ist so besoffen und hat wahnsinnigen Mundgeruch, man riecht es schon auf nen Meter, und ich bin der Roadie. Eine sehr junge, etwas fülligere Frau sitzt mir gegenüber, sie lächelt die ganze Zeit zu mir rüber. Ich mag lieber große Frauen. Aber sie hat nen interessanten Hintern. Ihr Rock platzt fast an den Nähten. Und sie hat tolle rote Haare. Da ich bei den Oberklassetanten eh keinen Stich mache – die wollen, wenn es nicht gerade Bertl Bock ist, immer die Leadmusiker oder den Sänger –, saufe ich mir die Füllige schön. Je länger ich sie anschaue und je mehr ich trinke, desto besser gefällt sie mir. Wie mache ich den ersten Schritt? Ich gehe an ihr vorbei, Richtung Toilette, und lächle sie dabei kurz an. Auf dem Rückweg vom Klo durch den Flur kommt sie mir wie zufällig entgegen. Sie lacht mich verlegen an und macht Anstalten, ins Damenklo zu verschwinden. Ich schnappe sie, drehe sie zu mir, presse sie gegen die Wand und schau ihr in die Augen. Auf einmal ist sie ganz entspannt. Dann küsse ich sie lange und zärtlich. Sie öffnet sofort die Lippen. Ich lasse meine Zunge in ihren Mund wandern, erforsche ihn, ertaste die Zahnspange, die an ihre Oberzähne gelötet ist. Sie hat eine raue, bewegliche Zunge und erobert mich nun ebenfalls. Ich stecke einen Finger in ihren Mund. Sie presst sich mit dem Unterleib fest gegen mich, reibt ihren Bauch gegen meinen Steifen, der sich unter der Hose abzeichnet, nimmt mich mit der einen Hand an der Hüfte und legt mir die andere um den Hals. Ich habe eine Hand an ihrem Busen und die andere unter ihrem Kiefer. So ineinander verschlungen, bearbeiten wir uns minutenlang. Ich taste hinter ihr nach dem Türgriff des Damenklos, öffne es und schiebe mich mit ihr hinein. Das Behindertenklo steht offen, und ich sehe eine Frau, die ihr Plastikkleid bis zur Brust hochgezogen hat und auf einem steifen Schwanz sitzt, den sie sich immer wieder reinschiebt. Wen sie dort reitet, kann ich nicht erkennen. Sie keucht und hustet und sieht uns und schaut wieder weg. Der Typ unter ihr brüllt. Ich löse mich von meiner Gespielin. Mir platzt gleich die Hose, ihr steht die Zunge aus dem Mund. Ich ziehe sie durch den Seitenausgang in den Garten. Wir lassen uns in ein Tulpenbeet fallen. Ich öffne ihr Hemd und reiße ihren BH auseinander. Ihr weißer, großer, flacher Busen erbebt. Ich lecke ihn gierig ab, während ich mir die Hose runterreiße, verheddere mich in den Turnschuhen, strampele mich frei, sie greift nach meinem Schwanz, massiert ihn, ihre Hände sind voll nasser, weicher Erde, dann küsse ich sie wieder, wir fahren uns mit den Händen ab, schmieren uns mit Matsch ein, ich finde sie immer noch schöner, liebe die Geweberisse an ihren vollen Schenkeln, streife mir einen Präser über den Schwanz, aber bevor ich ihn ihr reinstecken kann, kommt sie mit dem Kopf zwischen meine Beine. Während ich in den Tulpen knie, nimmt sie meinen Schwanz in den Mund, tief, lässt ihn langsam wieder rausgleiten, das wiederholt sie ein paar Mal, während sie dabei zu mir hochblickt, dann legt sie die Zähne hinter meine Eichel, als ob sie mich beißen will. Plötzlich gibt es ein komisch ziehendes Gefühl an meinem Schwanz, und im nächsten Moment hängt ihr der Präser aus dem Mund, weil sie mit der Zahnklammer daran hängen geblieben ist. Ich kann nicht anders, ich muss lachen. Sie auch. Es sieht sagenhaft dumm aus. Ich lache und spucke Erde, sie lacht, reißt den Präser ab und schlägt mir ins Gesicht. Dann drehe ich sie um mit festem Griff, ziehe mir einen zweiten Präser rüber und stecke ihr meinen Schwanz von hinten rein. Ihre Muschi ist heiß und nass, sie fängt an laut zu stöhnen, meine dreckigen Hände massieren ihren prallen Hintern. Ich ficke sie langsam, bis sie von meinem Schwanz gleitet, sich umdreht und auf den Rücken legt. Sie führt meinen Schwanz wieder ein, ihr Gesicht ist dreckig und umrandet von zertrampelten Tulpen. Bei jedem Stoß erzittern ihre Brüste. Sie nimmt die Hand aus dem Matsch und schiebt sie mir in den Mund. Ich lutsche begierig an ihren Fingern, meine Zähne knirschen, ich hebe ihre Beine über meine Schultern und ficke sie. Mein Schwanz, ihre Möse, alles ist mit Erde verdreckt. Es reibt, ich schaue auf meinen Schwanz und sehe, dass er blutig rot ist. Sie hat ihre Tage, sie schreit und schlägt mit den Fäusten auf meinen Rücken, und ich schreie auch, als wir kommen. Ich lasse mich langsam auf sie sinken, wir atmen heftig, sie legt ihre Hände um meinen Nacken. Sie riecht so unglaublich gut, nach Erde und nach Douglas.

Erst dann fällt mir auf, dass wir im Vorgarten des Nachbarhauses liegen, dass der Tag graut, neben uns, hinter einer kurzen Hecke, der Bürgersteig ist und Passanten angeekelt zu uns herüberschauen. Wir grinsen uns an. Dann sagt sie die ersten Worte zu mir:

»Das war schön, das möchte ich immer machen.«

Bevor sie geht, gibt sie mir eine Karte, auf der steht »Katja« und eine Telefonnummer. Ich bleibe alleine zurück, sie steigt über den Zaun, geht zu einem VW Golf, klopft sich ab und fährt grußlos weg. Ich bin erschüttert. Sie hat mich genommen und das war's. Nicht schlecht, Respekt.

Alleine und total verdreckt kehre ich in das abgefeierte Haus der Jugend zurück, in die dunklen, stinkenden Räume. Überall liegen schlafende Paare, verrenkt, verschlungen. Ich lege mich auf der Bühne auf den Drumriser und decke mich mit einem Ende des Schlagzeugteppichs zu. Wilde Bilder jagen durch meinen Kopf, die getrocknete Erde zwickt, ich fühle mich erfüllt und einsam und traurig. Es stinkt. Ich schlafe ein. Ich träume von der Frau mit den schwarzen Haaren. Ich stehe auf einem weiten Feld, sie steht vor mir, ein starker Wind weht ihre Haare in meine Richtung, um mich herum, sie umgeben mich wie Algen, wie ein gigantischer Flokatiteppich.

Als wir aufwachen, gibts Ärger, vor allem wegen des

Tulpenbeets. Der Schuldige wird gesucht, ich stelle mich schlafend. Der Nachbar steht in der Halle und schreit rum.

»So eine Sauerei, so etwas Schweinisches ist mir noch nicht untergekommen. Das ganze Tulpenbeet ist kaputt, und dann liegen da auch noch gebrauchte Verhütungsmittel rum, unsere Nachbarn haben alles gesehen.«

Floyd versucht abzuwiegeln: »Das waren wir nicht, Sie sehen ja, dass wir alle hier drinnen sind. Wir können das gar nicht gewesen sein, wir mussten ja gestern spielen.«

Der Nachbar schaut sich um.

»Doch, doch, Herr Beckmann hat alles gesehen. Ein Mann und eine Frau, die das ganze Blumenbeet zerstört und Unzucht getrieben haben. Und dann ist der Mann hier reingegangen. Der muss hier sein. Wo ist das Schwein?«

Er rennt im Raum herum, schaut sich die verpennten Gestalten an und sieht schließlich meine verdreckten Turnschuhe, die unter dem Teppich herausragen.

»Da, da, das Schwein, da hats sich eingerollt, hier ist der Beweis!«

Er hebt den Teppich an. Darunter liege ich in meinen total verdreckten Klamotten. Ich stelle mich schlafend.

»Da!«, schreit er. »Da, schauens selber, da sehns das doch, der ist ja noch voll mit meiner Tulpenerde!« Er reißt an meinem Hosenbein. Ich beharre darauf, dass ich schlafe, obwohl das eigentlich gar nicht mehr möglich ist bei dem Lärm. Langsam kommen die anderen näher. Ich höre Lachen. Man freut sich über den Anblick.

»Das Schwein!«, schreit der Nachbar wieder.

»Sagens ihm, dass er aufwachen soll.«

»Aufwachen«, sagt Floyd lakonisch zu mir. Jemand kichert. Ich mache ein verschlafen unwilliges Geräusch und drehe mich auf die Seite. Einige lachen.

»Das wird Sie teuer zu stehen kommen!«, schreit der Nachbar. »Ich hole jetzt die Polizei!« Abgang Nachbar.

Sofort geht ein großes Gelache los. Ich werde für etwas gelobt, das ich lieber für mich behalten hätte. Ich bin schwer verkatert und fühle mich unglaublich schmutzig und unbehaglich. Floyd drängt zum Aufbruch, bevor die Bullen kämen. Wir packen in aller Eile zusammen. Es gibt einige verschämte Abschiedsküsse. Dann verschwinden wir. Natürlich nicht, ohne die Abrechnung zu vergessen. Egal, wäre ohnehin beim Tulpenzüchter gelandet.

Nach einiger Zeit tritt ein verkatertes Schweigen ein. Alle hängen sexuellen Träumereien nach, unsere Motoren laufen wieder, die Grazer Mädchen haben uns für einen kurzen Moment zu Menschen gemacht. Aber langsam und unaufhaltsam bilden wir uns wieder zurück zu den Zombies, die wir noch gestern waren.

15

In Dortmund am Mittag. Die Band läuft durch die Stadt und kauft Musikalien ein. Ich bin alleine im Aquarium. Freizeit. Fische. Glasperlenfische. Ich stehe vor einem großen Becken. Einem von diesen großen Unterwasserzoos, in denen die Trockenen die Nassen beglotzen und umgekehrt, in die jeden Tag Hunderte von menschlichen Familien strömen, um ihrem Nachwuchs eine Ahnung ihres weit zurückliegenden Ursprungs zu vermitteln. Und um den Geschöpfen der Meere eine Ahnung ihrer verpassten Zukunft zu veranschaulichen. So wie wir könntet auch ihr aussehen, aber eure Vorfahren waren ja zu feige, um an Land zu kriechen. Auf beiden Seiten einer zentimeterdicken Glasscheibe, Tausende Vertreter zweier verschiedener Welten, die sich begaffen. Ob die da drinnen auch Mitleid mit uns hier draußen haben? Wie ärmlich wir auf sie wirken müssen, in unseren Stonewashedjeans, mit den hässlichen Frisuren und den schreienden Kindern an unseren Ärmeln. Ein nicht enden wollender Strom von hässlichen, großen, bunten Kreaturen, die gaffen und gaffen und gaffen. Ich bin früh gekommen, es sind nicht allzu viele meiner Artgenossen in diesem Raum mit den großen Becken. Das Licht ist angenehm gedämpft. In der Spiegelung der riesigen Scheibe, vor der ich stehe, kann ich mich mustern. Ich sehe bündig aus: geschlossen, kompakt, streng. Das gibt mir ein Gefühl der Zufriedenheit.

Ich trete einen Schritt näher an die Scheibe, um mich von meinem Spiegelbild abzulenken und wieder die anderen, die Nassen, zu beobachten. Einige von ihnen glotzen zurück, vermuten in mir vielleicht einen jener Futter bringenden Götter, die sich in ihren weißen Kitteln ab und zu bei all den Becken aus dem Strom der anderen schälen, um diesem langweiligen Leben einen seiner armseligen Höhepunkte zu verschaffen.

Die Tiere spüren das Herannahen der Fütterungszeit. Es gibt verschiedene Fischarten in diesem Becken, aber mich interessieren nur die Glasperlenfische. Es ist ein für ihre Verhältnisse kleiner Schwarm. Einige Hundert ziehen durch das enge Reich und um die Säule in der Mitte. Sie vertreten in der Hierarchie den letzten Platz dort drinnen, was sie zu fressen bekommen, ist bereits tot. Schönen Gruß vom oberen Ende der Nahrungskette! Ich mustere sie genau. Immer wenn sie an mir vorbeischwimmen, versuche ich, Unterschiede an ihnen auszumachen. Nichts zu entdecken. In meinen Augen sind sie absolut identisch. Sie haben die gleiche Form und Farbe. Ihre durchsichtige Haut macht sie sogar von innen betrachtbar, das silberne Glitzern ihrer Köpfe, die kleinen Cellophanflossen, alles ist genormt, alles gleich. Sie sind total austauschbar.

Unvermutet muss ich an den Petersdom denken, an die Scharen von christlichen Fischlein, die alle in die gleiche Richtung strömen, hin zum Dom, um den alten Mann im weißen Kittel zu sehen. Manchmal winden sich die Ströme um größere Objekte herum, biegen um Kurven, brechen in verschiedene Richtungen aus, um sich später wieder einzugliedern, und breiten sich auf größeren Flächen in alle Richtungen aus, während sie in engen Durchgängen zu einer kompakten Schlange aus Leibern werden, alle Teil eines großen Ganzen, von außen gesehen und von innen. Ich kann sie genauso wenig verstehen wie diese Glasperlenfische. Sie sind mir fremd wie eine andere Spezies. Ich schlage unvermittelt mit der Faust gegen die Glasscheibe. Einige der Glasperlenfische zucken zusammen, einige flüchten kurz, bevor sie merken, dass sie einem Täuschungsmanöver aufgesessen sind. Eine ältere Frau mustert mich missbilligend. Ich grinse, und sie schaut pikiert weg. Ich habe schlechte Zähne, seitdem ich nicht mehr zum Zahnarzt gehe. Ich betrachte mich noch mal in der Glasscheibe, zünde mir eine Zigarette an und schnippe sie nach zwei Zügen in die Ecke. Abgang.

Vor dem Eingang des Dortmunder Zoos steht der Bandbus. Ich muss zwei Stunden warten, bis die ganze Band versammelt ist. Sie sollen in einem neuen Laden spielen, den keiner von uns kennt. Als wir ankommen, ist niemand da. Auf unserem Plakat, das an der Tür hängt, steht: Fällt aus! Die Vordertüren des Ladens sind verschlossen, aber drinnen brennt Licht. Floyd findet die Hintertür, und wir gehen rein. Der Veranstalter steht in der Küche.

»Wer seid ihr denn?«

»Wir sind die Band. Wir spielen hier heute Abend.«

Er schrubbt weiter Gläser.

»Nee, lass mal, da kommt bestimmt keiner.« Er wischt sich mit dem Handrücken die langen Haare aus dem Gesicht.

Uns packt spontan eine unglaubliche Wut. Floyd baut sich vor ihm auf.

»Was ist los? Wir fahren vierhundert Kilometer hierher, haben nen Vertrag, sollen heute hier spielen, und du sagst uns ganz nebenbei, dass das Konzert ausfällt. Das meinst du doch nicht ernst?«

»Doch, lass ma, kein Vorverkauf, dann spielen heute noch n paar andere Leute in Dortmund, das bringt doch nichts.« Aus jeder Silbe hört man heraus, wie gelangweilt er ist. Er kennt schließlich das Geschäft.

Floyd packt einen Barhocker.

»Du zahlst uns sofort Ausfallgage, sonst gibts Ärger.« Wir anderen rücken auf.

»Was, wieso denn, mach ma locker.«

Floyd lässt den Barhocker auf dem Tresen zersplittern.

Der Typ springt einen Meter zurück und hebt die Hände.

»Ma langsam, Alter. Ich hab sowieso kein Geld hier.«

»Du gibst uns augenblicklich alles an Kohle, was du im Haus hast!« Floyd schnappt sich den nächsten Barhocker.

Der Typ kramt in einer Schublade und bringt dreißig Mark zum Vorschein.

»Hier, ihr Erpresser. Dass das ne Sauerei ist, das wisst ihr.«

»Lass uns dem Typen das Maul einschlagen!«, schreit Bertl Bock von hinten.

Wir verlassen mit hängenden Schultern den Laden. Das macht alles keinen Sinn. Abfahrt. Offday. Auf eigene Kosten ein billiges Hotel mieten. In verqualmten Zimmern auf den durchgelegenen Betten vor den schlecht eingestellten Fernsehern abhängen und dann auch noch die Minibar leersaufen, ist das schrecklich.

Während der Tour hole ich manchmal den Zettel mit Mias Nummer aus meiner Tasche. Ich möchte sie gerne anrufen, wenn ich nur wüsste, was ich ihr sagen soll.

»Hallo, hier ist Sonntag. Bin als Roadie auf Tour. Ist alles ganz schlimm.« Attraktiv klingt das nicht. Aber ich möchte sie sprechen. An einer Raste während einer Rauchpause wähle ich von einer Telefonzelle aus ihre Nummer. Mir klopft das Herz bis zum Hals. Es tutet ewig, dann klickt es. Sie ist dran:

»Hallo?«

»Hey, Mia, ich bins, der Typ von gegenüber, ich wollte mich mal melden.«

»Hey, Bruno, schön dass du anrufst. Ich schaue gerade auf dein Küchenfenster und hab an dich gedacht. Wo bist du?«

»Du, ich bin auf Tournee, mit den Black Jets, ziemlich anstrengend. Ähh, das freut mich ja, dass du ausgerechnet an mich gedacht hast.«

»Was heißt, ausgerechnet? Ich denk halt an dich, Bruno. Bin doch bestimmt nicht die Einzige, die an dich denkt.«

Sie ist so cool.

»Mia«, sage ich. »Ich denke auch an dich. Ich kann gar nicht anders, ich muss an dich denken.«

Ich habe es über die Lippen gebracht, unglaublich.

»Bruno, du bist süß.«

Mir zittern die Knie.

»Ich möchte dich sehen. In ein paar Tagen bin ich wieder in Hamburg.« Für diesen Satz habe ich meinen ganzen Mut zusammengenommen.

»Ich freu mich drauf«, sagt sie und legt auf.

Ich steige in den Bus, setze mich nach hinten und sage kein Wort. Bitte lieber Gott, lass mich schlafen! Dein Wunsch sei dir erfüllt.

Im Traum schwimmt die ganze Zeit der Fisch in meinem Kopf herum. Mein Kopf ist das kleine Glasbassin aus der Praxis. Er schwimmt im Kreis und spricht, aber weil er unter Wasser ist, kann ich ihn nicht verstehen. Er hebt die

Flosse und bewegt sie warnend hin und her. Schweißgebadet wache ich auf und sehe ein Schild, auf dem steht: »Schlachthof«.

Wir sind in Bremen.

Heute Abend spielen wir mit zwei anderen Beatbands. Wir kennen die nicht und wollen sie auch nicht kennenlernen. Irgendwelche Anfänger aus der Provinz. Der Veranstalter hat die angeschleppt. Sie spielen den gleichen Sound wie die Black Jets, uptight, Punkrock, Beat und Soul. Eine Band hat Bläser dabei, klingt ganz gut. Beide spielen als Vorbands.

Ich lerne später deren Roadies kennen, und wir ziehen durch die Zappelgasse.

In Bremen wird grundsätzlich so massiv mit Schnaps gearbeitet, dass man niemals eine Erinnerung von der erlebten Nacht, von Bremen überhaupt und im Speziellen von den Bremern behält. Bremen ist eine Schemenstadt. Keiner wird sich, wenn Bremen mal weg sein sollte, an Bremen erinnern können. Bremen wird weggesoffen sein aus der Erinnerung der Menschheit.

Auch ich habe am nächsten Morgen ein frisches, schwarzes Loch in meinem Bewusstsein. Ich frage mich, was schlimmer ist: die Kopfschmerzen oder die Magenkrämpfe. Unvorstellbar, jetzt mit dem verstunkenen Bus fahren zu müssen. Ich steige trotzdem ein, muss ja. Wir fahren auf die Autobahn Richtung Hannover. Einige Zeit kann ich mich zusammenreißen, dann, nach den ersten Zigaretten, ist kein Halten mehr. Ich schaffe es noch ans Seitenfenster des Busses. Eine Kotzefahne flattert an der Busseite entlang über die Autobahn und legt sich wie ein grauer Schal über die Frontscheibe eines hinter uns fahrenden älteren Herrn in seinem neuen BMW. Er macht einen erschreckten Schlenker, da ihm die Sicht komplett verkotzt ist, und schaltet geistesgegenwärtig den Scheibenwischer ein. Er brüllt vor Wut, hupt, macht Lichtzeichen. Ohne dass ich es will, lege ich ihm einen zweiten Schal auf die Scheibe. Der Alte ist kurz davor, uns zu rammen. Er schreibt sich unsere Nummer auf, fährt neben uns und kurbelt die Scheibe runter. Er schreit zu uns rüber. Aufgrund des Fahrlärms kann ich ihn kaum verstehen.

»Sie, Schwein, wahaass ... mitpu ... un ... Anwalt wir ... sie vordn Kadi ... wenn ... Hitler ... habte ... Gerechtigkeit für Schweine wie Sie ...« Er spuckt, versucht mich mit seiner Spucke zu treffen.

»Was? Ich kann Sie nicht richtig verstehen, Sie müssen lauter reden!«, rufe ich.

»... Sie Schwein ... uarbha ... eigenhändig die Gurgel umherche ... rahe ... Hitler ... vergesse ...« Dann spuckt er wieder.

Ich schließe die Scheibe. Ich wollte das so nicht. Als Zeichen meiner Arglosigkeit winke ich ihm freundlich zu. Er guckt verständnislos.

Für die Stimmung im Bus ist die Aktion nicht schlecht.

In Hannover besorgt mir Floyd erst mal ein paar Aspirin. Heute fängt der Endspurt an. Noch fünf Tage, dann sind wir durch. Hannover, Dresden, Leipzig, Berlin, Hamburg.

In Dresden spielen die Black Jets im sogenannten Starclub. Schöner Laden, toller Sound, leckeres Catering. Es kommen original sieben Zuschauer zum Konzert. Der Veranstalter erzählt was vom Tal der Ahnungslosen. Sieben Zuschauer wären in dem Zusammenhang eigentlich relativ viel. Backstage wird debattiert, ob man spielen soll oder nicht. Natürlich wird gespielt. Die sieben Gäste sitzen direkt vor der Bühne und kriegen von mir und Robbi das Catering und Wein serviert. Sie genießen den Abend. Wassily geht während des Konzerts von der Bühne und spricht mit ihnen, die Band spielt dazu leise. Eine Art Chanson entsteht, ein Chanson über Dresden und über diesen Abend. Wir freunden uns mit ihnen an. Sie erzählen uns von sich und wir ihnen von uns. Der Fatalismus steht uns gut. Wenns bloß immer so sein könnte.

In Berlin spielen die Black Jets im SO 36. Der Tourhöhepunkt. Die Band hat hier schon viele Male gespielt. Bertl Bock gerät ins Schwärmen. Es sind fast zweihundertfünfzig Besucher anwesend. Die Band liefert ihr Bestes. Es werden diverse Zugaben gefordert und gespielt.

Im Anschluss soll mit Fans und alten Freunden ganz groß gefeiert werden. Der Laden, den Floyd vorschlägt, heißt Saxton. Ich wäre lieber woanders hingegangen, aber die Band geht vor. Zudem müssen Robbi und ich noch abbauen.

Einer von den Haustechnikern bietet mir ne Nase an, er hätte bestes MDMA. Heute habe ich Lust dazu. Wir hacken uns ein paar fette Lines mit einer Scheckkarte auf dem Klodeckel, ziehen sie uns rein und reiben den Rest aufs Zahnfleisch. Nach kurzer Zeit geht das Zeug total ab, meine Stimmung steigt sekündlich, ich kriege einen unglaublichen Energieschub.

Nach dem Abbau fliegen wir ins Saxton. Hier ist einiges los. Die Band ist da, Floyd, Freunde, Fans, es läuft lauter Hardrock. Die meisten hier haben Drogen genommen, das merke ich sofort. Die Stimmung ist unnatürlich überschwänglich. Das Konzert wäre »ja wohl das Geilste gewesen, was die Black Jets je gehabt hätten, nee echt, das war ja so geil.« Und so weiter. Bertl Bock fällt mir um den Hals.

»Sonntag, du bist der Geilste, Alter. Was wären wir ohne dich, hä? Ma im Ernst, ohne Typen wie dich würds doch gar nicht gehen, oder?«

»Ach was, ihr seid die Band. Aber das heute war euer geilstes Konzert, das ich je gesehen habe.« Ich kann kaum glauben, dass ich das sage, aber in diesem Moment denke ich das sogar.

»Echt? Wahnsinn, Alter! Aber stimmt irgendwie auch, so geil war es erst selten. Lass dich ma umarmen!«

Wir umarmen uns tatsächlich und sind beide unangenehm rührselig.

»Leute, wer ist der geilste Roadie der Welt?«, ruft Bertl Bock in die Runde.

Unter allgemeinem Gejohle wird mein Name skandiert.

Ich fühle mich sehr gut dabei. Eine Rocktusse mustert mich. Sie sieht leicht prollig aus, ist sehr groß, trägt einen Pagenschnitt und ein hautenges Stretchsatinhemd, unter dem sich ihre kleinen, festen Brüste genau abzeichnen.

»Haha, du bist ja witzig, haha, dein Hemd, hahaha.«

Sie zeigt auf mein Hemd, auf das ich aus Tourfrust mit Edding »Scheiße« geschrieben habe.

»Ich bin Joy, haha, wie heißtn du?«

Ich kann ihre quäkende Stimme und ihr aufgesetztes Verhalten trotz des MDMA kaum ertragen. Doch ihre Figur, ihre breiten, sportlichen Schultern und der grazile Hals sprechen eine andere Sprache. In mir herrscht nur noch Stumpfheit. Wir kippen alle Unmengen von Alkohol in uns rein, die Stimmung steigt immer noch.

»Du hast wohl Angst vor mir, bittu noch zu klein für eine Frau?«, quäkt sie blechern.

Sie ist voll drauf. Ich greife sie mit beiden Händen beim Ausschnitt ihres Hemdes und reiße es mit einer heftigen Bewegung der Länge nach auseinander, sodass ihre Brüste zum Vorschein kommen. Sie sehen wirklich formidabel aus. Ich lege meinen Arm um ihre Hüfte und nehme die eine Brust in den Mund. Joy wehrt sich ein bisschen, kreischt aber lachend, dann löst sie sich von mir und verschwindet im Klo. Als sie wiederkommt, hat sie sich das Hemd mit dem Rücken nach vorne wieder angezogen. Jetzt spannt es noch mehr.

Wir trinken und trinken, es werden Drogen nachgezogen, draußen wird es hell, schließlich verschwinden immer mehr Anwesende pärchenweise in den Morgen. Jeder ist seines Nächsten Beute. Joy hat mich geschnappt und zieht mich quäkend zu sich nach Hause. Sie wohnt gleich um die Ecke. In ihrer Wohnung pult sie mich aus meinen Klamotten, schmeißt ihr Fetzenhemd von sich, öffnet mir die Hose, schmeißt mich rückwärts aufs Bett und versucht nun allerlei mit meinem Schwanz anzustellen. Mit verblödetem Gesichtsausdruck schaue ich dabei zu. Irgendwie kommt es zu einer halben Erektion, aber als sie anfängt mit meinem Ding zu reden, verkriecht es sich sofort wieder. Ich bin zu breit, um mich als Versager zu fühlen. Ich schlafe einfach ein, so wie ich da liege.

Ich erwache bereits drei Stunden später und stelle mit einem Blick auf den Wecker fest, dass ich sofort zum Bus muss. Seit einer Stunde ist Abfahrtszeit. Ich liege immer noch in der gleichen Stellung, halb auf dem Bett, mit dem nackten Hintern auf dem Boden, die Hose auf den Knöcheln, die Turnschuhe an. Joy schläft neben mir, entblößt. Sie sieht fertig aus, aber auch schön. Sie wird mich nicht vermissen.

Ich ziehe meine Klamotten an. Mein Zustand spottet jeder Beschreibung, ich bin einfach zu fertig, um Fertigkeit zu spüren, ich bin eigentlich nicht mehr ich. Das, was ich war und an das ich mich noch ungefähr erinnern kann, rennt los zum Nollendorfplatz. Dort steht der Bandbus. Ich bin der Erste, der da ist. Nach und nach trudelt einer nach dem anderen ein. Alle sind in einem ähnlichen Zustand wie ich: kaputt, pleite, fertig, aber irgendwie glücklich. Wir tragen unser Fertigsein, unsere Kaputtheit wie Orden.

Auf der Fahrt spüre ich plötzlich ein Brennen im Mund. Irgendwas stimmt mit meinem Zahnfleisch nicht. Außerdem fühlt sich meine Haut so aufgedunsen an. Ich sehe im Rückspiegel, dass ich ganz rot im Gesicht bin.

»Sonntag, wasn mit dir los?«, fragt mich Gerd.

»Ich weiß nicht, ich fühl mich irgendwie komisch, meine Haut ist ganz heiß.« Ich gerate in leichte Panik und trinke Bier dagegen. In Hamburg liefert mich Robbi zu Hause ab. Es ist später Sonntagnachmittag, ich wanke die Treppen zu mir hoch. Die Tür steht offen, der Flur ist total dreckig. Was ist denn hier los? Ich gehe ins Badezimmer und stelle mich vor den Spiegel. Ich sehe wirklich nicht gut aus, bin ganz fleckig überall. Als ich den Mund öffne, kriege ich einen Riesenschreck: Ich habe keine Zähne mehr! Genauer gesagt, fast nicht mehr. Nur noch die Spitzen meiner Zähne schauen aus meinem Zahnfleisch heraus. Ich sehe aus wie ein Kleinkind, das zahnt. Das gesamte Zahnfleisch ist angeschwollen und hat die Zähne fast gänzlich verschluckt. Ich schwitze stinkenden, kalten Angstschweiß. Ich mache mir einen Kamillentee und rufe den Notarzt. Die Wohnung kann ich unmöglich verlassen. Zitternd lege ich mich ins Bett und warte vor der laufenden Glotze auf den Arzt. Als er endlich eintrifft, steht er vor einem Rätsel.

»Tja, Herr Sonntag, so was habe ich auch noch nicht gesehen. Und Sie sagen, das sei innerhalb von wenigen Stunden entstanden? Also, ich würde das am ehesten als galoppierende Parodontose bezeichnen.« Seiner Ansicht nach gibt es nur eine Lösung: »Das Zahnfleisch muss abgeschnitten werden! Auf die ursprüngliche Länge zurückgeschnitten, verstehen Sie?«

»Ja, aber, Herr Doktor, um ehrlif fu fein, if habe Drogen genommen. Kann daf denn damit nichf fu tun haben? Daf daf wie fo ein Fock ift und wieder furückfwillt?« Jedes Wort tut weh.

»Möglich ist alles, aber ich möchte Ihnen keine falsche Hoffnung machen. Ich denke, das Zahnfleisch schwillt nicht mehr ab. Das muss wohl weg! Ich würde Ihnen raten, im Bett zu bleiben und so bald wie möglich zu einem guten Zahnarzt zu gehen, um den Eingriff vornehmen zu lassen. So kann das ja nicht bleiben. Sie sehen ja aus wie ein Baby.« Er lacht, ich nicht.

Das ist eine schreckliche Heimkehr. Und ich trage selber die Schuld daran. Schrecklich, schrecklich, schrecklich. Selbst das Abschlusskonzert auf Kampnagel fällt für mich aus. Niemand ruft mich an, alle haben mich vergessen. Das Leben ist eine einzige Beleidigung. Ich bin eine einzige Beleidigung für das Leben. Wir gehören einfach nicht zusammen – ich und das Leben.

Ich habe nicht mal mehr die Kraft zum Heulen, starre nur entsetzt im Dunkeln an die Decke. Ab und zu taste ich mit der Zunge meine Zahnwulste ab. Ist das die Freiheit, die ich gesucht habe? Patricia, wo bist du? Wo ist dieser direkte Zugang zum Glück geblieben? Fühlen sich alle so kaputt wie ich? Was ist mit den Ärzten, den Lehrern, Anwälten, Ingenieuren, der Heerschar der Beamten, all den Normalen eben? Die, die man im Fernsehen immer sieht. Von denen man in Zeitungen liest. Kommen die auch in solchen Talsohlen an?

Jammern beruhigt. Irgendwann dämmere ich ein, dringe durch eine dicke Wolkendecke in das Reich des Schlafes ein, gleite wie ein Ei aus einem Hühnerhintern. Unter mir liegt eine gigantische, weite Fläche, der Boden eines Meeres, auf der rechten Seite gesäumt durch ein schroff aufsteigendes, steinernes Hochplateau, das sich mehrere Kilometer vom Boden erhebt. Vögel nisten in den Wänden der grauen Felsen. Die Wolken zerfasern in orangen Pastelltönen, und dahinter geht fern am Horizont die Sonne brennend rot im Morast unter. Auf dem Grund des Meeres liegt ein gewaltiges hölzernes Schiff, genauer gesagt, ein Dampfer. Er liegt dort nicht, weil er Schiffbruch erlitt, sondern weil das Meer ausgelaufen ist. Ich schwebe weiter hinab. Auf dem Schiff rennen Leute herum. Sie suchen nach Holz. Einige von ihnen schrauben Inventar ab, um es zu verfeuern, denn die Maschine muss laufen, der Strom muss fließen, die Glühbirnen müssen leuchten. Der Ballsaal auf dem Oberdeck erstrahlt. Ich schwebe näher heran. Menschen in Abendgarderobe liegen auf dem Boden des Ballsaals. Ketten halten sie dort fest. Auf der Bühne findet eine Galashow für die Gefangenen statt, eine pompöse Aufführung mit Tänzerinnen in glitzernden Kostümen mit nackten Brüsten. Ein großes Orchester spielt, denn man will sie gut unterhalten wissen, die Passagiere dieses Dampfers.

Ich sehe durch das Fenster ihre Gesichter: müde und gelangweilt. Ich erkenne viele wieder, die Protagonisten meiner Welt: Mutter, ein paar Freunde meiner Jugend, Helmut Kohl, Mike Tyson, René Kollo, das Schülerienchen. Ich betrete das Oberdeck, man hört die Bläser herüberhallen. Zwei Pagen bringen mir eine Uniform und eine Mütze. Man legt mir Tressen und Schmuckorden an, dann betrete ich die Brücke und stelle mich hinter das große hölzerne Steuerrad. Meine Untergebenen schauen mich erwartungsvoll an. »Vollgas voraus, verfeuert alles, was man verbrennen kann! Die Fahrt geht weiter!«, befehle ich. Die Maschinen brüllen auf, Erdbrocken werden von der Schraube Hunderte von Metern durch die Luft geschleudert, wir bewegen uns keinen Zentimeter weiter. Das Schiff wird fortwährend demontiert, auseinandergeholzt. Seine Einzelteile werden verbrannt, damit der Strom fließt. Obwohl ich als Kapitän auf der Brücke stehe, kann ich von vorne auf das Schiff schauen. Die Galionsfigur ist aus Holz, sehr groß, ich kenne sie, es ist die Schöne mit den schwarzen Haaren aus meinen Träumen. Ihr hölzernes Gesicht lächelt mich dunkel an. Draußen, weit hinten am Ende der großen Fläche, versinkt irgendwann die Sonne endgültig.

16

Das riesige, dunkle, leere Universum. Je weiter sich der Beobachter von einem Sonnensystem, einer Galaxie entfernt, desto größer werden die Abstände zwischen den einzelnen Teilchen, die durch den leeren Raum treiben. Dazwischen: das buchstäbliche Nichts. Die Milchstraße, ein Spiralnebel, der sich bereits wieder in der Rückwärtsbewegung zu seinem Zentrum befindet. Und an seinem Rand ein kleines Sonnensystem, zu weit draußen und mit zu viel zentrifugalem Schwung versehen, um mit zurückreisen zu können in das Zentrum des Lichts.

Und jetzt der Blick in Richtung unseres Sonnensystems. Vorbei an Pluto, Neptun, Uranus, Saturn, Jupiter und Mars. Die Erde. Die Erde, eine 4,5 Milliarden Jahre alte Kugel aus Feuer. Umgeben von einem sehr dünnen Panzer aus Stein, der auf dem Feuer schwimmt.

Auf diesem dünnen Panzer haben sich vor nicht allzu langer Zeit Amöben eingerichtet, eine Art Schimmel in verschiedenen Formen und Ausprägungen. Kleinstlebewesen in scheinbar zufälliger Art und Weise überziehen die erkaltete Haut. Manche von ihnen sind dazu verdammt, ihr Leben hilflos verharrend zu verbringen, bewegt allein durch Wind und Wasser. Andere können sich frei über die Oberfläche dieser Welt bewegen, steuern ihre Gliedmaßen zu Zielen, die nur sie selbst kennen. Manche von ihnen gehen mit der Luftströmung, mit den Gezeiten oder den Sternen, jagen nach Pollen, Insekten oder nach Fleisch, andere suchen Gott oder den Sinn des Lebens.

Hat der unendliche Marathon einer Steinlaus, die man als Kind auf dem Plattenboden von Terrassen verfolgte, einen Sinn? Bestimmt! Warum sollte sie sonst laufen?

Ich stelle mir vor, wie unsere Wege über die Erde aussehen würden, könnte man die Spuren noch lange nachleuchten sehen, als rote Lichtstreifen oder farbige Kondensstreifen des Lebens. Wo würden sich die leuchtenden Linien am häufigsten überkreuzen, was würden die Wege gewesen sein, die ich mehr als andere gegangen wäre, und wie profan wäre das Zentrum meines Lebens? Es könnte das Schaufenster von Zick Zack Records sein oder der Supermarkt, in dem ich jeden Tag einkaufe, oder einfach nur der enge Kreis um meinen Küchentisch? Wahrscheinlich gäbe es einen leuchtenden Punkt, heller als alle anderen: mein Bett. Dort wo ich so oft liege, während Gott erstaunt auf mich herunterschaut: Na, jetzt muss er ja wohl mal aufstehen.

Ich schlafe zwei Tage durch, wache nur kurz zwischendurch auf, trinke einen Tee und versacke dann wieder in mäandernden Alpträumen. Einer davon kehrt immer wieder: Dicke Miró-artige Gegenstände breiten sich in mir aus, in meinem Hirn, in meinen Gedanken, in meiner Seele quellen sie auf, und ich muss mich schütteln, um sie zum Verschwinden zu bringen. Nach ein paar Minuten kehren sie wieder. Es sind vermutlich Bakterien in meinem Kopf. Ich kann sie mit dem Gehirn sehen. Das Gehirn hat Augen, die nach innen sehen.

Meinem Mund geht es nicht besser. Es wird sogar noch schlimmer. Wenn ich versuche, Brot zu essen, löst sich die Haut an der Stelle von der Zunge, an der sie das Brot berührt. Ich kann mich nur flüssig ernähren. Ich habe die Fenster mit Decken zugehängt. Auch den Fernseher kann ich nicht anschalten, seine Strahlen sind zu stark.

Am dritten Tag fühle ich mich stark genug, um zu einer Apotheke zu wanken. Ich hole mir Molat. Flüssige Astronautennahrung. Sie enthält alle lebensnotwendigen Stoffe, erklärt mir die Apothekerin. Können wir beide nicht ein gemeinsames Leben mit Molat führen? Zieh deinen schönen weißen Kittel aus, nimm meine Hand und komm mit mir, mit dem jungen Mann ohne Zähne. Wäre das nicht möglich, schöne blonde Apothekerin, mit der geschwungenen Taille, mit den flachen Halbschuhen und halbmondartigen Fingernägeln? Oder bist du zu gesund für mich?

Mit dem Molat verdrücke ich mich wieder in meine Dunkelkammer, um vom Nichts zu zehren. Ab und zu kauere ich vor dem Kaffee der Liebe, starre auf die schwarze Säure in dem Glas und lasse mich in die Vergangenheit fallen, in versponnene Hoffnungen und kaputte Tagträumereien. An was für einer Stelle meines Lebens bin ich hier gelandet? Ich war aufgebrochen, um neue Kontinente zu entdecken, und dann bin ich nach hundert Metern in das erste Gulliloch gefallen und in lächerlichen zwei Metern Tiefe stecken geblieben. In meinem Alter hatte Einstein bereits die Relativitätstheorie entwickelt, Humboldt die halbe Erde kartografiert, Mozart die Musik für Jahrhunderte geschrieben, Picasso die Welt neu gemalt, Alexander der Große Kontinente erobert. Um nur ein paar Beispiele zu nennen. Und ich? Ich liege hier im Bett mit einem Babygebiss, ohne Job und Vision, ein Bündel Fleisch, durchzuckt von monströsen ungelenkten Energien. Wenn ich Herr dieser Energien wäre, könnten die Menschen sofort die Atomkraft abschaffen, denke ich. So viel Kraft und so wenig Vision. So geht es wohl den meisten Menschen.

In meinem Magen rumort es ohne Unterlass. Ich frage mich, ob der Fisch noch lebt. Hat sich lange nicht mehr gemeldet. Wahrscheinlich war das alles zu viel für ihn: die schlechte Ernährung, der Stress, der Alkohol und die Drogen, und er mittendrin in diesem See aus Säure. Wie sollte er das überstanden haben?

»Fisch?«, denke ich in mich hinein. »Bist du noch da?«

Stille. Ich habe ihn umgebracht. Jetzt habe ich den Piloten verloren. Ich bin ein führungsloser Dampfer. Wie wäre es, wenn ich mich zum Pfahlmann gesellen würde, dort vor dem Trinkersupermarkt auf einem Kübel hockend, ohne jede Verantwortung, ohne jeden Halt?

Vielleicht *ist* man dann nur noch?

Ist das das europäische Zen?

Oder sollte ich zurück zu meinen Eltern ziehen? Einfach alles packen und nach Hause gehen, nach Cloppenburg, an der Tür klopfen, warten, bis Mutter aufmacht?

Hallo, Mutter, ich bin wieder da. Ich bin fertig mit dem Leben.

Aber, Junge, was soll das denn heißen?

Na ja, einfach fertig, ich habe alles erlebt. Mit meiner Restzeit könnt ihr jetzt anfangen, was ihr wollt. Ich gebe euch mein Leben zurück.

Das Abenteuer Welt aufgeben und mich füttern lassen, bis ich als fette, glückliche Made verrecke.

Im Zimmer ist es stockdunkel. Ich spreche die ganze Zeit mit mir selbst.

Mia kann ich nicht anrufen. Die will einen faszinierenden Jeanslover und nicht so ein Menschenimitat wie mich, auch noch ohne Zähne. Niemand darf mich so sehen.

Auch Bruno ist nicht da. Er ist bestimmt mit seiner Braut und Muschi bei den Bullen zu Besuch.

Ab dem vierten Tag kann ich wieder Musik hören, leise. Ich höre meine liebsten vier: Nino Rota, Ennio Morricone, Henry Mancini, Francis Lai.

Das ist der Soundtrack meines Lebens. Das gibt mir Bilder zurück, Träume und Hoffnungen.

Ich nehme ab, kiloweise. Über die Tage magere ich ab. In einer Woche verliere ich sieben Kilo. Wie ich auch ohne Waage präzise feststelle.

Nach sieben Tagen stell ich mich nackt vor den Spiegel. Ich sehe gut aus. Meine Rippen und Beckenknochen stehen kantig hervor. Die Brust ist glatt, und die Arme sind sehnig. Jeder Muskel, den ich anspanne, zeichnet sich deutlich unter meiner Haut ab. Ich sehe aus wie ein zäher Steppenkrieger. Finde ich. Besser habe ich noch nie ausgesehen. Langsam schwillt sogar das Zahnfleisch zurück.

Also doch! Das muss ab, das muss entfernt werden. Ahnungsloser Lügner.

Herr Doktor, ich habe Schmerzen im Knie.

Das Bein muss ab, das geht nicht mehr.

Aber, Herr Doktor.

Nichts da, keine Widerrede, das Bein muss ab, basta!

Wie viele Menschen verlieren geliebte Körperteile durch Fehldiagnosen? Notärzte, ich bestell euch nie wieder!

Krise als Chance, Krankheit als Weg. Ich bin der dünne Mann. Ohne Verbindungen, ohne Liebe, ohne alles. Endlich bin ich alles los. Endlich ist da nichts mehr, was ich sein könnte, was mich aufhalten könnte, was mit der Welt verbunden wäre.

Die Tage ziehen leise durch meine Wohnung, mein Fleisch

schwillt ab, mein Geist schwillt ab, ich schwelle ab. Ich komme zur Besinnung. Wenn das Telefon klingelt, gehe ich nicht ran. Wassily landet auf dem Anrufbeantworter. Mehrfach Robbi. Sie erkundigen sich besorgt nach mir. Wo ich bin, was los ist. Außerdem wollen sie mir meinen restlichen Lohn zahlen. Immerhin etwa fünfhundert Mark. Einmal ruft Siggi an. Zweimal Thea.

Ich spreche erst wieder mit euch, wenn ich mich im Spiegel anlächeln kann und meine Zähne komplett wieder da sind. Ich laufe nackt im Zimmer herum und höre Nino Rota. Oder nichts. Von der Küche aus schaue ich zu Mias Fenster. Der Vorhang ist immer geschlossen.

Mia, ich bin zurück, ich sehe besser aus denn je. Meine Lippen sind voll, meine Augen sind schwarz, meine Hände sind kräftig. Gib mir nur ein Zeichen.

Das Leben kehrt in mich zurück, weiter ist das Pendel nie geschwungen. Mein Körper heilt, und ich habe quasi meine dritten Zähne bekommen. Alle Klamotten, die ich mir anziehe, schlackern an mir herum. Ich bin so dünn wie mit 16 Jahren.

Ich lege das erste Mal wieder Hand an mich. Mein Schwanz funktioniert noch. Als er begreift, dass er gemeint ist, steht er freudig bereit. Ich stinke nicht mehr. Mein Körper hat alles Unnötige ausgeschieden. Jetzt bestehe ich nur noch aus Sehnen, Molat und Buchstaben. Ich lese. Unentwegt. Ich freue mich über Joris-Karl Huysmans' »Gegen den Strich«. Das ist genau das Richtige für einen wie mich. Für einen Abgetauchten, Ausgehöhlten, Abgeschälten, Ausgekochten, Abgehangenen, Ausgestorbenen. Ich überlege, die Fenster mit buntem Seidenpapier auszukleben, um das Licht hier drinnen zu färben. Es erscheint mir zu poetisch.

Mit den Resten an Öl und verklebten Pinseln beginne ich wieder zu zeichnen und zu malen. Ein paar Zeichnungen sind ganz gut. Lieber Maler, male mir! Die Farben wollen nicht auf sinnvolle Art und Weise zusammenkommen. Ich male Schicht über Schicht, und es wird immer noch schlimmer. Wenn man bei einem Bild den entscheidenden Punkt überschritten hat, gibt es keine Rückkehr mehr.

Wo ist Bruno? Langsam fange ich an mir Sorgen zu machen. So lange war er noch nie weg. Haben sie ihn eingesperrt? Oder umgebracht? Einer wie Bruno kommt leicht unter die Räder. Er ist nicht pragmatisch genug. Bruno, dich möchte ich nicht verloren haben.

Ich telefoniere mit Thea und mit Mutter.

He, Leute, wie gehts, ja, ganz gut, also mir gehts ganz gut, in Hamburg ist das Leben wirklich spannend, ja, ja, Theater machen die und alles, das ist schon was hier, ach, lass mich mit Carlo von Tiedemann in Ruhe, Mutter, ja, ich habe die Nebenkosten bezahlt, deswegen kann es bei mir in der Wohnung gar nicht kalt sein, und das Studium ist ein einziger Gewinn, Mutter, das Studium, da kann nur was Gutes bei rauskommen, Mutter, was machst du eigentlich? (Sitzt du immer noch jeden Tag in deinem dämlichen Laden und kuckst auf Teddybärenmotivpullover? Sollen so die Tage der Welt ausläppern? Ich glaube, ich mache mir berechtigtere Sorgen um dich, als du dir welche um mich machen solltest! Aber das kann man Leuten wie dir ja nicht sagen, sonst würde das dünne Eis, auf dem ihr alle steht, brechen, oder? Ihr steht alle auf verdammt dünnem Eis – das ist die Wahrheit! Ich bin schon durchgebrochen, aber kurz vorm Ersaufen habe ich Boden unter den Füßen gespürt, jetzt steh ich hier auf Zehenspitzen, und es ist verdammt nass und kalt. Bis zu diesem Satz hat es viereinhalb Milliarden Jahre gebraucht, aber jetzt ist er endlich raus, ihr Idioten!!!) ... Ähh ... Ja, also bis dann, Mutter, grüß Papa. Er soll den Zeh hochhalten, sonst heilt der nie. Und grüß Frau Ellerbrook, ich komm sie bald mal besuchen, ich komm bald, Mama, ich komme bald!

Die Tür rappelt. Pansen Seidler 1–6? Ich gehe in den Flur. Bruno steht vor mir, in Jogginghose und mit nacktem Oberkörper. Er ist von Schweiß überströmt, schaut mich eine Sekunde lang verdutzt an und springt mich dann voller Freude an. Er stinkt, aber ziemlich gesund. Seine ranzigen Armmuskeln schmieren mir sein Körperfett ins Gesicht. Mir fällt auf, dass ich nur eine Unterhose anhabe. Wir stehen da wie zwei Ringer. Befreundete Ringer.

»He, Alter, das is ja das Geilste. Wo kommst du denn her? Ich habe dich so vermisst, Mann, ist das langweilig ohne dich!«

»Bruno, Dickerchen, bin schon lange wieder da. War krank. Ich dachte, du kommst irgendwann, aber du warst weg, wo warst du?«

»Bei meiner Mama in Saarbrücken. Eine Woche. War traurig. Mama gehts nicht gut.«

Wir wanken Arm in Arm in die Küche und berichten uns alles, was wir in den letzten Wochen erlebt haben. Ich wische mir mit einem Küchenhandtuch seinen Schweiß vom Körper. Ich habe mir Bruno nicht ausgesucht, das Leben hat ihn mir zugespielt. Grotesk, mit was für Leuten wir unsere Zeit verbringen. Ich bin stolz auf ihn, er ist der größte Penner, den ich kenne. Jede Gruppe hat ihr eigenes Ethos, auch wir Überflüssigen. Einen ganz eigenen Stolz. Aufs Versagen. Deutschland sucht den Superloser.

Bruno gehts nach wie vor ganz gut, aber er erzählt mir, dass Mella jetzt auf den Strich geht. Sie hätten beide keine Kohle, und er hätte Mella nicht davon abhalten können.

Das mache sie schon seit Jahren. Er sagt, dass er manchmal die anderen Männer an ihr riechen könne. Die stinken alle so, die Freier, und dann wollten die sie ohne Präser ficken, und Mella sei manchmal so zu, dass er nicht wüsste, ob sie das macht. Klingt nicht gut.

Etwas leckt an meinem Fuß. Muschi steht vor mir und schaut ausdruckslos auf mein Bein. Ich wische mir das Bein mit dem Handtuch ab und werfe es dann in die Wäsche.

Später gehe ich das erste Mal seit Tagen wieder durch mein Viertel. Den Bürgersteig entlang im Schulterblatt. Thomas Ebermann sitzt schon wieder bei Stenzel. Der wird noch mal was in der Politszene. Der ist schlauer als Joschka Fischer und viel gewitzter.

Wenn ich jemand sehe, den ich kenne, verdrücke ich mich an irgendeine Schaufensterscheibe. Keine Lust auf Smalltalk. Ich will nur sehen, nicht gesehen werden. Ich bin der Beobachter.

Eine der Beschäftigungen in meinem Leben ist es, den Fremden ins Gesicht zu schauen. Ich wandere durch die Stadt, den Pferdemarkt entlang, am Heiligengeistfeld vorbei, die Kaiser-Wilhelm-Straße runter, durch den großen Burstah und schließlich in die Mönckebergstraße zu den Lemmingen. Mit dem Blick immer im Gesicht der Fremden. Tage und Wochen könnte ich dort hängen bleiben. In den ausdruckslosen Mienen, absichtslos, auf Alltag gestellt, genullt. Es gibt Menschen, denen man wirklich ihre Begrenztheit ansehen kann. Manche Gesichter sind so stumpf und kalt, dass ich nach einem Blick meine, alles über die Person zu wissen.

Name: Doris Strecker, Alter: 28, Haarfarbe: blond, Frisur: Pagenschnitt, Geschlecht: weiblich, Gewicht: 78, Größe:

1,62, Beruf: Verwaltungsangestellte, Hobbys: die Kinder und Bobby, der Hund, Wohnort: Norderstedt, Doppelhaushälfte, Lieblingskleidung: Jeans und Hemd, Lebenspartner: Karsten Strecker, 30, Inhaber einer Provinzialniederlassung, Lieblingskleidung: Jeans und Hemd, Lieblingsurlaubsort: Portugal, Fahrzeug: Audi, gemeinsames Einkommen: 2680 Mark nach Steuern, Kinder: Sanne (6) und Torben (8), politische Gesinnung: FDP, Freizeit ansonsten: gerne mal rausfahren oder mit den Kindern in die Sternwarte, Lieblingsmusik: Michael Bolton, Lieblingskünstler: Miró (beim Zahnarzt entdeckt), Lieblingstier: Delfin. So schätze ich das ein.

Gott, bist du arrogant. Die Streckers haben eine Arbeit, zahlen Steuern, lieben ihre Kinder, sind in Vereinen beschäftigt, spenden und sind alles in allem sinnvolle Mitglieder der Gesellschaft. Du nicht. Wieso also urteilst du über sie??

Na ja, sie scheinen mir so berechenbar.

Na und? Was hat denn die Berechenbarkeit mit dem Wert des Lebens zu tun? Du weißt selber, dass das nicht stimmt. Nur weil du so kaputt bist, willst du was Besseres sein als die anderen? Mit deiner Kaputtheit könntest du anderswo auf der Welt vielleicht drei Tage überleben. Diesen Luxus kannst du dir nur hier leisten. Diesen Luxus ermöglicht dir die Gesellschaft der Normalen, der Berechenbaren. Du bist der Schimmelpilz auf der Käsepfanne.

Hey, hey, hey, was soll die Scheiße denn jetzt? Erst muss man sein Leben lang leiden, scheitern und sich verweigern, und dann darf man sich noch nicht mal was drauf einbilden?

Is ja gut, is ja gut. Reg dich ab. Du bist okay, wirklich.

Wer spricht denn da überhaupt? Fisch, bist du zurück? He Fisch, das freut mich aber ... Blubb Blubb.

Ich lächle die, von der ich glaube, dass sie womöglich Doris Strecker heißt, im Vorbeigehen an, ein wenig aus Verlegenheit, ein wenig um ihre Reaktion zu testen. Da kommt garantiert nichts zurück. Sie schaut erstaunt, dann wirft sie mir ein freundliches Lächeln zu. Meine Arroganz bricht wie ein Kartenhaus in sich zusammen. Was weiß ich schon über Doris Strecker?

Eine Einsicht, die mich nicht davon abhält, weiter Passanten zu mustern und mir ihre Existenzen auszumalen. Das ist das Kino, das ich suche.

Ich lasse mich die Mönckebergstraße entlangschieben, treibe mit den Lemmingen so nah wie möglich an den Schaufenstern vorbei.

Zu Tausenden gehen sie hier entlang, versunken in sich selbst und die Welt der Waren, die in sie einsickert und das Raster der Begehrlichkeiten massiert.

Die glücklichen Sklaven sind die erbittertsten Feinde der Freiheit.

17

Ich lebe und schweige und brauche meinen Tourlohn auf. Maffs Anrufe auf dem Anrufbeantworter ignoriere ich. Ich werde mich erst bei ihm melden, wenn das Geld alle ist. Alle paar Tage gehe ich zu Lidl. Fast beneide ich die Gang der Elenden vor der Tür, sie hängen am Wurmfortsatz ihres Lebens wenigstens zusammen fest. Der Pfahlmann sitzt nach wie vor auf seinem Platz. Seine Kleidung und sein Körper geben seinen Lebensbedingungen nach. Schweigend, eine stolze Statue des Niedergangs, mit seiner Plastiktüte zwischen den Beinen, aus der Flaschenhälse ragen, und einer Wundengalerie am ganzen Körper.

Heute in den Deichtorhallen Ausstellungseröffnung: NEUE WUNDEN VORGEFÜHRT VOM PFAHLMANN (verschiedene Formen und Größen).

Während der verdammte Bismarck unten an den Landungsbrücken, in Stein gehauen und dreißig Meter groß, über Hamburg und die Jahrhunderte wacht, ist der Pfahlmann selbst zum Denkmal geworden, zu seinem eigenen Denkmal: Solange er lebt und hier sitzt, wird er uns Lebende daran gemahnen, an ihn zu denken. An ihn als den Unbedeutendsten aller Überflüssigen.

– Kinder, schaut mal dort rechts. Das ist der berühmte Pfahlmann. Den hab ich selber schon als Kind gesehen.

– Ihh ekelig! Das Gesicht, kuck mal, die Hände.

– Oh Papa, toll, toll. Ich hab den bei RTL gesehen. Ich möchte auch mal Pfahlmann werden.

– Jetzt reichts aber, du scheiß Kind (Zack, Ohrfeige). So was wie

der Pfahlmann will man nicht werden, das schaut man sich höchstens von außen an, aber werden will man so was nicht.

Manchmal kommen einige von der Gang zu ihm rüber, um ihm Gesellschaft zu leisten oder Schnaps zu klauen. Ich grüße ihn jedes Mal, wenn ich vorbeikomme, und er grüßt mich mittlerweile zurück, er hält mich für einen Bestandteil seiner neuen Lebensumstände. Ich bin halt genauso da wie der Pfahl, der Himmel, die Straße, der Regen. Soll ich ihn mitnehmen, ihn und das Schülerienchen, beide mit in unsere Wohnung nehmen, um die finale WG zu eröffnen? Wir müssten eigentlich so langsam die gleiche Sprache sprechen. Das Schülerienchen, der Pfahlmann, Bruno und ich – die ideale WG. Wir können alle noch etwas voneinander lernen. Variationen des freien Falls.

Ich strahle ein dumpfes, schwarzes Licht aus, Frauen reagieren überhaupt nicht mehr auf mich. Nicht, dass ich jemals zuvor auf der Straße angesprochen worden wäre oder im Waschsalon einen Flirt gehabt hätte oder im Supermarkt oder so. Dazu bin ich zu schüchtern. Oder zu stolz. Es ging immer nur mit Alkohol. Aber ab und zu habe ich Blicke bemerkt, habe bemerkt, dass sie mich abscannen als potentiellen Verwalter ihrer Träume. Als Samenspender und Müllraustrager. Als zusätzliches, frei bewegliches Körperteil, das frau nach Gusto einsetzen kann. Als Soldat der weiblichen Wünsche und Visionen. Ich werde mich nie wieder von einer Frau bändigen lassen. Ich hasse nichts mehr als den Spruch von einer Frau zur anderen: Den hast du dir aber schön zurechtgezogen. Der Frau, die den Spruch bringt, könnte ich sofort in den Arsch treten.

In meinem jetzigen Zustand kann ich mir auch überhaupt keine Form von Zweisamkeit vorstellen. Wenn ich durch das Viertel gehe und Pärchen sehe, könnte ich kotzen. Junge, verliebte Paare, aufgedrehtes Gemache, verzauberte Welten, Ausblendung jeder Realität. Die dämliche Verliebtheit ist schließlich nur dafür da, um Geschlechtspartner in der gröbsten Zeit vor und nach der Geburt eines Kindes zusammenzuhalten. Das erhöht die Überlebenschancen der Brut. Wenn man sich das vor Augen hält, kann man gleich zu Hause bleiben.

Es gibt nichts Scheußlicheres als stolze, junge Eltern, die in flippigen Szeneklamotten ihre Fleisch gewordene Eitelkeit und Lebensaufgabe im Babywagen durchs Viertel schieben, sich mit anderen jungen Eltern amüsiert unterhalten, sich gegenseitig ihren sabbernden Stolz vor die Nase halten und Sätze sagen wie: *Kinder sind ja so was von anstrengend, wir schlafen kaum noch, kommen auch sonst zu nichts mehr, aber was willst du machen, sie hier (auf Baby zeigend) ist ja wohl die Chefin bei uns, hahahaha.* Antwort: *hahahaha.*

Verschwiegen wird all der Streit und Terror zu Hause, der Liebesentzug und die Eifersucht, der Stress und das Kräftemessen, der Kampf um Zeit und Freiraum. Selbst in den progressiven Kreisen spielt man sich immer noch das Familienidyll vor. Alles Lüge. Die Familie nimmt uns alles, was sie uns zu geben verspricht. Die Aufgaben, die uns das Leben stellt, kollidieren frontal mit den Bedürfnissen der Freiheit. Das Leben ist eine hochinfektiöse Krankheit, die sich seit Jahrmillionen über die Erde ausbreitet, im Wasser, zu Land und in der Luft, mäandernd und immer neue kranke Formen bildend. Dem Menschen helfen beim Direktkontakt im Vorfeld nur Präservative, um sicher zu verhindern, dass der Mann als Träger des Erregers die Frau infiziert. Diese Infektion muss auf alle Fälle vermieden werden, wenn die Erde noch eine Chance haben soll. Das Leben ist die Krankheit der Erde. Ich werde Antibiotika nehmen. Gegen mich selber. Ich werde meiner Mutter »die Pille danach« geben, um mich selber abzutreiben. Die Pille sehr spät danach.

Meine Depressionen werden so stark, dass ich kaum noch lesen kann. Ab und zu gehe ich in die Kirche. Irgendeine diffuse Sehnsucht treibt mich zu diesen Plätzen der angeblichen Besinnung. Aber anstatt hier Hoffnung zu schöpfen, finde ich nur andere Behälter zerbrochener Träume. Das Leben ohne Gott ist ordinär. Aber wenigstens nicht verlogen. Ich wünsche mir oft, ich könnte mich auf den Zauber einlassen und an etwas glauben, einen Halt darin finden, Zuvertrauen und Angstlosigkeit. Doch es ist unmöglich. Es käme mir wie eine Lüge vor, wie Kasperletheater, wie eine seelische Beruhigungstablette. Ich will nicht beruhigt sein. Ich will mit offenen Augen dem Ende entgegengehen. Diesen lächerlich kurzen Zeitraum des Lebens einigermaßen sinnvoll überbrücken, ein paar Bier trinken an der Bushaltestelle des Todes, bis endlich der Bus kommt und mich nach Hause fährt. Dahin wo ich herkomme – ins Nichts. Besinnung auf den Tod ist Besinnung auf die Freiheit. Wer Sterben gelernt hat, hat das Dienen verlernt!

Hörst du mich, Fisch, ich habe keine Angst.

Blubb.

Könnte ich doch bloß dieses ewige Verlangen loswerden, dieses Treiben und Pressen und Wünschen und Wollen und Stieren und Begehren und Träumen und Sehnen und Verlangen und Geifern. Dann wäre der Abschied leichter, wäre das Dasein weniger schwer. Aber es sitzt so tief in mir. Ich bin wie eine Ranke um diesen Stock gewachsen. Und es wird von Jahr zu Jahr schlimmer. Vielleicht sollte ich mich kastrieren lassen? Oder triebhemmende Mittel nehmen? Ich muss mich kundig machen. Ein kleines Ziel im Nichts.

Schließlich liege ich fast nur noch im Bett. Ich finde keinen Grund mehr aufzustehen. Irgendwann, an einem Sonntag, nach drei Tagen im Bett, stehe ich auf und gehe zum UKE, zur »Psychologischen Notaufnahme«. Ich beschreibe dem jungen Arzt, der nicht älter ist als ich, meine Angstattacken, meine Unruhe, die Schlafstörungen und die Niedergeschlagenheit. Er sagt, dass er mir nicht helfen könne, ich müsse eine Therapie machen. Aber er gibt mir eine Beruhigungstablette mit, eine dicke rote Tablette, die ich im Notfall nehmen kann. Wenns mal ganz schlimm würde. Ich wickele die Tablette in ein Taschentuch und stopfe das Bündel in eine Streichholzschachtel. Vielen Dank, Herr Doktor. Jetzt kann mir ja nichts mehr passieren.

18

Am Montag rufe ich bei Doktor Frank an und mache einen neuen Termin aus, der Wahnsinn muss doch mal aufhören. Ich soll in drei Tagen bei ihm auftauchen. Vielleicht komme ich ja endlich ein Stück weiter. Maff spricht mir wieder auf den Anrufbeantworter, was denn mit mir wäre, er hätte ohne Ende Arbeit, wo sein bester Mann bleiben würde? Ich melde mich bei ihm zurück und verspreche, vom nächsten Tag an wieder mit ihm die Runde zu machen. So langsam geht mein Geld zur Neige. Ich muss in die Welt, ich muss wieder anfangen zu leben, ich kann hier nicht länger in der Matratzengruft abhängen.

Am nächsten Abend tauche ich gegen neun in Maffs Schuppen unter der Bahn auf. Es ist mucksmäuschenstill, als ich das Gemäuer betrete, mein Atem kondensiert in der kalten Luft. Die ganze Szenerie hat etwas Unwirkliches, alles wirkt dem Zerbrechen nahe: Stühle, Tisch, Regale, es scheint alles nur noch von Fäden und Tackerklammern zusammengehalten zu werden. Ich kann nichts Lebendes hier entdecken. Wo ist Maff? Ich höre ein kratziges Röcheln, dann knallt es auf einmal ungeahnt laut, und Blut spritzt hinter einem Regal hervor. Ich höre Metall auf Stein schlagen und eine hysterische Stimme kreischt: »Jajajajaja!« Ich sehe einen Ellenbogen hinter der Regalecke herumwirbeln und dünne fliegende Haare. Etwas tanzt dort, springt, tippelt, jemand atmet schnell. Ich schleiche mich vorsichtig näher. Das tanzende Etwas ist augenscheinlich Maff. Er hat mir den Rücken zugewandt und hüpft wie Rumpelstilzchen um etwas herum, das vor ihm auf dem Boden liegt. Er prügelt mit einem Spaten darauf ein. Durch einen Schritt zur Seite kann ich erkennen, dass es eine Ratte ist, die er dort erlegt hat. »Jajajaja«, schreit er wieder. »Du Sau, hahaha, du Sau, aber nicht mit Mathias Eckert!«

Ich räuspere mich leise, dann lauter. Maff fährt erschreckt herum und holt mit dem Spaten aus. Die Spitze schneidet durch die Luft genau auf Höhe meines Halses. Durch einen hastigen Sprung ins Regal entgehe ich dem Schlag, aber im gleichen Moment kracht das gesamte Regal über mir zusammen. Altes Holz, vergilbte Plakate und kiloweise Staub landen auf mir. Ein höllischer Lärm und dann Schmerz. »Jajajajaja«, höre ich Maff schreien. »Du Sau, du Sau, nicht mit Mathias Eckert, mit allen anderen ja, aber nicht mit Mathias Eckert! Ihr Schweine!« Und er schlägt mit dem Spaten auf den Haufen, unter dem ich liege.

Ich schreie aus Leibeskräften:

»Maaaaf, stopp, Maff, du Irrer, du Wahnsinniger, stooopp! Ich bins, Sonntag. Ich sollte doch hierher kommen!«

Die Schläge hören auf. Hinter den Brettern herrscht auf einmal Ruhe. Sekundenlang, dann höre ich eilige Schritte.

»Maff, he Maff, wo bist du? Hol mich hier raus, Maff, ich schaffs nicht alleine.« Stille. Nach einigen Sekunden höre ich erneut Schritte, dann hebt jemand die Bretter von mir runter, langsam kommt Licht zu mir durch. Hinter den Brettern taucht Maff auf, dürr, abgemagert, mit roten Augen. Auf seinen Wangen sind die feinen Äderchen geplatzt, die Nase tropft ihm und die Haare sehen aus wie Fetzen.

»Mensch, Junge, wat machst du denn da. Das is ja schrecklich. Ick komme grade zur Tür rein, da hör ick erst lauten Krach, und denn seh ick son Schatten weglaufen. Wat war denn hier los?«

Scheinheiliges Arschloch, dämliches Rindvieh, paranoider Speedwichser, ich hasse dich.

»Maff, ich hab dich gesehen. Du hast erst die Ratte totgehauen, und dann wolltest du mich erschlagen, du Vollidiot!«

»Wat? Ick? Kann gar nicht sein, das hätte ich doch gemerkt, wenn ick das gewesen wäre! Nee, das war n Einbrecher!«

»Maff, ich habe dich gesehen, und was sollte auch ein Einbrecher in deiner blöden Klitsche hier?«

»Nee, nee, ick mach so was nich, komm, ick helf dir erst mal raus da.«

Er pult das Holz und den Plunder von mir runter. Ich stehe auf und staube mich ab. Anscheinend ist nichts an mir kaputt.

»Na, zum Glück bin ick grade gekommen, wa? Zum Glück is dein Chef grade gekommen, um dich zu retten.«

Er glaubt, was er da sagt. Er sieht sich als meinen heldenhaften Retter. Ich weiß nicht, was ich sagen soll, es bringt ja doch nichts. Er ist verrückt. Er wird nicht verstehen, dass er mich grade fast umgebracht hat.

»Komm, Junge, nimm erst mal ne Line, dann gehts dir gleich besser!« Ich lehne ab und setze mich genervt auf einen dreibeinigen Stuhl.

»Maff, du bist am Ende. Du bist gemeingefährlich, hörst du?«

Er hört nicht. »Maff, ich mach mir ernsthaft Sorgen um dich. Du siehst nicht gesund aus.«

»Ach was, sterben tun immer nur die anderen, hahaha,

Junge, heute wird gekeult. Ich hab hier nen Riesenstapel. Heute verdienst du dir ne goldene Nase.« Bloß nicht. Aus seinem Mund klingt das nach goldenem Schuss.

Nachdem ich mich beruhigt habe, packen wir die Plakate in seine Schrottkiste und fahren los. Ich brauche das Geld. Zwischendurch krümelt Maff zweimal etwas Speed auf Zigarettenpapier, rollt daraus eine kleine Kugel und schluckt diese.

»Nase geht nich mehr, haha, die is mir mittlerweile immer ne Nasenlänge voraus, hahaha. Die ahnt jede Attacke, die ick vorhabe. Jetzt schluck icks einfach. Da kann die noch so zuschwellen, es geht einfach rein, hahaha. Ick bin Sieger!«

Sieger über die eigene Nase. Na, wenns sonst niemanden zu besiegen gibt, bitte.

Nach getaner Arbeit sitzen wir um vier Uhr in seinem Schuppen, ich warte auf das Geld. Maff wirkt vollkommen ausgetrocknet, seine Haut ist grau und beim Reden macht er klebrige Geräusche. Der machts nicht mehr lange, denke ich. Er zahlt mich aus, und bevor er wieder zutraulich werden kann, verabschiede ich mich und türme. Ich kann das nicht wieder. Das war das letzte Mal. Das ist mir einfach zu fertig. Und helfen kann man ihm auch nicht. Er steht schon lange auf der Zugbrücke nach drüben.

19

Am Donnerstagnachmittag tauche ich bei Doktor Frank auf. Dieser Miró macht mich fertig. Ich habe eine Mirópho-bie. Doktor Frank ist etwas interessierter als sonst, fragt nach meinen Erlebnissen, wie es mir geht, und schreibt in einem kleinen Heftchen mit. Ich komme in eine ausgelassene Jammerstimmung und berichte ihm von all den Vorwürfen, die ich dem Leben zu machen habe. Er ist mein Anwalt im Prozess gegen das Leben.

»Herr Doktor, wissen Sie, ich glaube, ich habe einfach Pech gehabt. Andere hatten ein größeres Glück bei der Verteilung der Gene. Da war der liebe Gott spendabler. Bei der Genausgabe haben die schönes Haar, gute Fingernägel, starke Armmuskeln, ein hochfunktionales Gehirn, eine glatte, unverpickelte Haut, eine große innere Zufriedenheit, einen nicht aufzuhaltenden Ehrgeiz, ein unendliches Selbstvertrauen und einen Berg von Mut mitbekommen. Und damit können die dann die Welt umsegeln oder zum Mond fliegen, oder wenigstens mit dem Fahrstuhl in den vierzehnten Stock fahren. Ich habe nur meine Selbstzweifel bekommen. Das ist doch ungerecht, das ist doch himmelschreiend ungerecht! Das Leben ist eine Frechheit!«

»Wissen Sie, es gibt keine perfekten Menschen, alle haben ihre Fehler und Schwächen und Kanten. Und alle leiden. Nicht zu vergessen die vielen, die es nach Ihren Maßstäben viel schlechter als Sie getroffen haben. Die Kleinen, die Dicken, die Behinderten, die Unbegabten. Was ist denn mit denen? Wären Sie bereit, denen etwas von sich abzugeben? Von Ihrer Intelligenz, Ihrem Einfühlungsvermögen, Ihrer Fantasie und Ihrem guten Aussehen? Meinen Sie wirklich, dass Sie es so schlecht getroffen haben?«

»Naja, vielleicht nicht ganz schlecht, aber es ist schon sehr schlimm, manchmal.« Ich muss lachen. Das klingt alles zu jämmerlich. Er fragt weiter, und ich komme wieder in meine Spur. Ich erzähle, er nickt, bis seine Pupillen schließlich ganz klein werden. Zum Glück schläft er diesmal nicht ganz ein. Nach einer Stunde, kurz vor seinem endgültigen Wegdösen, gehe ich ein wenig aufgeräumter, als ich gekommen bin.

Im Wartezimmer sitzt eine junge Frau und starrt auf den Miró. Die Arme. Erst macht uns der Miró verrückt, und dann kommt Doktor Frank und heilt uns wieder davon. Genialer Geschäftstrick. Wir grüßen uns kurz und verlegen.

Ich bin nicht verrückt, ich bin hier nur wegen einer Kleinigkeit.

Jaja, geht mir genauso, ich bin ganz normal, aber kann ja nicht schaden, wenn man mal mit jemand spricht.

Übrigens, ich hasse Miró.

Sie auch? Ich auch, ich hasse Miró.

Ich werde sie nie kennenlernen. Beim Hackenschrauber kann man niemanden kennenlernen.

Als ich nach Hause komme und die Treppen zu mir nach oben gestiegen bin, sehe ich, dass beim Schülerienchen Licht ist. Ich schaue nach, gehe die fünf Stufen hinauf zu seiner Treppenkehre. Er ist nicht da, dafür liegt dort ein Scheißhaufen, daneben eine Spritze und vor allem eine brennende Kerze, die umgekippt ist und deren Flamme gerade dabei ist, den Holzfußboden zu entzünden. Das ist echt das Letzte. Erst beim Fixen scheißen müssen, dann aber so dicht sein, dass er die Kerze brennend auf dem Boden liegen lässt. Jetzt reicht's mir. Ich schnappe mir eine Mülltüte, schmeiße seinen gesamten Kram dort hinein und stelle alles vor die Haustür. Auf seine Kehre lege ich ein Blatt, auf dem steht: *Such dir ein anderes Zuhause!* Es tut mir leid, fast bereue ich meine Konsequenz, aber ich habe keine Lust, wegen seiner Dummheit zu verbrennen.

Dann gehe ich in die Wohnung und höre den Anrufbeantworter ab. Siggi ist drauf, er ist aufgeregt: »Hör mal, Sonntag, melde dich bitte, Maff ist tot. Den ham sie tot gefunden in seinem Auto, ruf ma an.« Ich kriege einen Mordsschreck und gleichzeitig sagt etwas in mir: Na bitte, ich wusste es doch! Ich verspüre kaum Trauer, eher Bestätigung. Und dann doch Trauer. Auf einmal fühle ich die Gewissheit, diesem ausgemachten Idioten nie wieder begegnen zu können, alles verloren zu haben, auch das, was ich an ihm nicht leiden konnte. Er war sich selber so ausgeliefert, seinen schlechten Genen und seinem ledernen Schicksal. Es tut mir leid um ihn, um seine Ausweglosigkeit, und ich stelle mir die Momente seiner Kindheit vor, in denen er zu dem wurde, was ihn jetzt zerstört hat. Ich rufe Siggi an.

»He, Alter, schrecklich, Wahnsinn alles.«

»Wie ist es denn passiert?«

»Weiß keiner, seine Ex-Freundin hat ihn gefunden. Er hat wohl in seinem Auto beim Plakateschuppen gesessen, der Motor war an, und er lag auf dem Lenkrad, und alles war voller Blut, und seine Nase war explodiert, oder abgerissen oder so, ich weiß es nicht so genau.«

»Wie? Ist der umgebracht worden? Oder Selbstmord? Oder Überdosis? Oder was?«

»Ich weiß es nicht. Keiner weiß was Genaues. Er hat auf

jeden Fall einen Abschiedsbrief hinterlassen oder ein Testament.«

»Also Selbstmord.«

»Keine Ahnung.«

Ich ziehe mich an, und Siggi, Bruno und ich treffen uns bei Maffs Schuppen. Die Polizei hat das Gelände abgesperrt. Ich frage einen Beamten nach den Geschehnissen, aber er will mir nichts sagen. Ich hinterlasse meine Adresse und bitte um eine Meldung, wenn klar ist, wann die Beerdigung ist oder wenn es Neuigkeiten zum Hergang von Maffs Tod geben sollte. Der Polizist fragt mich, ob ich irgendwas mit Herrn Eckert zu tun gehabt hätte. Ich sage aus, dass ich für ihn gearbeitet habe.

Danach gehen wir, Siggi, Bruno, Tobbs und ich ins Olympische Feuer. Ich trinke das erste Mal seit meiner Rekonvaleszenz wieder Alkohol. Wir trinken Bier und Ouzo auf Maff. Sosehr er uns auch genervt hat, er war ein Teil unseres Lebens. Mit jedem Schluck dreht sich meine Welt wieder in das alte, gewohnte Gleichgewicht, in jenes leichte, angenehme Schweben. Unwichtiges sinkt in den Hintergrund und der Augenblick erstrahlt. Wir erzählen uns Geschichten von Maff. Die Runde erweitert sich noch um einige Bekannte. Jeder hat eine Anekdote beizusteuern, oftmals äußerst groteske Geschichten, die die Anwesenden des Totenbesäufnisses zu wahren Lachsalven animieren. Zwischendurch werden Speisen bestellt. Dieser Geschäftstag hat ein vorzeitiges Ende gefunden: Wir sind da, um zu bleiben.

Ein paar Stunden später latschen wir alle mit Siggi ins Ex, er hat die Frühschicht. Wir gruppieren uns um den Tresen und Siggi schmeißt ne Runde. Langsam füllt sich der Laden, die Idioten trudeln ein, die Überflüssigen verlassen ihre verschwitzten, dreckigen Gruften in der Sillemstraße, der Seilerstraße, dem Hamburger Berg, am Nobistor, in der Silbersackstraße, an der Reeperbahn, am Heiligengeistfeld, im Schanzenviertel, im Portugiesenviertel, in Eimsbüttel und Altona und weiter draußen und ziehen los, die dunklen Bürgersteige entlang mit dem Strom der anderen Unbekannten, um sich für eine weitere Nacht herzugeben. Die, die keinen Tag haben, weil sie nicht arbeiten wollen oder können, warten die ganze Zeit auf die Nacht, denn sie ist der Markt der Möglichkeiten. Der Tag ist der langweilige Ehegatte der Nacht. Wenn er mit Sonnenuntergang spießig ins Bett geht, wacht sie auf und lässt alle Leinen los. Die Nacht ist die Königin der Überflüssigen und beherrscht sie brutal, geil und blutrünstig.

Die Nachricht von Maffs Tod verbreitet sich schnell und führt zu gesteigertem Alkoholzuspruch. Einige sind wirklich traurig, aber anstatt uns zu besinnen, stürzen wir uns kollektiv in die Selbstvernichtung.

Mir gegenüber am Tresen steht eine Frau mit rot gefärbten Haaren. Sie schaut mich einen Moment an, dann lächelt sie. Ich mustere sie, kann sie nicht einordnen, lächele unsicher zurück, krame in meinem Kopf. Irgendetwas blinkt dort, aber ich komme nicht drauf, was. Sie ist relativ klein, trägt die Haare vorne zu einer Tolle frisiert und hinten zu einem Pferdeschwanz, dazu eine Brille mit Hornrand. Sie ist etwas enttäuscht, dass ich nicht gleich reagiere.

»Na, Süßer, wie gehts denn? Du wolltest dich doch melden.«

Ich mich melden, wieso denn? Würde ich ja sofort tun, aber ich kenne dich doch gar nicht, oder?

»Jaja, ich weiß, tut mir leid, ich hatte so viel zu tun. Und dann habe ich deine Nummer verlegt.«

Wenn ich doch bloß deinen Namen wüsste, gleich kommt bestimmt der bescheuerte, alte Test.

»Soso, meine Nummer verlegt, ah ja. Kannst du dich überhaupt erinnern?«, kommt es etwas spitz von ihr.

Aha, es muss also was gewesen sein, aber was, um Gottes willen. Es muss was mit Liebe oder Sex gewesen sein.

»Ja klar, jemanden wie dich vergisst man doch nicht. Aber ich muss zugeben, dass ich ganz schön betrunken war, Mann, das war ne Nacht«, lüge ich sie unverschämt an. Ich muss Zeit gewinnen, in die Offensive gehen, bevor sie weitertestet.

»Wo wir grade dabei sind, kannst du mir nicht noch mal deine Nummer mit allem aufschreiben?«

Mit »allem« meine ich vor allem ihren Namen.

»Wie heiß ich denn?«

Da ist sie, die bescheuerte Frage, die typische Frauenfrage, die, die immer in so einer Situation kommt. Der große Seriositätstest. Als wenn Namen so wichtig wären. Ich merke mir die Leute immer über körperliche Eselsbrücken und nicht über Namen. Erst viel später über Namen. Namen sind Schall und Rauch, Küsse sind Stempel für die Seele. Was tun? Die beknackte Frage ist raus, ich werde rot. Einzige Möglichkeit: Offensive.

»Wie heiß ich denn, wie heiß ich denn?«, äffe ich sie nach.

»Sonntag heißt du, ich vergesse nie einen Namen.«

Toll, Glückwunsch, ich schätze, du hattest mit meinem Namen bestimmt eine berauschende Nacht. Wo war ich denn derweilen? Vielleicht hättest du dich etwas mehr um mich kümmern sollen, dann wüsste ich auch noch, wie du heißt. Und jetzt fällt mir auch wieder ein, woher ich sie kenne. Sie muss die Inhaberin der Wohnung sein, in der ich morgens allein und nackt erwachte und nach deren Verlassen ich in Frauenkleidern mit dem Bus nach Hause fuhr.

Ich schalte um, das ist die einzige Chance, die ich habe. Ich mach einfach auf cool.

»Ich vergesse auch nie einen Namen. Weil ich mir nie einen merke. Ich frage erst gar nicht danach, mir sind Namen vollkommen schnuppe. Meinen Namen, den du eben zu mir gesagt hast, habe ich gerade das erste Mal gehört. Mich interessieren keine Titel, keine Berufsbezeichnungen, keine Namen, das sind alles Verpackungen, mich interessieren nur Menschen.« Ganz schön weit nach vorne gewagt, dummes Zeugs, was ich ihr da erzähle. Sie fällt natürlich nicht drauf rein.

»Ja ja, klar, dumme Ausreden. Du warst zu besoffen und hast alles vergessen«, sagt sie mir auf den Kopf zu. Sie kann es nicht sein lassen, typisch Frau, immer unter Druck setzen müssen. Nudelrolle, ick hör dir trapsen. Bleib doch mal locker, Baby.

»Is doch egal, ob ich deinen Namen weiß oder nicht. Du brauchst mich auch nicht bei meinem zu nennen. Is mir vollkommen wumpe. Möchtest du was trinken?«

Das war der richtige Satz. Sie hat den Druck verloren und das Getränkeangebot lenkt sie ab. Ich kann sie derweilen mustern. Sie gefällt mir gut, alles an ihr scheint am rechten Platz, selbst der Schönheitsfleck an ihrem Mund ist echt, und während sie sich einen Drink an der Bar aussucht, starre ich erschrocken in ihr Dekolleté. Ein unwiderstehlicher Sog zieht mich in die tiefe Schlucht zwischen diesen beiden vollen Pfirsichen, die ganze Welt versinkt dahinter. Als ich meine Augen hebe, merke ich, dass sie mich lächelnd mustert.

»Du wirst meinen Namen lernen müssen.«

Ja, ich lerne alles, wenn du michs noch einmal versuchen lässt. Erst beschäftigen wir uns mit unseren Körpern und danach lerne ich deinen Namen auswendig, wenn du meinst, dass das wichtig ist. Okay? Namen lernen ist bestimmt ganz einfach.

Während wir trinken, macht sie mir mehrfach verständlich, dass sie Tina heißt. Tina. Tina. Tina. Tina. Sitzt.

Wir reden über Musik und über Theater, sie arbeitet als Maskenbildnerin am Theater. Interessant. Ihr Musikgeschmack auch. Sie kennt sich mit Jazz aus. Ich nicht so. Ich mag es, in der Defensive zu sein. Normalerweise dominiere ich Gespräche im Musikbereich. Während sie spricht, wandern ihre Augen über meinen Körper, suchen etwas, dann bleibt sie wieder in meinem Blick hängen. Sie hat einen kleinen, schönen Mund, mit dem sie wunderbar und lässig lacht. Ich schaffe es, sie nach einiger Zeit zum Gehen zu überreden. Ich bin glücklich, nicht allzu betrunken zu sein, will sagen: Ich bin noch Herr des Geschehens. Wir fahren mit dem Taxi zu ihr. Während der Fahrt macht sich sexuelle Vorfreude in mir breit, hebt mich an, beschleunigt meine Herzfrequenz. Ich vermute, dass ich mir berechtigte Hoffnungen machen darf, den beim letzten Mal bereits begonnenen Akt zu unser beiderseitigem Pläsier wieder aufzunehmen und dieses Mal lustvoll und erfolgreich zu absolvieren. Auch sie scheint ganz angeregt. Fühlt sie tatsächlich das Gleiche? Sie bezahlt das Taxi und hakt sich bei mir ein, während wir zu ihrer Haustür gehen. Ich betrete erneut den Raum mit dem Planeten an der Decke. Erinnerungen der Scham werden in mir wach. Alles ist aufgeräumt, es riecht gut, mit einer Handbewegung macht sie dämmriges Licht an. Frauen habens einfach drauf mit der Atmo. Ich fühle mich spontan beheimatet. Es muss am Licht liegen und mehr noch am Geruch. Es riecht warm und heimelig. Ich weiß nicht, wie sie das macht, es muss an ihr selbst liegen. Sie füllt diesen Raum so aus. Sie ist dieser Raum – was man aber nur spürt, wenn man mit ihr in diesem Raum ist. Sie geht in die Küche und kehrt kurz darauf mit zwei Gläsern Bier zurück. Wir trinken einen Schluck. »Tina, Tina, Tina, Tina«, sage ich.

»Schon gut«, meint sie.

Sie nimmt mir das Bierglas aus der Hand und setzt ihre Brille ab, legt beides auf ihren Schreibtisch. Ich vermisse ihre Brille, sie wirkt so schön streng. Sie tritt auf mich zu, legt ihre Hände auf meine Hüften und nähert sich mir mit ihrem Gesicht. Ich muss mich breitbeinig hinstellen, um nicht in eine unangenehme Buckligenhaltung zu geraten. Ihr Gesicht ist jetzt direkt vor meinem. Zärtlich schiebt sie eine Hand hinter meinen Kopf und zieht mich sanft zu sich. Wir begegnen uns, ihr Mund ist weich und zart, wir lassen unsere Lippen übereinandergleiten, ich spüre die feinen Haare auf ihrer Wange, öffne meinen Mund und taste mich mit der Zunge über ihr Gesicht, an ihrem Hals entlang, ich beiße in ihr Ohr, bis sie nach Luft schnappt, und kehre zurück zu ihrem Mund. Wir öffnen uns und dringen ineinander ein, umschlingen uns und atmen dabei heftig. Ich spüre, wie sie mich loslässt und mit ihren Händen ihre Bluse aufknöpft und danach mein Hemd nach oben zieht. Während wir uns weiter küssen, drückt sie ihren Busen gegen meine Brust. Der Blitz schlägt in meine Lenden ein. Was mich so euphorisch macht, ist unsere unglaubliche Übereinstimmung: dass sie dieses unerträglich Profane, Quälende, Stumpfe auch will, nach dem ich mich jeden Tag so sehne. Und dadurch, dass sie es will, verliert es seine Widerwärtigkeit und wird zu einem einzigen großen freudvollen Ja. Ich trete einen Schritt zurück und ziehe sie mit mir, lasse mich auf einen Stuhl sinken und unsere Lippen trennen sich. Ich bin mit meinem Kopf auf der Höhe ihrer Brüste, schlage mit den Händen ihre Bluse auseinander und fahre an ihrem Körper hinauf. Sie trägt einen weißen BH, einen, den man vorne öffnen kann, und um mir zuvorzukommen, tut sie dies bereitwillig. Sanft gibt ihr Busen der Schwerkraft nach. Eine mich verzückende Bewegung. Ich umschließe mit meinen Lippen die Brustwarze der linken Brust und fahre mit der Zunge um ihren Nippel und den Vorhof, sauge, lecke, ihr Atem wird heftiger, sie stöhnt. Während ich mit meinem Mund zur zweiten Brust wandere, entledigt sie sich des Restes ihrer Kleidung und steht schließlich nur noch in Strapsen vor mir. Was für eine sonderbare Erfindung Strapse doch sind! Die Frage stellt sich natürlich, warum wir Männer uns von so etwas Spleenigem so erregen lassen. Nichtsdestoweniger wirken die Strapse auf mich äußerst stimulierend. Sie streift mir mein Hemd von den Schultern und gleitet mit ihren Händen über meinen Rücken. Während ich weiter ihre Brüste liebkose, lasse ich die Finger meiner rechten Hand an ihr hinabwandern, über ihren Bauch und durch das Vlies ihrer Scham. Sie zuckt erregt zusammen, gibt sich aber gleich wieder hin. Ich taste mich langsam zwischen ihre Beine vor, streichle die Innenschenkel und berühre schließlich ihre Muschi. Sie stöhnt laut auf. Sanft hebe ich sie auf den Arm und trage sie zu ihrem Bett und lege sie dort nieder. Mit einigen schnellen Handbewegungen bin auch ich nackt, sinke zu ihr zurück, beginne ihre Füße zu küssen und lasse meine Lippen ihre Beine hinaufgleiten. Ich lecke sie vorsichtig, öffne sie mit meinen Fingern, taste zu ihrem Hintern. Sie ist mittlerweile zerflossen wie ein Stück Butter, stöhnt und bäumt sich auf. Schließlich springt sie auf, drückt mich auf den Rücken, behält ihre Hand auf meiner Brust und lutscht meinen Schwanz. Erst vorsichtig, aber schon bald offensiver. Dann kniet sie sich über mich und steckt ihn sich rein, lässt sich langsam auf ihn sinken, kreist mit ihren Hüften, hebt und senkt sich langsam. Ich hebe mit den Händen ihren Hintern etwas und beginne sie von unten zu ficken. Jetzt schreit sie auf, wird laut, ich mache weiter, steigere das Tempo, spüre, wie sich unsere Körper auf das ewige Ziel vorbereiten, auf den Taumel der Sinne, der Stoffe, der Gefühle, das Niederste verschmilzt mit dem Höchsten. Nur um das hier geht es, um nichts anderes, und das, was wir fühlen, ist die Belohnung der Götter für die Ausführung ihres Planes. Ich ficke sie mit aller Kraft. Es ist anstrengend dort unten. Ich starre auf ihren springenden, nassen Busen, in meinen Schläfen pochen die Adern, dann, in einer Millisekunde, fällt mir ein, dass ich keinen Präser trage. Kurz bevor ich komme, ziehe ich meinen Schwanz aus ihr und lasse die ganze Ladung auf meinem Bauch los.

Sie atmet heftig, hat aber aufgehört zu stöhnen. Sie ist zurückgesackt, sieht erschöpft, enttäuscht und schuldbewusst aus. Mir tut es auch leid, aber gleichzeitig bin ich froh, noch geistesgegenwärtig genug gewesen zu sein. Wollte sie das? War das ihr Plan?, fährt es mir durch den Kopf. Bin ich eine Art Samenspender? Oder sehe ich für sie wie ein willfähriger Vater aus? Sie schaut auf meinen Bauch.

Ich ziehe die Decke über das Sperma, aus Angst davor, dass sie es sich doch noch schnappen könnte, um es sich einzuverleiben. Das wäre nicht Sinn der Sache. Wir wollen uns als freie Menschen begegnen und als freie Menschen wieder auseinandergehen. Bis zu dem Tag, an dem wir gemeinsam beschließen sollten, uns zu vermehren. Vorher läuft da nichts, und ich bin noch nicht so weit. Ich will ein freier, austauschbarer Geschlechtspartner sein.

Sie bemerkt meine Untiefen, verschiebt ihre von mir unterstellten Pläne auf später und lässt sich auf meine Schulter sinken, um sich an mich zu schmiegen. Sie küsst mich und legt ihre Hand auf meine Brust. Ich schäme mich für die Unterstellung solcher Arglist.

»Weißt du, es ist nicht so, dass ich unbedingt Kinder will, aber ich würde mich auch nicht dagegen wehren«, flüstert sie mir ins Ohr. Sie weiß genau, woran ich denke.

»Ja, aber wir kennen uns doch gar nicht. Was ist denn mit mir? Wieso werde ich nicht gefragt?«

»Ich würde es dir vielleicht gar nicht sagen, wenn ich von dir schwanger wäre. Ich brauche dafür keinen Mann, ich will auch keinen Versorger oder so was.«

Aha, denke ich, interessante Einstellung, dann hätte ich ja eigentlich auch weitermachen können. Aber glauben kann ich ihr das nicht, ein Jahr später steht dann bestimmt der Anwalt vor der Tür.

»Ich weiß vor allem keinen Grund, warum man Kinder in diese Welt setzen sollte. Wirklich, mir fällt keiner ein. Nur dafür, dass sie auch so depressiv wie wir selber werden, dafür, dass sie weiter in der Mühle des Lebens treten als fleischernes Perpetuum Mobile? Oder um die widerwärtigen Lebenstechniken erwachsener Menschen erlernen und ausführen zu müssen: zu unterdrücken und auszunutzen oder aber unterdrückt und ausgenutzt zu werden? Zu lügen, in jedem Satz zu lügen und zu betrügen, nur damit alles weitergeht? Die Welt ist ein einziger pragmatischer Betrug, ein Betrug um jeden Traum und jede Freiheit des Einzelnen. Und die Starken und Privilegierten wissen diese Regeln für sich zu nutzen. Es gibt zehn Gramm Glück auf hundert Kilo Unglück, auf eine Tonne Alltag. Wenn du als gesunder Mensch in eine reiche Familie in einem warmen schönen Land geboren bist, gut, dann mag die Sache anders aussehen, dann würde ich als Sproß dieses Stammes vielleicht so viele Kinder wie möglich in die Welt setzen, um eine Fortsetzung von mir zu schaffen. Ich bin aber nichts von alledem. Ich habe einem Kind nichts zu geben außer dieser kalten, nassen Stadt und die Vorstellung von allem, was ich nicht besitze. Ich hab noch nicht mal Ehrgeiz zu vererben, nur das pure nackte Leben, und das ist zu wenig, das möchte ich niemandem mit auf den Weg geben. Dafür soll ein Kind mich später nicht zu Recht verklagen können.«

Das kam raus wie aus der Pistole, wie vorbereitet. Ich musste gar nicht nachdenken, um es zu sagen, obwohl ich es zum ersten Mal sagte.

»Verstehe. Aber was ist mit Liebe? Würdest du mit jemandem, den du liebst, ein Kind haben wollen?«

»Ich weiß es nicht. Ich bin noch nicht in diese Verlegenheit gekommen, und ich bin froh darüber. Ich halte das Kinderkriegen für ein Bekenntnis zum Leben, und auch, wenn ich die beneide, die sich dazu bekennen können: Für mich ist das Leben mein Erzfeind, mit dem ich, seit ich auf der Welt bin, kämpfe. Und diesem Goliath soll ich auch noch ein Kind schenken? Für all den Ärger, den ich ihm verdanke? Das kann ich nicht. Und ich will auch nicht von einer Frau um ein Kind betrogen werden, das würde ich als echten Verrat empfinden. Ich will kein Kind, bis das Leben sich bei mir persönlich entschuldigt, seine Fehler zugibt und sich ändert. Und wenn sich mein Leben wirklich ändern könnte, würde ich ihm auch Kinder schenken.«

»Du redest vom Leben wie von einer eigenen Person, das versteh ich nicht. Du bist doch der Herr deines Lebens. Warum nimmst du es nicht in die Hand?«

»Ich bin eben nicht der Herr meines Lebens, sondern sein Sklave. Der Sklave meiner tiefsten Triebe, Muster und Stanzen. Alles, was ich tue, lässt sich anders erklären als durch meine persönliche Willensentscheidung. Alles, was ich tue, ist das Resultat aus dem, woraus ich gemacht wurde. Ich habe noch keine einzige freie Entscheidung in meinem Leben gefällt. Ich bin so voller Träume, und keiner von ihnen ist wahr geworden. Alles, was ich sein und haben wollte, ist mir verwehrt geblieben: ob es nun um Fähigkeiten ging, um Aussehen, Ausstrahlung, Beziehungen oder Besitz. Ich bin nicht das, was ich gerne wäre.«

»Was wärest du denn gerne?«

»Hm, schwer zu sagen. Ich wäre gerne umfassend gebildet, durchsetzungsstark, schlau. Ich hätte gerne ein großes Herz und ein Haus in Italien und hundert Frauen, die mich liebten und es akzeptieren würden, dass die anderen auch noch da sind. Diese Frauen dürften selbstverständlich auch andere Männer haben. Natürlich sähe ich auch gerne gut aus, sportlich, mit glatten Haaren und so. Ich hätte bereits mehrere gute Bücher geschrieben, Gedichtbände, würde mich mit Politik auskennen, mit guter Küche, mit Architektur. Naja, so ne Art heterosexueller Oscar-Wilde-Typ eben oder Bakunin als Gunther Sachs. Irgendwie die Richtung, verstehst du?«

»Was ist denn Bakunin als Gunther Sachs?«

»Ach, egal. Ich bins ja eben doch nicht, ich bin das alles nicht.«

»Also ich finde dich gut aussehend. Du bist gebildet, glaube ich. Du hast eine tolle Art, und die Frauen stehen auch auf dich. Das Einzige, was Dir fehlt, ist Selbstwertgefühl. Das ist dein Problem.«

Sie hat recht. Das ist alles, was mir fehlt. Wer hat mir das eigentlich verweigert? Ich schmeiße sie auf den Rücken und küsse sie innig. Das große Loch, das in mir klafft, füllt sie mit wenigen Worten. Und Taten. Sie greift gekonnt zwischen meine Beine, und schon hat das Leben mich wieder am Schwanz. Und das den ganzen Rest der Nacht. Tina.

20

Die nächsten Tage geht es mir besser, ich bin seit Langem mal wieder gut drauf. Ihre Zuwendung und ihre Worte haben mich aufgerichtet. Wenn ich es mir mache, denke ich an ihre Bilder, die in mir glimmen. Ich spüre so etwas wie eine Verliebtheit. Aber auch all die Zweifel, die dahinter lauern. Ich rufe sie nicht an und sie mich auch nicht. Das ist gut und hält die Spannung hoch. Könnte ich mit einer Frau zusammen sein? Eher nicht. Warum auch? Außerdem will ich ja eigentlich eine ganz andere. Was ist mit meinem Traum? Was ist mit Mia? Sie ist die Frau, die ich mehr als alle anderen auf der Welt begehre. Sie könnte mich sexuell so glücklich machen, mutmaße ich, dass ich nach bereits einem Beischlaf für immer von der Qual der sexuellen Notdurft befreit wäre. Könnte ich nur einmal mit ihr schlafen, dann wüsste ich alles. Nachts träume ich wieder von der sonderbaren Frau mit den schwarzen Haaren. Warum nicht von Mia? Oder von Tina? Warum von dieser Unbekannten? Das passt alles nicht zusammen.

Bruno ist oft zu Hause und auch Mella. Und natürlich auch Muschi. Muschi pisst in den Flur. Ich kann ihn noch nicht mal treten. Er ist nicht schuld, dass die beiden Irren ihn nicht rauslassen, weil sie ganze Tage verficken. Wie kann man nur so viel ficken? Zwei Tage durchficken. Respekt. Die arme Mella, erst die ganzen stumpfen Freier und dann auch noch der notgeile Bruno. Ich möchte nicht in ihrer Haut stecken. Zwischendurch kommen sie in die Küche und holen sich Leitungswasser mit Bleigeschmack. Wie schmeckt Blei eigentlich genau? Das Wasser schmeckt gebraucht. Bruno ist es gleichgültig, ob ihn jemand in seinem absichtsvollen Zustand sieht. Er geht nackt und mit voller Erektion an mir vorbei zum Wasserhahn, grüßt mich so beiläufig, als ob er zur Arbeit gehen würde, wandert von da aus weiter zum Klo, scheißt und spült ab und kehrt zurück ins Rappelzimmer. Ich stopfe mir die Ohren mit Oropax zu und setze mich in mein Zimmer. Ich habe eine gute Idee für ein Gedicht.

Idee einer eigenen Sprache:

A = *oie*
B = *br*
C = *cror*
D = *nökn*
E = *effi*
F = *fükr*
G = *schnott*
H = *hr*
I = *gooige*
J = *tratzr*
K = *lö*
L = *krt*
M = *urru*
N = *wiy*
O = *bebb*
P = *xux*
Q = *quequeckezezzenbrandt*
R = *vutze*
S = *s*

T = t
U = *u*
Ü = *ü*
V = *v*
W = *w*
X = *x*
Y = *y*
Z = *z*

Wahnsinn, ich habe ein komplett eigenes Alphabet und damit eine eigene Sprache erfunden! Das gibts doch gar nicht! Zwar muss ich zugeben, dass mir im letzten Teil des Alphabets die Ideen ausgingen, aber wer merkt das schon? Begeistert schreibe ich ein kurzes Gedicht:

Weffivutze gooigest nökneffiwiywiy sbebb breffiscrorhreffiueffivutzet sgooigecrorhr nökngooigeeffiseffiwiy Urruükrtkrt zu übreffivutzeseffitzeffiwiy ?

Vielleicht sollte ich ganz umstellen auf die neue Sprache? Ein Monat Übung, und ich bin drin. Bin draußen aus der normalen Welt und vollkommen drin in der Welt des Wahns. Ich hänge das Alphabet in die Küche. Bruno soll das lernen. Dann haben wir eine Sprache, die nur wir zwei verstehen. Die Sprache der Muschelbrüder. Es soll die Sprache für die Coquille werden, die Geheimsprache der Überflüssigen. Eine Sprache, die kein Polizist versteht, kein Politiker, kein Beamter. Die Sprache des untersten Standes, in der wir uns organisieren. Wir wollen die Welt nicht übernehmen, wir wollen nur von ihr in Ruhe gelassen werden. Mir reichen die Reste, die vom Tisch der Grauköpfe zu Boden fallen. All das Alte, Abgelegte, Unmoderne, Halbkaputte, das sind die Möbel meiner Welt. Bedenkt: Wenn wir nicht so leiden würden, wärt ihr nicht so normal. Ohne Bettler keine Könige!

Habe einen Brief von einem Anwalt bekommen. Es ist zum Schieflachen. Maff hat mir tatsächlich testamentarisch ein Erbe hinterlassen. Es geht um seinen Wagen und die Regale voller Müll aus seinem Schuppen. Der Anwalt teilt mir außerdem mit, dass Maff in seiner Heimatstadt beigesetzt wird. Ein offizielles Begräbnis wird es nicht geben. Warum nicht?

Ich schreibe dem Anwalt zurück, dass ich das Erbe ablehne. Was soll ich mit dem Haufen alten Plunder? Ich krame in meiner Fotokiste und finde ein altes Foto von Maff. Das hänge ich mir an die Wand. Armer, alter Maff. Konnte sich nicht von der Nabelschnur des Elends abschneiden, sein ganzes Leben lang nicht. Musste das bleiben, was seine Vorgänger, seine Eltern und deren Eltern, in ihm angelegt hatten. Wuchs unter Dornen zu einem dreckigen, struppigen Geier ohne Federn heran, der nicht fliegen konnte. Spuren, Muster, Stanzen, denen wir folgen, die uns formen, nach denen wir gemacht sind. Pläne, nach denen wir funktionieren, eingebrannte Abläufe und Strukturen. Um zu überleben. Je älter ich werde, desto weniger will ich das. Aber wie kann ich frei davon werden, von den Gemeinheiten des Lebens? Es gibt nur eine Antwort. Maff hat sie gefunden.

Und doch hat jeder von uns in seiner Kindheit und Jugend einige schöne, klare, zweifelsfreie und hoffnungsvolle Momente erlebt, oder?

Mir fällt ein Gedicht von Paul Zech, dem großen Villon-Übersetzer, ein:

Euer Leben welkt zerkratzt, verborgen
im Gewicht der großen Totenuhren.
Was sich noch zusammenrafft, ist auch betrogen
auf den alten, ausgefahrenen Lebensspuren.

21

In die Küche fällt ein Sonnenstrahl und dringt herein bis zu mir ins Zimmer. Das ist selten. Ich stelle vom Bett aus meinen Fuß in den Strahl und sauge die Wärme auf. Das ist so angenehm, dass ich beschließe, mich ganz in den Strahl zu begeben. Ich bewege mich durch ihn hindurch wie durch einen Gang aus Licht und gelange in die Küche. Mein Blick wandert über die mit Teerpappe bedeckten Dächer des Vorderhauses, über den milchig ausgefransten Horizont hinauf zum Himmel. Er ist wolkenverhangen, aber es haben sich ein paar Löcher und Risse aufgetan, durch die die Sonne strahlt. Ich stehe ganz in diesem Licht und wärme mich. Ich spüre, dass Energie auf mich überspringt, aber es ist nicht die Energie der Sonne. Ich ahne eine Bewegung, lasse meinen Blick sinken. Da steht sie. Mia. In ihrem Fenster, mit offenen Haaren und einer schwarzen Bluse. Sie schaut zu mir hoch und lächelt mich offen an. Ich begreife, dass ich ein gutes Bild abgebe, für sie dort unten im Schatten. Ich bin dünn und markant und stehe dort über ihr im Lichtstrahl mit erhobenem Kopf. Der große Bruno, Held der Überflüssigen, ein Che Guevara des Nichts. Ich lächele sie ebenfalls an. Wir öffnen unsere Fenster im gleichen Augenblick.

»Hi, Bruno, na, wie gehts? Gut siehst du aus.«

»Hi, Mia, mir geht es auch ganz gut. Besonders wenn ich dich sehe. War ne Zeit lang weg, aber jetzt bleibe ich.« *Huch, woher so selbstsicher?*

»Hast du nicht Lust auf nen Kaffee? Hab grade welchen

gemacht.« *Oh, Gott, du ahnst nicht, wie sehr ich auf einen Kaffee mit dir Lust habe, Mia!*

»Soll ich rüberkommen?«

»Bis gleich«, lächelt sie und schließt das Fenster. Ich springe rückwärts in die Küche und renne zum Spiegel. Zwei Pickel in den Augenbrauen quetsche ich mir aus und drücke mit starker Gewalt Klopapier auf die Wunden. Schließt euch, ihr verdammten Vulkane der Unreinheit, der nicht enden wollenden Pubertät!

Die Kleidung, die ich trage, lass ich an. Muss wohl gut ausgesehen haben. Schwarze Hose, schwarzes Hemd sehen bei mir immer gut aus.

Dann fliege ich die Treppen runter, berühre kaum die Stufen, höre auf das platschende Geräusch meiner Füße, kehre im zweiten Stock um, fliege wieder hinauf, ziehe Schuhe an und poltere dieses Mal deutlich lauter wieder hinab. Vor ihrer Haustür halte ich zwanzig Sekunden inne, um wieder zu Luft zu kommen. Ich tupfe die Pickel mit dem Klopapierknüddel nach. Dann klingele ich bei ihr, und kurz darauf summt es. Was für ein magisches Geräusch! Es heißt, dass sie mich einlässt! Es heißt JA! Sesam, öffne dich! Ich gehe die Treppen hinauf, ohne das Licht im Flur anzuschalten. Das macht die Sache geheimnisvoller. Der Lichtkegel, der durch eine Glaskuppel in das Treppenhaus fällt, wird von Stufe zu Stufe heller, ich schreite dem Licht entgegen. Im dritten Stock ist eine Tür nur angelehnt. Ich hole noch mal Luft und öffne sie. Im Wohnungsflur ist niemand zu sehen. Ich gehe den unbeleuchteten Flur entlang zu einer Türöffnung, aus der Licht fällt. Das ist die Küche, dort steht sie, hat mir den Rücken zugedreht und hantiert am Herd herum. Mein Blick fährt über ihren Körper und bestätigt alles, was ich von ihr ahnte. Ihre Hüften unter dem schwarzen Rock haben genau die Breite, die ich unwiderstehlich finde. Sie trägt lange karierte Strümpfe, flache Lederschuhe. Ihre Schultern sind sportlich und das lockige Haar glänzt braun auf ihrem Rücken. Ich möchte sie riechen. Sie dreht sich um, schaut mich an und lächelt. Ihre dunklen Augen glänzen mich an, der Mund ist fein geschwungen, die Wangenknochen lassen meiner Ansicht nach auf südamerikanischen Einfluss schließen. Ob ihre Vorfahren aus Kuba kommen? Ich kenne mich da zu wenig aus.

»Hi«, begrüßt sie mich, macht einen Schritt auf mich zu, um mir einen Kuss auf die Wange zu geben. Ich lege beiläufig meine Hand auf ihre Schulter und atme die Luft aus ihren Haaren ein. Ja, sie riecht so gut, wie ich es mir vorgestellt habe, nach Lilien. Ich bilde mir ein, dass Lilien so riechen würden. Wenn Lilien überhaupt riechen, dann bitte so wie Mia.

»Schön, dass wir uns mal richtig kennenlernen, Bruno, wo wir uns doch eigentlich schon lange kennen, oder?«

Worauf spielt sie an? Wie sollen wir uns überhaupt normal unterhalten, nach dem, was zwischen uns passiert ist? Oder hat sie mich damals vielleicht doch nicht gesehen? Sollten wir nicht gleich ins Bett gehen? Oder zumindest über Sex reden?

Sie lächelt mich wissend an. Sie hat die ganze Situation hundertprozentig im Griff. Es wird nur das passieren, was sie will. Vielleicht hat sie auch schon Pläne gemacht, Pläne mit mir oder Pläne gegen mich. Mein Problem ist, dass ich ihrem Äußeren so ausgeliefert bin, dass ich keine Chance habe, mich zu wehren oder die Situation in die Hand zu nehmen. Sie ist die perfekte Entsprechung eines Urbildes, eines Traummusters der ultimativen Frau in mir. Ich kenne niemanden, der ihr ähnelt, der für dieses Muster verantwortlich sein könnte. Ich weiß nicht, warum gerade sie diese Macht über mich hat, aber Fakt ist, sie hat sie.

»Ich zumindest kenne dich schon lange, ich glaube, länger als du mich«, behaupte ich.

»Ich kenne dich, seit du das erste Mal in deinem Küchenfenster aufgetaucht bist. Ich kann dich durch den roten Vorhang sehen. Immer.«

Also doch. Wie peinlich, jeden meiner sehnsüchtigen Blicke hat sie bemerkt. Ich schäme mich.

»Ich steh gerne dort am Fenster, ich kann bis zum Feldstraßenbunker schauen, und außerdem schaue ich gerne zu dir rüber.« Ich gebe es einfach unumwunden zu, die einzige Chance, die ich habe, ist, sie anzuflirten. Sie darf nicht das Gefühl haben, dass sie die Einzige für mich ist.

»Was machst du eigentlich so? Hast du nen festen Job?«, fragt sie mich und sieht mich mit undurchdringlichem Blick an.

»Ich bin vogelfrei. Ich nehme, was kommt. War grade mit den Black Jets auf Tour, hab da Service gemacht, Bühnenbetreuung und so, zwei Wochen Deutschland, Österreich, Schweiz. War sehr erfolgreich.«

»Ja, ich erinner mich. Du hast ja von unterwegs angerufen.« Ein wenig Respekt klingt mit in ihren Worten. Rockbusiness, eine mehr oder weniger bekannte Band, weite Reisen. Ich hoffe, ihr damit zu imponieren.

»Und, wie wars?«

»Ja, wie gesagt, volle Häuser meistens, sehr viel Arbeit und dann natürlich auch viel Feierstress. Nach dem Gig gabs meistens doch noch immer n paar Drinks und Partys. Wir sind oft noch ausgegangen. Das bringt zwar Spaß, aber schlaucht auch unheimlich.«

Ich gebe an, drücke gleichzeitig auf den Mitleidsknopf und lasse durchblicken, dass ich trotz allem erfolgreich im Exzess bin. Das müsste doch eigentlich attraktiv wirken.

»Das kann ich mir vorstellen, vor allem wenn man jeden Abend mit vielen Frauen zu tun hat.«

Sie lächelt mich an. Nimmt sie mich etwa nicht ernst? Oder soll ich das als Aufmunterung verstehen?

»Ich gebe ja zu, dass so ne Tour ne sehr oberflächliche Angelegenheit ist. Die große Liebe findest du da nicht. Wollte ich ja auch gar nicht. Was machst du denn?«

»Ich arbeite für einen Hostessenservice. Ich begleite Geschäftsleute, die vorübergehend in Hamburg sind, zu Abendveranstaltungen oder zu Empfängen. Das wird sehr gut bezahlt. Ansonsten bin ich an der Armgardtstraße und studiere Mode, aber das lass ich schon seit einiger Zeit ruhen. Das bringt mir irgendwie nichts.«

Was soll das denn heißen? Ist sie Prostituierte, Nobelhure?

Das wäre ja noch spannender. Und das würde auch erklären, mit was für Typen sie rumhängt.

»Was heißt denn das, Hostessenservice?«

»Na, du wirst dafür bezahlt, eine perfekte Begleitung zu sein. Zu allen möglichen Anlässen, Preis nach Zeit und Aufwand. Manchmal hole ich den Geschäftskunden einer Firma beim Flughafen ab, manchmal geh ich mit nem alten Knacker zu einem Ball. Sie stehen auf mein Äußeres, ich brauche nur das richtige Kleid zu tragen.«

»Und kommst du dir dabei nicht wie ne Ware vor?«

»Doch, nur habe ich damit kein Problem. Ich bin eine Ware, und ich lebe sehr gut davon. Und ich treffe ne Menge interessante, einflussreiche, mächtige Männer, und wenn ich will, schnappe ich mir eines Tages einen von ihnen und leg ihn an die Kette.«

Sie ist wirklich auf dem Zenit ihrer Macht, ihrer Ausstrahlung und ihres Selbstbewußtseins. Jeder von denen, die mit ihr gehen dürfen, würde sie gerne mit nach Hause nehmen, aber keiner kann sie wirklich haben. Würde sie einen wie mich wählen? Vielleicht gerade weil ich keine Macht und keinen Einfluss habe, weil ich frei bin? Weil ich der Fürst der Überflüssigen bin? Oder könnte ich sie kaufen? Für eine Nacht mit Haut und Haar. Dann wäre ich erlöst.

»Wie sind denn die Kurse, wenn man dich bestellen möchte?«, frage ich zaghaft.

»Das wirst du dir nicht leisten können. Außerdem verbringe ich mit dir lieber meine Freizeit, du bist für mich kein Kunde, du könntest vielleicht ein Freund sein.«

Ein Freund oder mein Freund? Was meinst du? Könnte ich einer zum Kaffeetrinken sein oder einer zum Reden? Oder einer zum Küssen oder einer zum Ficken? Ich wäre gerne einer für alles.

Soll ich versuchen, sie zu küssen? Wenn sie nicht will, bin ich für immer draußen. Das Risiko ist zu hoch. Ich kann einfach nicht einschätzen, was sie von mir will. Ich will Liebe.

»Ich wäre gerne dein Freund. Ich glaube, an dir ist etwas, das du selber noch nicht kennst. Vielleicht kann ich dir helfen es zu finden.«

Billiger Trick, darauf fällt sie natürlich nicht herein. Sie hat hier das Ruder in der Hand und schweigt mich vielsagend an.

»Hast du Lust, mit mir mal auszugehen? Durch die Kneipen ziehen oder aufn Konzert gehen oder so«, versuche ich es anders, anders billig.

Sie schaut mich belustigt an, während sie ihren Kaffee leert. Sie soll mitkommen in meine kleine Welt, soll meine Begleiterin sein, nur für einen Abend.

»Klar geh ich mit dir aus. Ruf mich einfach an, wenn du Lust hast.«

Ich komme nicht weiter. Ich kann nicht näher an sie ran und will nicht weiter weg. Ich baue ganz auf die Kraft des Alkohols. Er und ich zusammen sind für eine Frau unwiderstehlich. Mich hat sich noch jede schöngesoffen.

»Okay, ich melde mich in den nächsten Tagen, und dann gehen wir richtig aus. Ich zeige dir meine Lieblingsplätze und du mir deine, okay?«

»Gut, Bruno, ich freu mich drauf.«

Irgendwann muss ich ihr sagen, dass ich nicht Bruno bin.

Ich stehe auf, wir küssen uns auf die Wange, ich spüre die Wärme ihres Gesichts und würde sie gerne an mich pressen, sie halten und umarmen. Sie begleitet mich zum Ausgang, lässt mich raus und lächelt mich noch einmal an. Ich könnte zerschmelzen.

Ich gehe wieder zurück in meine Wohnung. Endlich habe ich Kontakt, es ist ein Anfang, es ist eine Chance, ich werde alles versuchen, um ihr Herz zu öffnen.

22

Später am Nachmittag treffe ich Bruno in der Küche. Ich erzähle ihm von meinem Treffen mit Mia. Er freut sich mit mir. Er ist zu Späßen aufgelegt.

»Hör mal, ich habe eine super Idee für uns beide.«

»Bin gespannt, Alter.«

»Also, ich bin total abgebrannt und habe die ganze Zeit darüber nachgedacht, wie ich an Kohle kommen könnte. Da fiel mir folgende superlustige Idee ein. Wir beide, du und ich, wir lassen uns in nen Supermarkt einschließen. Wir verstecken uns hinter einem Regal, und nachdem der Laden geschlossen hat, fangen wir an mit einem ausgiebigen Raubzug durch die Gänge. Was glaubst du, was das für ne Gaudi ist.«

»Hm, ich weiß nicht, ganz schön riskant. Was ist, wenn die Kameras haben?«

»Bei Karstadt haben die vielleicht Kameras, aber nicht bei Penny, da gibts ja gar nichts Teures zu holen. Ich schwör dir, das wird ein Megaspaß.«

»Aber wenns da nichts zu holen gibt, was wollen wir dann da?«

»Fressen und saufen. Ne Party feiern, da pennen und am nächsten Tag wieder raus. Die Idee ist doch lustig, gibs zu.«

Ich muss es zugeben. Die Idee ist wirklich zu blöde, um sie nicht zu machen.

»Hast recht, bin dabei.«

»Ich wusste, dass ich auf dich zählen kann.«

Bruno und ich beginnen mit den Planungen. Er hat bereits eine Zeichnung des Marktes angefertigt, mit allen Ecken und Schlupfwinkeln. Wir reden uns in einen Rausch. Wir beschließen, noch am selben Tag zu handeln. Jeder von uns packt einen Rucksack mit einer Decke, einem Messer, Streichhölzern, ein Paar Kerzen und lauter Krimskrams ein. Eine diebische Freude macht sich in uns breit. Wir fühlen uns wie Vierzehnjährige. Was soll schon passieren, wenn man uns erwischt? Knast für Mundraub? Gibts nicht.

Kurz vor Feierabend ziehen wir los Richtung Penny. Auf dem Weg dorthin treffen wir Tobbs und erzählen ihm alles. Er schlägt sich vor Lachen auf die Knie und steigt spontan mit ein in den Coup, so wie er gerade vor uns steht. Unsere Ausrüstung reicht für alle. Wir betreten die Filiale getrennt, als ob wir nicht zusammengehörten. Viele Kunden erledigen noch ihre Feierabendeinkäufe. Wir tun so, als ob wir ebenfalls Besorgungen machten. Ab und zu sehe ich die anderen am Ende eines Ganges auftauchen, wir grinsen uns zu. Das Personal arbeitet überwiegend an den Kassen, der Filialleiter sitzt in einem kleinen Glaskabuff und macht Abrechnungen. In der hinteren Ecke des Marktes verschwinden wir schließlich nacheinander in unbemerkten Augenblicken unter einem tiefen Regal mit Haushaltswaren. Dahinter ist ein toter Winkel, in den wir uns kauern können. Es ist sehr eng dort, wir müssen die Beine anziehen, um hineinzupassen. Ab jetzt heißt es warten. Wir unterhalten uns flüsternd und feixend. Es riecht nach Staub und altem Karton. Bis die letzten Kunden den Markt verlassen haben, dauert es noch eine Viertelstunde, dann wird geputzt. Uns tun die Knie weh. Aufstehen kann man hier nicht. Wir hängen halbschief unter einem Regalboden. Es dauert und dauert. Immer noch ist das Licht im Markt an und wir hören

Schritte und Stimmen. Tobbs befällt Panik. Er glaubt, dass man uns bemerkt hat.

Hat man aber nicht. Schließlich, nach über einer Stunde, erlischt das Deckenlicht und die letzten Geräusche verstummen. Wir können die Beine ausstrecken. Sie ragen auf der anderen Seite des Regals fühllos und eingeschlafen in den Gang. Zeit aufzubrechen. Vorsichtig kriechen wir hervor und schauen uns auf allen vieren um. Es scheint tatsächlich niemand mehr im Markt zu sein. Man kann die Menschen draußen im Dunkeln an den Scheiben vorbeihasten sehen. Wir bleiben auf allen vieren und erkunden vorsichtig das Terrain. Menschenverlassene Gänge, Regale, vollgestopft mit aller Länder Billigkeiten. Ich habe einen Mordshunger und schnappe mir ein Glas Wiener, mit deren Verzehr ich umgehend beginne. Tobbs ist Vegetarier, er hält sich an die Käsekühlbox. Wir unterhalten uns nur flüsternd, stopfen uns die Münder voll, müssen immer wieder prustend lachen. Bruno krabbelt voran in Richtung Alkoholabteilung. Ab jetzt wirds gefährlich. Wir setzen uns zwischen die Bierpaletten und fangen an zu trinken. Am Anfang herrscht eine feierliche Stimmung, ich stelle eine Kerze auf, um die wir uns gruppieren, und dann prosten wir uns zu. Ausflug ins Paradies, das Penny-Füllhorn wird bis morgen früh nicht versiegen. Wir rauchen und trinken, ab und zu holen wir uns Essensnachschub aus den Gängen, reißen die Packungen auf und legen alles griffbereit um uns herum. Innerhalb kurzer Zeit hat sich eine Art wachsender Sauhaufen entwickelt, in dessen Mitte wir die Zügel unseres Benehmens immer weiter aus der Hand gleiten lassen. Eine Flasche Balle Rum macht die Runde, Bier spült nach, Cracker und Käse werden gereicht. Wir beginnen ein Torwandschießen mit Klopapierrollen auf Weinflaschen. Das erste Glas bricht. Der Krach ruft uns kurz zur Besinnung, aber als nichts passiert, steigt der Übermut wieder. Wir entdecken einige Paletten mit Eiern und fangen an, damit die Wände zu dekorieren, vor allem das Glaskabuff des Filialleiters dient als Zielscheibe. Der Lärmpegel steigt, die Eier fliegen durch den ganzen Laden. Bei einem Blick zur Fensterscheibe sehe ich, dass draußen ein Penner steht und uns mit ausdruckslosem Blick beobachtet. Beim zweiten Blick erkenne ich, dass es der Pfahlmann ist. Sein Gesicht ist aufgedunsen, ein Auge zugeschwollen. Ich winke ihm zu. Er starrt nur. Hat er mich erkannt? Wir flüchten uns zwischen die Regale. Er darf uns nicht verraten.

»Scheiße, wenn der jetzt die Bullen holt.«

»Ach, Quatsch, der doch nicht. Außerdem würden die dem eh nicht glauben.«

Irgendwann schlürft der Pfahlmann weiter. Ich hätte ihn gerne eingeladen, hier reingeholt und ihm einen ausgegeben.

Sekt wird geöffnet und der Zigarettenkäfig an der Kasse aufgebrochen, um ungehindert weiterrauchen zu können. Koteletts fliegen als Fleischfrisbees durch die Gänge. Ich rutsche in einer zerbrochenen Flasche Eierlikör aus und prelle mir den rechten Ellenbogen. Der Likör verschmiert meine Klamotten. Bruno hat sich nackt ausgezogen und liegt in einem Süßigkeitenregal, um sich mit Schokolade einzureiben. Er benutzt die Schokolade wie Seife. Von vorne aus dem Markt vernehme ich grunzende Geräusche. Tobbs erbricht sich auf das Rollband der Kasse.

Eine Zeit lang verlieren wir uns in individuellen Hemmungslosigkeiten. Schließlich setzen wir uns wieder in die Mitte unseres Haufens und unterhalten uns.

»Weißt du, das, was wir hier machen, ist echte Anarchie, Alder. Da träumen andere ein Leben lang von!«, meint der betrunkene Bruno, der aussieht wie eine Sau der Kunst, nackt und vollkommen eingeschmiert mit Kakaomasse.

»Ja, das glaub ich auch, mehr Anarchie geht nicht, höchstens richtige Anarchie!«, bestätigt Tobbs mit schwimmender Stimme.

»Ja gut, richtige Anarchie, das ist natürlich noch mal härter, aber das hier ist schon auch Anarchie, oder was meinst du?« Bruno schaut mich erwartungsvoll an.

»Logo, Alter, das hier ist Anarchie. Aber Anarchie ohne Gegner. Ehrlich gesagt, wird mir langsam n bisschen langweilig. Wir hätten noch mehr Leute zur Party einladen sollen. Vor allem Ladys fehlen hier. Das wär doch noch viel lustiger, wenn welche dabei wären.«

»Ja, ich hätte auch Bock noch woanders hinzugehen«, sagt Bruno. Wir beschließen, das Etablissement früher als geplant zu verlassen. Nur die Vorräte müssen noch aufgefüllt werden. Nachdem Bruno sich wieder angekleidet hat und wir so viel Alkohol wie möglich eingepackt haben, schnappen wir uns einen Einkaufswagen und schmeißen ihn von innen gegen die Schaufensterscheibe. Es braucht drei Anläufe, bis das Glas bricht. Wir springen auf den Bürgersteig, Bruno schneidet sich ins Bein, wir hören Sirenenlärm, Passanten auf der gegenüberliegenden Straßenseite beobachten uns. Unter ihnen glaube ich Taruk, den Psychotürsteher, zu sehen. Er starrt mich an. Wir rennen los, die Straße runter, in eine Seitenstraße hinein. Die Sirenen scheinen um uns herum zu sein. Wir flüchten in eine Hofeinfahrt, springen über eine Mauer, lachen, keuchen, rennen über weitere Hinterhöfe. Die Sirenen entfernen sich, wir landen auf der Lippmannstraße, sprinten noch um zwei Straßenecken und kommen schließlich am Nasenbär an. Wir stürmen hinein und rennen an Olli, dem Barkeeper, vorbei zum Klo, schreien ihm zu, dass wir gar nicht da seien. Was für ne Wahnsinnsaktion! Wir setzen uns auf den Boden des Klos, keuchen, lachen und lassen eine Flasche Rotwein kreisen. Nicht erwischt worden! Gewonnen!

»Und wenn uns die Passanten beschreiben und wiedererkennen können?«

»Ach, Quatsch, viel zu dunkel.«

»Da war aber dieser irre Taruk dabei. Der spinnt sowieso, der hat mich gesehen.«

»Ach, scheiß doch auf den.«

Wir schließen uns in der Klozelle ein und warten trinkenderweise ab. Der Nasenbär füllt sich, und irgendwann mischen wir uns unter die einlaufenden Überflüssigen. Jetzt fühlen wir uns sicher. Unsere Geschichte macht schnell die Runde. Wir geben an wie ein Sack Mücken. Respektbekundungen von allen Seiten, man findet Gefallen an unserem Coup. Das wäre eine anständige und gerechtfertigte Aktion, das ist die allgemeine Meinung. Neu Eintreffende berichten von dem Polizeiaufgebot vor dem Pennymarkt. Seht ihr! Olli lässt zu, dass wir unsere Beute großzügig unter den Anwesenden verteilen. Was den allgemeinen Respekt natürlich noch steigert. Einzelne versuchen unsere Tat als politisch motiviert zu formulieren, wir pflichten ihnen bei, ohne zu wissen, gegen wen sich die politische Tat denn eigentlich gerichtet hat. Penny als der Klassenfeind? Na ja, immerhin eine große Supermarktkette, die wir da attackiert haben. Da sitzt der Feind schon irgendwo mitten drinnen.

Auf einmal steht Tina vor mir, sie findet die Aktion ganz große Klasse. Ich freue mich, sie zu sehen, auch wenn ich sie vorübergehend vergessen hatte. Mia hatte sie schlicht verdrängt. Wir trinken etwas zusammen, ich erzähle ihr die ganze Geschichte noch mal detailliert und schinde Eindruck. Nach einiger Zeit fragt sie mich, ob ich sie nach Hause begleiten möchte.

Schluck, ich hatte damit gerechnet. Ich kann irgendwie nicht. Etwas in mir sperrt sich. Ich druckse rum, erkläre, dass ich noch bleiben möchte, dass ich zu aufgeregt wäre und vielleicht später mitkommen würde. Sie spürt meine Unklarheit und ist verletzt und beleidigt. Sie dreht sich wortlos um und verlässt den Nasenbär, ohne mich noch einmal anzuschauen.

Ich fühle mich schlecht. Warum bin ich auf einmal so zu ihr? Noch vor einer Woche habe ich sie ganz anders gesehen, wo sind meine Gefühle für sie geblieben? Ich verstehe mich nicht und trinke meine Schuld in großen Schlucken hinunter. Etwas Besseres als sie hätte mir heute eigentlich gar nicht passieren können. Aber sie soll auch nicht denken, ein Anrecht auf mich zu haben. Niemand hat ein Anrecht auf mich, weder der verdammte Staat noch irgendeine Privatperson.

Später in der Nacht wanke ich mit Bruno nach Hause. Im Schlachterbedarfsladen unten an der Ecke hat jemand die Scheiben eingeschmissen und sich Messer aus der Auslage geliehen. Schon wieder zerbrochenes Glas. Bestimmt sind wir die Auslöser für diese revolutionären Eruptionen im Viertel, denke ich.

Vor uns steht ein etwa ein Meter großes metallenes Modellmesser von Zwilling auf einem Holzsockel, ein beängstigendes Gerät. Ich schnappe es, und wir verschwinden damit in unserer Wohnung. Ich stelle das Messer auf meinen Schreibtisch. Die Klinge glänzt in den Strahlen der Schreibtischlampe. Bruno wankt durch mein Zimmer, bleibt vor der Wärmeplatte mit dem Café d'amour stehen und schnappt sich das Glas. Er entfernt den Deckel und hält das Glas an seinen Mund. Er hat mich nie gefragt, was es damit auf sich hat, vielleicht hat er den Kaffee bislang gar nicht bemerkt. Ich nehme seine Handlung erst wahr, als er schon im Trinken begriffen ist, und stoße einen Urschrei aus. Im gleichen Moment dringt die Säure des Kaffees in die Poren seiner Zunge. Vom doppelten Schreck erfüllt, spuckt er die Flüssigkeit prustend über mein Regal, während ihm das Glas mit dem Rest meiner Beziehung aus der Hand fällt und auf dem Boden zerbricht. Dort zerfließt meine Liebe, verteilt sich über meinen Büchern und Schallplatten, meinem Fußboden, bleibt als dunkelbraunes, klebriges Konzentrat backen, verschmiert meine Sammlung, zerträufelt vor meinen Augen. *Tja, Herr Sonntag, das war Ihr Leben.* Ich schreie Bruno an. Worte fallen mir nicht ein, dann greife ich nach dem Messer. Bruno stürzt aus meinem Zimmer, rennt in seins und schlägt die Tür von innen zu. Ich stampfe ihm polternd hinterher, versuche die Tür zu öffnen, ramme mich gegen sie, schlage mit dem Sockel des Messers die Scheiben der Tür ein, fasse durch das Loch und öffne das Schloss von innen. Ich betrete den Raum, er ist dunkel. Ich steche brüllend wild um mich. Knallend und funkenstiebend schlägt die Klinge auf etwas Hartem auf und zerbricht. Eine Sekunde lang herrscht Ruhe. Ich erkenne im Dämmerlicht, dass ich einen Radiator getroffen habe, der mitten im Raum steht. Dann klingelt es Sturm an der Wohnungstür. Den Stumpf des Messers in der Hand, stampfe ich hasserfüllt zur Tür und öffne sie. Dort steht unser Nachbar von unten, Herr Behrmann, im Schlafanzug und regt sich über den unglaublichen Lärm aus unserer Wohnung auf.

»Was fällt Ihnen ein, mitten in der Nacht so einen Krach zu veranstalten. Sie wissen genau, dass wir zwei kleine Kinder haben und ...« Erst jetzt fällt ihm meine Haltung, mein Aussehen, mein Gesichtsausdruck und das abgebrochene Messer auf. Ich knurre ihn aus tiefster Kehle an, Spucke rinnt aus meinem Mund. Er geht die Treppe rückwärts wieder hinunter, ohne noch ein Wort zu sagen. Ich schließe die Tür und gehe wieder zu Brunos Raum, in dem mittlerweile Licht ist. Bruno ist total verwirrt. Er versteht meinen Ausbruch nicht. Ich lasse den Messerstumpf fallen und wanke in mein Zimmer. Was für ein Schwachsinn das alles. Ich sinke so wie ich bin auf mein Bett und schlafe sofort ein.

23

Ein schwarzes Meer. Soweit das Auge reicht, erheben sich faserige Wogen glänzend in der Nacht, beschienen von einem fahlen blauen Licht. Ich schwimme in diesem Meer, werde getragen, rudere mit den Händen und merke, dass ich nicht im Wasser bin. Ich liege in unendlichen Haaren, blauschwarzen Haaren. Es sind die Haare einer Frau, sie hängen vom Himmel herab, genauer gesagt, vom Mond. Der Mond trägt das Gesicht der Schwarzhaarigen, der Frau, die ich immer wieder in meinen Träumen sehe. In das Gesicht sticht Schmerz, und Licht fällt auf die rechte Seite ihres Kopfes. Es ist der Blick meines rechten Auges, das ich zuerst öffne, das linke ist noch zu verklebt. Dann bricht auch das linke auf. Stofffasern, Frottee, stumpfer Geruch. Ich hebe den Kopf und bemerke, dass ich mit dem Oberkörper auf dem Bett liege, mit dem Unterleib aber auf dem Fußboden. Natürlich in vollen Klamotten. Kopfschmerzen, verwirrte Gedanken, vorpreschende Schuld, Schmerzen, Scham. Ich richte mich auf und erkenne langsam, dass ich es schon wieder getan habe. Dass die Wildheit, die Unberechenbarkeit, der Wahn mich zurückhaben. Ein Blick auf die Uhr kündigt den frühen Nachmittag an. Die Tür zum Flur steht offen. Alles voller Scherben. Ich rieche nach altem Eierlikör, alles klebt. Mir wird schlecht, und ich renne aufs Klo, um mich zu übergeben. Danach ist mir etwas besser. Bruno liegt in einem ähnlichen Zustand bei sich auf dem Bett.

Allmählich kehren die Erinnerungen zurück. Angst überkommt mich. Was, wenn Taruk uns verpfeift? Oder der

Pfahlmann. Oder wenn es doch Kameraaufnahmen geben sollte? Ich wasche mich, säubere den Flur und mein Zimmer, beziehe das Bett neu und verhänge die Fenster. Matratzengruft. Schuldsarkophag. Endlose Buße. Angstvolles Warten. Physische und psychische Kontraktionen. Erkenntnisverweigerung. Selbsterniedrigung. Schuld ohne Sühne. Die Strafe Gottes. Ist das noch meine Jugend, die mich da peitscht, oder ist das etwa das normale Leben eines erwachsenen Mitteleuropäers? Schlaf als Flucht. Fernsehen als Schutz. Erbarmungslose Folter. Die rote Tablette, soll ich sie nehmen? Jetzt wäre der Zeitpunkt. Ich lege sie neben mich aufs Bett. Allein ihre Anwesenheit beruhigt mich, sie liegt dort wie meine kleine eingeschrumpfte Ehefrau. Irgendwann taucht Bruno auf. Wir versichern uns, dass eigentlich nichts passieren könnte. Die Angst bleibt trotzdem. Soll ich Tina anrufen? Das geht nicht, das wäre zu stumpf. Abends stehe ich auf und beginne meine Bücher und Platten von dem Café d'Amour zu reinigen. Die dunkle Substanz bleibt in dem Küchenhandtuch kleben. Als ich fertig bin, knülle ich es zusammen und schmeiße es aus dem Fenster. *Adieu, meine Liebe, du warst nicht mehr zu retten. Ich hätte dich noch ewig behalten, aber das Schicksal hat dich mir genommen.*

In der Nacht sitze ich im dunklen Zimmer und schaue aus dem Vorderfenster zur anderen Straßenseite hinüber. Im Zimmer gegenüber glimmt eine Stehlampe. Ein älterer Mann sitzt in seinem Wohnzimmer, sein Rollo ist nur halb geschlossen. Ich kenne den Mann. Seit Jahren begegne ich ihm auf der Straße. Wir grüßen uns nicht. Ich weiß seinen Namen nicht. Er scheint alleine zu sein, ich habe ihn noch nie in Begleitung gesehen. Er ist etwa sechzig Jahre alt und macht einen leicht verwahrlosten Eindruck, seine Kleidung ist wahllos zusammengestellt, seine Frisur ist etwas schlaff. Er sitzt dort in einem Fernsehsessel und hält ein Magazin in der Hand. Er beginnt an sich rumzufummeln, öffnet seine Hose und kramt seinen Schwanz hervor. Einige Zeit vergeht, bis er eine Erektion hat. Er blättert in dem Heft und beginnt, es sich zu machen. Immer wieder blättert er weiter, um auf einer der nächsten Seiten mit ausdruckslosem Gesicht zu verweilen. Es dauert lange, bis er kommt, sehr lange, aber schließlich zuckt er in seinem Sessel zusammen, windet sich ein wenig, die Hand mit dem Magazin sinkt herab, sein Kopf sinkt zur Seite. Ist er eingeschlafen? Scheint so. Was für ein trauriges Prozedere. Mein Gott, ist das trist. Und das ist alles. Keinen Job, vielleicht schon pensioniert. Keinen Besitz, keine Familie, keine Leidenschaften. Fernsehen, sitzen, warten, essen, ab und zu das alte Magazin, dann ist wieder Ruhe für einige Zeit. Wie viele Menschen wie ihn gibt es in dieser Stadt? Die alleine in ihren kleinen Steinkäfigen sitzen und ausharren. Einen Rest an Hoffnung pflegen wie eine vertrocknende Geranie. Man kann ja nie wissen. Dass vielleicht doch noch mal jemand kommt, anklopft, klingelt, in die Stube eintritt, in das Leben. Aber die meisten wissen es eigentlich genau, dass diese Hoffnung vergebens ist, dass der liebe Gott seine hämischen Späße mit ihnen treibt. Einsame ältere Männer und Frauen mit Erinnerungen an Liebe, an Sexualität und Zärtlichkeit, mit Bildern im Kopf aus Tagen, in denen auch sie noch von der Welt gewollt wurden. Aber diese Wünsche nach Berührung verwelken nicht mit dem alternden Körper, diese Wünsche leben fort. Alle Menschen brauchen Liebe. Und die, die sie nicht kriegen, leben kein wirkliches Leben mehr, die, die sie nicht kriegen, verlieren jeden Tag einen weiteren Teil des Traumes.

Ich finde nichts an diesem Mann abstoßend, er tut mir allenfalls leid. In meinen Augen ist er kein dreckiger, alter Mann, sondern nur ein weiterer Spieler, der vom Leben betrogen wurde. Den die gemeine Resthoffnung weitertreiben lässt, hinein in die Nacht und die Leere. So ähnlich wie auch mich, nur dass meine Chancen, auf jemanden zu treffen, der mich will, dank meiner verbliebenen Jugend höher sind. Ich bin Teil des Spiels, da mein Körper keine so deutlichen Verfallsspuren aufweist wie der seine. Abgesehen davon verfügt er wahrscheinlich über keine Strategien zur Steigerung des eigenen Marktwertes, Strategien zur Attraktivitätssteigerung durch Macht, Geld oder Position. Ich besitze ebenfalls weder Macht noch Geld, aber Aussehen und Ausstrahlung, Energie und Ideen. Manchmal.

Er ist tatsächlich eingeschlafen, liegt dort mit offener Hose und vergeblichen Träumen in seinem Inneren. Ich lege mich ebenfalls in mein Bett, mein Blick fällt auf die Lichter auf der Spitze des Fernsehturms. Die einzigen Sterne am wolkenverhangenen Himmel dieser Stadt.

In den nächsten Tagen verlasse ich nur selten die Wohnung. Ich will mal wieder niemanden treffen, habe Angst vor den Konsequenzen meines Handelns. Bruno ist nicht da, ich habe die Wohnung für mich. Hoffentlich verpfeift uns niemand. Tina hasst mich jetzt auch. Ich brauche Geld. Ich muss mir wohl oder übel einen Job suchen. Ich will keinen festen Job, aber ich will auch keine Sozialhilfe mehr. Und ich will kein Geld von meinen Eltern. Es muss doch eine Möglichkeit für einen wie mich geben. Ich durchsuche Zeitschriften nach Jobangeboten.

Gesucht werden:
Konstrukteure für Spritzgießwerkzeuge,
Assistenten in Pflegedienstleistungen,
Trainer für Vertriebsmanagement,
Praktikanten im Controlling,
Außendienstmitarbeiter,
Anwendungstechniker,
Junior Sales Manager,
Prozessingenieure,
Pharmareferenten,
Verfahrensplaner,
Produktdesigner,
Medienberater,
Mathematiker,
Finanzplaner,
Informatiker,
Projektleiter,
Chemiker,
Physiker,
und lauter son Quatsch. Berufe für die Welt der Funktionierenden, Berufe, die diese Welt funktionieren lassen, Funktionales für Funktionäre. Das bin ich alles nicht. Das will ich auch alles nicht sein. Ich brauche was Okayes. Etwas, das man ohne Vor- und Ausbildung machen kann, etwas, wo man nicht in Hierarchien eingeordnet wird, einen Job mit freundlichen Kollegen und ausreichender Bezahlung. Vielleicht sollte ich Landschaftsgärtner werden, oder Tischler. Im Messebau gibts doch auch immer irgendwas.

Dann habe ich die Idee: Wie wäre es, wenn ich Callboy würde? Ich gäbe eine Anzeige auf und bräuchte nur noch zu warten. Junger, hübscher Mann, sensibel, zärtlich, spendet dir ein paar erfüllte Stunden. Ich dürfte Liebe geben und bekäme dafür auch noch einen guten Lohn. Aber was, wenn mir die Frauen, die mich riefen, nicht gefielen? Würde ich trotzdem meinen Mann stehen können? Ich male mir aus, wie ich von einer verrauchten, älteren Stimme angerufen werde. Wie ich schon beim Erstgespräch Angst bekäme. Wie ich mich auf den Weg machen müsste, um meinem Job gerecht zu werden. Wie ich schließlich nach längerer Busfahrt an einem Einfamilienhaus in Harvestehude klingelte. Die Tür öffnete sich und eine etwa sechzigjährige beleibte Frau in einem Batikkleid stünde vor mir. Schon bei der Begrüßung fiele mir ihre Alkoholfahne auf, ihre schlechten Zähne und der Schweiß in ihren Händen, den die Trunksucht und die Angst dorthin gemalt hatten. Sie nähme mir die Jacke ab und böte mir etwas zu trinken an. Ich ginge auf das Angebot sofort und immer wieder ein. Die Wohnung befände sich in einem traurigen Zustand. Sie röche nach der Einsamkeit dieses verlassenen und begehrenden Körpers, der hier seit Jahren, seit Männes Tod, nicht mehr rausgekommen ist. Schließlich bäte sie mich in ihr Schlafzimmer, ließe ihr Kleid auf den Boden gleiten und ich könnte sie in ihrer ganzen aufbegehrenden Traurigkeit vor mir sehen. Alles in mir müsste ihr recht geben. Sie hätte das Recht auf Liebe, Zärtlichkeit, auf Berührung, auf Sex, sie hat mich bestellt, um dieses Recht einzufordern – nur ich wäre nicht in der Lage, ihre Wünsche zu erfüllen, auch wenn ich es noch so wollte.

Was für eine jämmerliche Form von Mitleid ich da habe, die nicht bereit oder fähig dazu ist, das Leid der anderen zu mildern. Mitleid ohne Konsequenzen. Verschenktes Mitgefühl.

Das ist kein Beruf für mich, das ist zu hart, das schaffe ich nicht. Erkenne ich. Dann muß ich wohl doch Künstler werden. Dann muß ich wohl doch zurück an die Kunsthochschule, erneut Bafög beantragen und so tun, als ob ich dem Kunstmarkt irgendetwas zu geben hätte. Dem verdammten, verkommenen Kunstmarkt.

Vielleicht sollte ich mich wirklich zurückmelden bei meinem Professor, das Studium wieder aufnehmen, der Normalität eine Chance geben? Zurück in diesen großen weißen Kellerraum mit den beschmierten Holztischen, den klapprigen Schulstühlen und zu meinen Kommilitonen? Zu dem Gekleckse und Gebastel und Geschmiere und Geklebe und zu dem ewigen Gelaber über die Kunst der anderen. Ich war dort nur gelandet, weil ich absolut nicht wusste, wo ich sonst hin sollte. Alle meine Bewerbungsarbeiten waren Lügen. Die Mappe mit den Zeichnungen, Collagen und Aquarellen, alles erfunden, in zwei Wochen zusammengehauen, um so zu tun, als ob ich Künstler wäre. In Wirklichkeit hasse ich die Kunst. Es geht um nichts in der Kunst außer um geschickt getarnte Befindlichkeiten oder posende Ideen ohne Tiefe. Dieses ewige verzweifelte Gekritzel und Gekratze, dieses Gehämmere und Gejammere, dieses Gesäge und Geheule und Betaste und Gewichse, mich schüttelts, wenn ich daran denke.

Allerdings muß ich zugeben: Die tollsten Frauen der Stadt gehen auf die Kunsthochschule. Es gibt nirgendwo wunderbarere Frauen als auf der Kunsthochschule. Dort sind die humorvollsten und sonderbarsten Frauen. Die Frauen und das Bafög. Das sind schon zwei gewaltige Gründe, um Kunst zu studieren. Bessere gibt es nicht. Ich muß doch Künstler werden. Nur noch etwas Freiheit, eine kleine Spanne im Nichts, dann verspreche ich, werde ich zurückkehren in die Welt der Zusammenhänge, werde ordentlich und engagiert studieren und mit viel Fleiß und Mühe ein gut situierter Künstler werden.

Nur noch eine kleine Weile im Nichts. Um zu lernen. Es gibt keinen größeren Lehrmeister als das Nichts.

24

Ich telefoniere durch die Gegend. Auf der Suche nach einem vorübergehenden Job, einer kleinen Gelegenheitsarbeit. Ich spreche auch mit Thea und mit Mutter. Sie wollen mich überreden nach Hause zu kommen, ich könnte dort ne Zeit unterkommen und bei Vater im Geschäft arbeiten.

»Junge, du kannst doch Auto fahren. Das ist ein krisensicherer Beruf, Autofahren wollen die Leute immer, da kommen immer welche nach. Denk doch mal nach, Papa macht das auch nicht mehr ewig. Wer übernimmt denn dann den Laden?«

»Mama, ich will kein Fahrlehrer werden. Nie und nimmer. Das ist ein ganz schrecklicher Beruf, Mama.«

»Junge, lass das bloß nie Papa hören! Und wieso denn überhaupt? Was ist denn so schrecklich daran, anderen Menschen alles Nötige für den Straßenverkehr in Deutschland beizubringen? Denk doch nur an die ganzen Ausländer. Du magst doch Ausländer, Junge.«

»Mama, was hat das denn damit zu tun? Es geht doch nicht um Antirassismus, sondern darum, dass ich kein Fahrlehrer sein will. Dann wäre alles vorbei, da kommt dann nichts mehr.«

»Ich verstehe dich beim besten Willen nicht. Was wäre denn dann vorbei? Dein Nichtstun? Deine Arbeitslosigkeit? Deine Armut? Deine Perspektivlosigkeit? Was ist denn das alles? Nichts, oder? Gib es doch mal zu, das ist doch nichts, oder?«

»Ja, Mama, du hast recht, das ist alles nichts. Aber vielleicht ist es grade das. Grade das, was es ausmacht. Ich habe nichts gesucht, und ich habe es gefunden. Papas Beruf ist ein Umweg zum Nichts. Ich bin direkt dorthin gegangen. Das kannst du wahrscheinlich nicht verstehen.«

»Nein, das kann ich beim besten Willen nicht verstehen, das macht mich sehr traurig, dass du nur das Nichts willst. Das ist doch keine Lebenshaltung. Da gehst du doch kaputt, Junge. Denk doch mal nach.«

»Mama, ich kann es dir nicht erklären, nur so viel: Mach dir keine Sorgen. Mir geht es gut, und mir passiert nichts, und ich verspreche, dass ich demnächst fürn paar Tage nach Hause komme, okay?«

»Is gut, mein Schatz. Ich will mich auch nicht mehr so aufregen. Ich schick dir mit der Post noch ein bisschen Geld zu, damit du was zum Essen hast. Und ich freu mich darauf, dass du kommst. Und denk doch noch mal darüber nach, über unser Angebot.«

»Ja, Mama, und grüß Papa und Thea, bis bald, tschüs.«

»Bis bald, mein Junge.«

Sosehr mich das in Sicherheit wiegt, noch immer Mutters Junge zu sein, so sehr hält es mich auch auf Distanz. Ich kann dieses Kindgefühl nicht ertragen, dann schon lieber das Nichts. Das Treiben. Das Spiel. Die Möglichkeit. Trotzdem werde ich nach Hause fahren, ich nehme es mir fest vor, in den nächsten vier Wochen.

Am Nachmittag rufe ich bei Wiener Kalle an. Dass ich nicht vorher an ihn gedacht habe. Wiener Kalle hat ne eigene Disco und managt Bands. Ich habe schon öfter nen Job bei ihm bekommen, am Tresen in seinem Laden, bei irgendwelchen Reparaturarbeiten oder dem Ausbau eines Proberaums. Wiener Kalle ist ein Organisationsderwisch, ständig auf Achse, immer in seinem alten, schrottigen schwarzen Mercedes unterwegs, um sich mit Musikern oder Plattenfirmenfuzzis zu trefffen, neue Läden anzuschauen, irgendwelche krummen Deals zu machen. Seine ganze Person ist komplettt undurchschaubar, wie ein wabernder Nebel aus Informationen und Möglichkeiten. Das meiste von dem, was er anfängt, gelingt ihm nicht, was ihn aber nicht davon abhält, immer und immer wieder mit bester Laune und großem Zutrauen neue Projekte zu starten. Die Idee von Misserfolg ist ihm unvertraut, er blendet sie ganz einfach aus. Das ist meiner Ansicht nach die ideale Einstellung zum Leben. Kalle ist so unseriös, dass selbst das Leben keine Chance hat und an ihm abgleitet, ihn aus den Fingern verliert, weil er nicht zu packen ist. Jeden anderen zerschreddert das Leben, erwischt ihn und zermalmt ihn, aber wenn das Leben einen Termin mit Kalle hat, wartet es vergebens. Er kommt einfach nicht. Ha!

Zwar ergeht es uns Normalsterblichen in unserm Umgang mit Kalle so ähnlich wie dem Leben, das hält mich aber nicht davon ab, ihn immer wieder gerne zu treffen, wenn er denn kommt. Ich sonne mich ein wenig in seiner Unbekümmertheit, in seinem Aktionismus und versuche, etwas von seinem Pragmatismus zu übernehmen. Er inspiriert mich. Neben ihm zu sitzen heißt für mich, einen Moment lang zu glauben, dass ich eine Chance hätte. Auf meinem klapprigen Gaul. Gegen die verdammten übermächtigen, allgegenwärtigen, brutalen, schweinischen Windmühlen. Ich bin der Don. Ich werde verlieren. Das wird meine Rache sein.

Wiener Kalle ist am Telefon bester Dinge.

»An Dschob? Logo hab i an Dschob, Bua. Was willstn?

Konnst da aussuchn. Willstn Tresen im Foolsbüttel? Konnst a den Springer macha. Oda wos suchst?«

»Ich weiß auch nicht, Kalle, ich brauch nen Job, ziemlich schnell, ich bin abgebrannt.«

»Pass auf. Du konnst von moagn an im Foolsbüttel Tresen mochn. Drei Tog die Wochn, des bringt wos ein. Jo? Und dann gibts noch a neue Band, mogst nicht auch in ana Band wos mochn? Du, da san lauta Freunde von dir dabei, der Siggi, der Tobbs, die Moni, der Olli, mochst du net a Musik?«

»Schon, ich hab auch schon gehört, dass die zusammen ne Band haben. Aber was soll ich da machen? Ich kann ja kein Instrument spielen.«

»Konnst du net singa? Sonst machst an Rodie oder an Fahrer oder an Tourmanager. Oder Licht und Sound. Kannst ois macha. Jetzt ruaf halt amal den Siggi an, dann steigst bei denen ein und dann host an guadn Dschob, ha?«

»Is gut, Karl. Ich meld mich bei Siggi und erscheine morgen im Foolsbüttel fürn Tresen, um 22 Uhr, okay?«

»Supa, Servus, Bua.«

Na bitte, klappt doch. Nur ein Anruf bei Kalle, und die Sache läuft. Ich hab kaum was sagen müssen. Er hat alles gemacht, sogar geredet für uns beide. Ab morgen also wieder hinter dem Tresen. Von abends um 22 Uhr bis morgens um sechs Menschen abfüllen. Bis zum Rand zuschrauben mit Alkohol. Den Alkohol aus Flaschen raus- und in Menschen reinfüllen. Menschen mit Alkohol verderben und ihnen dafür ihr Geld wegnehmen. In jeder Hinsicht ein Betrug. Aber was haben die armen Menschen denn sonst?

Ich telefoniere mit Siggi, er ist Feuer und Flamme für die neue Band. Sie haben bereits einige Songs und einen guten Namen: *Ex-Leben*.

»Komm vorbei, Alter. Wir haben auf jeden Fall was für dich. Ich glaub, die Band wird was, ich bin mir sicher, irgendwie kommt alles zusammen bei uns.«

»Klingt gut. Was issn das fürn Sound, welche Richtung? Und wer singt?«

»Das ist echter Rock, Alter. Richtiger, harter Rock. Und singen tun wir alle. Und die Texte sind Kunsttexte, so kippenbergermäßig. Das ist das Geilste, ich schwörs dir.«

»Ich steh zwar nicht auf Hardrock, aber auf Kippenberger. Außerdem brauche ich ne Vision. Wo seid ihr denn, in welchem Proberaum? Palmerstraßenbunker?«

»Logo, Alter, komm heute Abend um neun vorbei. Ganz oben, letzter Raum.«

»Okay, bis nachher, Siggi.«

»Ciao, ich freu mich. Ciao!«

Irgendwie erhellt mich die Idee, Teil einer Gruppe zu werden, in welcher Funktion auch immer. Eine minimale Vorstellung von Sicherheit malt sich in mir aus. Von Zukunft. Ich möchte Teil dieser Gruppe werden. Dieser Gruppe von Menschen, die ich alle mag und die jetzt eine Berufsbeziehung eingehen.

Am Nachmittag gehe ich durch das Schulterblatt und kaufe ein bisschen Gemüse ein. Hinter dem Penny-Markt höre ich auf einmal eine Stimme ganz nah bei meinem Ohr. Sie flüstert:

»Ich bring dich um. Ich mach dir ein Loch in deinen Kopf. Von hinten. Verstehst du?«

Ich drehe mich erstaunt um. Da steht er wieder, der irre Taruk, mit versteinertem Gesichtsausdruck, in seiner Bomberjacke.

Ich frage ihn: »Was hast du eigentlich für ein Problem?

Hab ich dir was angetan? Wenn ja, dann was? Was ist es? Sag es mir endlich!«

»Du weißt genau, warum, du weißt Bescheid, warte nur ab.«

Er nickt zur Selbstbestätigung, zeigt mit dem Finger auf mich und geht dabei langsam rückwärts.

»Außerdem hab ich dich gesehen, in dem Supermarkt!«

Mir läuft ein Schauer des Ekels über den Rücken, während er sich umdreht und weggeht. Ich fühle mich beschmutzt. Was will er, worum geht es bloß? Ich lehne mich an die Wand und denke nach. Gibt es irgendetwas, das ich ihm angetan haben könnte? Eine Frau, die ich ihm ausgespannt habe? Mir fällt nichts ein. Mia? Ist er der Freund von Mia? Und wenn schon, ich hatte nichts mit ihr. Rein gar nichts. Er dringt in mein Denken ein, ich spüre es. Sollte ich zu den Bullen gehen? Doch was hätte ich denen zu erzählen? Dass er mich flüsternd bedroht? Lächerlich. Ich gehe in den nächsten Türkenladen und kaufe mir eine Dose CS-Gas. Das werde ich ab jetzt bei mir tragen. Ich werde mich schützen gegen diesen Wahnsinnigen. Ich begreife, dass ich einen Stalker an den Hacken habe. Einen verdammten Stalker, einen, der gerade mich auserkoren hat als Fokus seiner Probleme, ausgerechnet mich, verdammt, das jetzt auch noch. Und der Spinner wohnt hier im Viertel, das heißt, ich werde ihm oft begegnen. Wie kommt er bloß auf mich? Ich habe noch nie ein Wort mit ihm gewechselt. Frustrierend. Kein Job, kein Geld, keine Liebe und dann auch noch nen Irren im Nacken. Jetzt reichts aber. Es muss sich was ändern.

Abends um neun fahre ich mit der S-Bahn zum Palmerstraßenbunker. Der Bunker, in dem ich Bruno kennengelernt habe. Auf dem Weg besorge ich ein paar Dosen Bier an der Tanke. Im Bunker komme ich an unserer Schießecke vorbei. Die verbogenen Diabolos liegen immer noch überall herum. Ich laufe die Treppen hoch, durch die vermüllten, kalten Gänge. Die Betonwände sind voller Kratzspuren vom ewigen Geschleppe sperriger Verstärker und überzogen mit schlechten Graffiti. Das Klo ist ein unbeleuchteter Dreckshaufen. Es stinkt in dieser Festung. Aus all den Kammern hinter den Stahltüren klingt bestialischer, schrecklicher Lärm. Wahnsinniger, dilettantischer, begeisterter Krach. Alle, die dort drinnen spielen, sind ergriffen von sich, ihrer Musik, ihrer Vision und ihrer Zukunft. Aus diesem Schrott zimmern sich die Leute hier ihre Träume von einer glänzenden Karriere, von grenzenlosem Respekt und uneingeschränkter Zuneigung. Kreischende Gitarren, ballernde Schlagzeuge, grölende Stimmen. Es klingt tatsächlich nach Krieg. Ich muss lachen. Seitdem der Krieg draußen vorbei ist, ist er hier eingezogen. Jeden Abend ab sechs Uhr bricht der Krieg in der Palmerstraße im Bunker aus.

Ich komme an der letzten Tür an. Auch hier infernalisches Getöse. Undefinierbare Töne, weder Worte noch Melodien sind zu erkennen. Ich öffne die Tür. Wie eine Welle schwappt der Lärm mir brausend entgegen.

Ich stecke mir die kleinen Finger in die Ohren, trete ein und schaue mich um. Olli sitzt am Schlagzeug und prügelt wie ein Irrer gleichzeitig auf die Becken, die Snare und die Base ein. Tobbs hängt auf einem Karton und hält seine Gitarre an einen Fender-Verstärker, aus dem ein rauschender vielstimmiger Sirenenheulton zerrt. Siggi liegt halbnackt auf dem Boden in der Ecke mit einem Shure-Mikrofon und schreit wie am Spieß dort hinein. Moni ist nicht da. Die drei sind so versunken in ihrem Wahn, dass sie mich nicht bemerken. Ich schließe die Tür hinter mir, setze mich auf den Boden, lehne mich mit dem Rücken an die Wand zwischen all dem Gerümpel, den kaputten Gitarren, den leeren Weinflaschen, und öffne mir ein Bier. Der Irrsinn läuft weiter. Die drei erzeugen eine fast greifbare Vibration, die augenscheinlich aber nicht im Zusammenspiel mit den anderen entsteht, sondern nur durch die größtmögliche Absonderung von Krach. Minuten vergehen. Dann bricht die Gitarre auf einmal ab und kurz danach auch das Schlagzeug. Nur Siggi mit seinem Gekreische bemerkt das Songende nicht und malträtiert weiter unsere Ohren. »Uuarrrgh ... reite den weißen Mongohasen, uarrrgh, ein Hitlerbart mit Flügeln regt mich an zum Bügeln, arrrurgh, Welcome to the Bitch Factory, aaaaaaaargh ... Hä?«

Olli hat mich entdeckt und winkt mir zu. Tobbs tritt Siggi in den Hintern, der endlich verstummt, und kommt dann zu mir, um mich herzlich zu begrüßen. Ich verteile Biere und wir stoßen an.

»Und, wie findest du das?«, fragt Siggi heiser und luftlos.

»Na ja, nicht schlecht, ich hab zwar weder Melodie noch Text oder Harmonien verstanden, aber das is ja vielleicht egal?«

»Richtig, das is egal. Wen interessiert denn noch so was, das is alles von gestern. Das hier ist die Musik von morgen. Zumindest die Rockmusik von morgen.«

»Meinst du also. Hm, ich weiß nicht, die Leute wollen doch Gefühle entwickeln bei Musik, und sie wollen Inhalte in den Texten verstehen.«

»Ach, Quatsch, kalter Kaffee. Hör dir doch mal Acid an oder Techno oder Industrial. Gehts da um Melodien und

Text? Nein. Also. Es geht um Radikalität. Um Intuition. Um Sprachlosigkeit. Abgesehen davon haben wir auch andere Songs, welche mit mehr Melodie und Text. So Kippenberger Hardrock.«

»Ich will mich ja auch gar nicht einmischen, dachte nur so …«

»Du sollst dich einmischen. Haste nicht Lust auch was zu spielen? Irgendwas. Es geht doch nicht um Technik und um Können, es geht um Vision und Ausdruck.«

»Ich weiß nicht, was ich spielen soll.«

»Spiel Bass oder Synthie. Moni spielt auch Bass oder Synthie. Die kann das auch nicht, aber das klingt geil.«

»Wo is die denn?«

»Kann heute nicht. Also komm, da steht der Synth, is angeschlossen, du musst nur noch die Finger draufhalten und an den Knöpfen drehen.«

Ich stelle mich an das Gerät, ein alter, total verwarzter Korg MS 10. Olli fängt an nen Beat zu spielen, und ich drücke zaghaft eine Taste. Ein tiefer, gummihafter Ton erklingt, der sich langsam hebt und wieder senkt. Klingt irgendwie gut. Ich drehe vorsichtig an einem der Knöpfe, der Ton verschwindet, schnell drehe ich den Knopf zurück, der Ton erscheint wieder. Volume steht über dem Knopf. Aha. Tobbs setzt mit der Gitarre ein, etwas, das zu meinem Ton passt, laut und nervig. Ich drehe meinen Ton lauter und bewege dann andere Knöpfe. Der Ton fängt an sich zu verwandeln, eiert, klingt blechig, kriegt zischende Höhen und dann ein breites Rauschen. Siggi fängt mit seinem Geschreie an. Ich drehe lauter. Der Ton pumpt, wird angebrochen, kriegt einen Rhythmus, klingt irgendwie nach DAF. Ich bin begeistert. Tobbs' Gitarre brüllt von rechts, ich drehe noch lauter. Ich bin der Lauteste. Das fühlt sich schön an. Wenn man Herr der Lautstärke ist. Wenn man aktiver Teil von etwas sehr Lautem ist. Ausgeliefert zu sein strengt an, auszuüben bringt Spaß. Der Sound des MS 10 ist mächtig, durchsetzungsfähig, brutal. Ich spiele eine kleine Figur mit drei Fingern, es entwickelt sich zusammen mit dem Schlagzeug ein Gewebe, durch das man die Gitarre fieseln hört wie reißende Drähte, Siggis Stimme ist in Fetzen vernehmbar. Olli nickt mir beim Spielen zu. Ich schließe die Augen und lasse mich fallen. Es füllt mich aus. Ich mache tatsächlich Musik. Das hätte ich nie gedacht, dass es so einfach ist. Immer weiter treiben, hinein in das Tosen. Nach einiger Zeit wird der Lärm eintönig, es fällt mir nichts Besseres ein, ich kann nicht variieren. Ich versuche die Figur zu verändern, drehe an den Knöpfen, das Muster zerreißt. Ich versuche es wiederzugewinnen. Es gelingt nicht. Das tolle Gefühl weicht einer Hohlheit, die Euphorie zerbröselt und macht dem Gegenteil Platz, der Sicherheit, dass ich es einfach nicht draufhabe. So schnell geht das. Ich lasse die Finger von der Tastatur, der Klangteppich klappt zusammen, die anderen erwachen, schauen sich um und geben schließlich ebenfalls auf.

»He, das war super, das Ding in der Mitte hatte echt Flow, hast du das gemerkt?«, meint Siggi.

»Ja, aber am Ende rutschte alles weg, da wars dann auf einmal total öde.« Ich bin wieder entmutigt.

»Ach, komm, so ist das nun mal. Dann muss halt was anderes kommen. Für den Anfang war das total gut, echt!« Olli will mich aufbauen. Wir versuchen es noch ein paar Mal, doch der eine Moment kommt nicht wieder. Irgendwann kauern wir uns auf den Boden und trinken das mitgebrachte Bier. Das besänftigt meine Enttäuschung, ich bestehe aber darauf, die Probe für heute abzubrechen. Schließlich gehen wir alle gemeinsam, fahren nach St. Pauli und ins Ex. Willkommen im Nichts.

25

Hamburg bei Nacht. Der Hafen liegt beleuchtet von unzähligen Lichtern in der Dunkelheit, die unsere Hälfte der Welt umspannt. Lichter, die nur den Zweck haben, die Arbeit nicht abreißen zu lassen. Eine Arbeit, die nie aufhört und deren Lärm man immer vernehmen kann. Ein ewiges dumpfes, dunkles Pumpen. Dock 11. Die Gebärmutter Hamburgs. Männer, die wie Körperzellen arbeiten. Die Stahl herbeischaffen, in Form bringen, verbinden, die die ganze Kraft ihres Lebens daransetzen, etwas Sinnvolles und Funktionales zu erzeugen. Ein Schiff. Viele Schiffe. Eines nach dem anderen fährt von hier aus in die Welt. Und transportiert Materialien. Bringt Stoffe aus der Welt hierher zurück, wo es diese Stoffe nicht gibt, um neue Schiffe zu bauen.

Ich sitze auf der Hafenmauer und schaue auf das dunkle Wasser. Etwas vibriert tief in mir, dringt durch den Stein in meinen Körper. Ich erhebe den Blick. Ein gigantisches, schwarzes Schiff schiebt sich in mein Sichtfeld. Ein Schiff, so groß, wie ich es noch nie gesehen habe. Es gibt kein Licht an Deck, nur Schatten. Ich kann am Rumpf keinen Namen ausmachen, keine Nationalität, keine Farbe, kein gar nichts. Etwas lässt mich erschauern. Ich weiß, dass ich auf dieses Schiff gehöre, auf dieses Schiff und sonst nirgendwohin. Gott, hilf mir, lass mich nicht an Deck gehen. Nichts mehr ist von den Docks zu sehen, die hinter dem Rumpf liegen. Das Schiff scheint alles Licht zu absorbieren, das Dröhnen wird immer stärker. Obwohl es ein Dampfer zu sein scheint, hat es am Bug eine Galionsfigur. Ein gewaltiger Frauentorso hängt dort stolz in die Fahrtrichtung gereckt. Das Gesicht der hölzernen Riesin ist dunkel und stolz. Ihre schwarzen, langen Haare schlagen zu beiden Seiten des Schiffes an den Rumpf und berühren mit den Spitzen das bleierne Wasser.

Als ich die Augen öffne, steht Bruno vor meinem Bett mit einem laufenden Staubsauger und grinst mich an. Was für ein finsterer Traum. Ich nicke Bruno zu und drehe mich auf die andere Seite, um noch ein wenig zu dösen. Gehöre ich auf das schreckliche Schiff? Wann muss ich gehen?

Später fahre ich mit dem Mountainbike, das ich vor Kurzem von Hühner gekauft habe, durch Hamburg und versuche mich fit zu machen. Heute Abend muss ich mit meinem Job im Foolsbüttel anfangen. Also muss ich mir den Kater irgendwie rausstrampeln. Drei Stunden Fahrrad fahren und schwitzen bringt ne ganze Menge, zwei Flaschen Wasser getrunken, langsam gehts wieder.

Ich fahre gerne durch die Viertel der Reichen und schaue mir an, wie sie leben. Vor allem an der Alster, in Pöseldorf und drumherum. Was für ein sagenhafter Reichtum dort gehortet steht, es ist unglaublich. All die makellosen, großen, sauberen Häuser mit den ausladenden Gärten und den teuren Autos an der Straße. Und nie ist jemand zu sehen. Wo sind sie denn alle, die Reichen dieser Stadt? Ich schaue durch die von Hyazinthen und wildem Wein umrankten Fenster und sehe niemanden. Es gibt in diesen Straßen auch keine Kneipen oder Restaurants. Ist das alles Staffage? Es scheint nicht so, als ob man hier leben könnte. Wahrscheinlich sind die alle tätig in diesen neuen Büroungetümen, die sie überall hinbauen lassen, Festungen, Bollwerke der Arbeit am Papier. Und ihre Frauen? Schlafen sie? Vielleicht sind sie beim Shoppen. Während die Kinder in der Schule sind. Interessant. Geisterstädte des Besitzes. Nur ein Stück von uns entfernt achtet man auf Distanz.

Am Abend mache ich mich chic für die Schicht. Ich kombiniere meine besten Klamotten und wähle schließlich einen grauen, etwas zu engen dreiteiligen Filzanzug mit einigen dezenten Mottenlöchern aus, zu dem ich ein weißes Hemd mit passendem Kragenschmutz und eine dunkelrote zerknitterte Krawatte trage. Dazu eine digitale Armbanduhr und einen Ring aus dem Kaugummiautomaten. Aus der Armbanduhr habe ich das Laufwerk herausgebrochen und auf das Zifferblatt unter das Uhrenglas die ausgeschnittenen Lettern PUNK geklebt. Wenn mich jemand nach der Uhrzeit fragt, zeige ich ihm meine Uhr und sage: Zeit für Punk! Frauen gefällt das. Naja, einigen zumindest. Die Haare kämme ich nach vorne und schneide den Pony kurz nach. Schön englisch, sieht sehr gut aus.

Um 22 Uhr erscheine ich im Foolsbüttel. Was für ein unglaublicher Scheißname. Ich hasse Gagnamen für Kneipen, aber das ist der schlimmste. Der Laden sieht ansonsten ganz gut aus. Ist ne ziemlich große Kellerbar ein Stück hinterm Hans-Albers-Platz, mit nem Tresen, der an einen Flughafentower erinnert, zwischen den Schnapsflaschen stehen alte Radarmonitore, der DJ hat ne Kanzel, die aussieht wie ein Cockpit. Es gehen bestimmt hundertfünfzig Leute dort rein. Meistens wird Soul gespielt, ab und zu Reggae oder Ragga, am Wochenende gehts nach den Gast-DJs.

Heute ist Donnerstag, eigentlich der beste Tag der Woche. Da sind alle coolen Leute schon wieder ausgehbereit, ohne dass die Wochenendidioten schon unterwegs wären. Der Laden füllt sich schnell. Bereits um 23.30 ist es relativ voll. Der Dj spielt altes, unbekanntes Discozeug, ein paar Leute tanzen. Mir macht die Arbeit Spaß. Ich trinke wenig, konzentriere mich auf die Perfektion meines Service. Ich versuche möglichst klar und seriös rüberzukommen, bin schnell und galant, man trinkt gerne bei mir. Ich freue mich so gut zu funktionieren, es geht also doch. Bei Frauen, die mir gefallen, senke ich häufig den Preis, bei denen, die ich richtig toll finde, schenke ich umsonst aus. Sie freuen sich und sind dankbar. Ich lasse mir nichts anmerken und eile weiter zum nächsten Gast. Meine Stunde kommt noch. Der Alkohol und die Zeit arbeiten auf meiner Seite. Ein paar Schwarze versuchen am Tresen mit Hasch zu dealen, der Türsteher kommt und schmeißt einen von ihnen raus, es gibt Geschrei vor der Tür, dann ist wieder Frieden. Ab vier Uhr leert sich der Laden langsam. Nur die Betrunkenen, die Ziellosen und die Einsamen bleiben über. Bis zu diesem Zeitpunkt, das hat mir die Erfahrung in der Vergangenheit gezeigt, müsste eigentlich ein Fisch an meiner Angel hängen. Ein prüfender Blick in den Spiegel beweist mir, dass ich immer noch perfekt aussehe. Zwei Frauen stehen am Tresen bei mir, sie kennen sich nicht. Die eine schmachtet mich unumwunden an, die andere ist etwas stolzer, nur ab und zu verrät ein kurzer Blick ihr Interesse. Mir gefallen beide. Aber die Schmachtende ist mir ein wenig zu betrunken, zumindest für den Punkt, an dem ich bin. Ich stelle mich zu der Stolzen und frage sie, ob ich ihr noch etwas bringen darf. Als sie den Blick hebt, weiß ich, dass sie die Richtige ist. Etwas Bodenloses steckt in ihren Augen, ich starre in zwei Brunnenschächte, es zieht mich dort hinein. Und sie hat eine unwiderstehliche Sorgenfalte zwischen den Augenbrauen. Das macht mich schwach. Sie trägt ihr blondes Haar in einem Pferdeschwanz über dem hellen Trenchcoat. Das gibt ihr eine wunderbare Strenge. Sie zeigt auf die Pernodflasche und lächelt, und ich werde schwach. Ich lasse mir nichts anmerken und bediene sie ruhig. Die Schmachtende verlässt beleidigt den Tresen. Ich stelle mich mit dem Pernod zu der Stolzen. Sie lächelt mich kurz an und lässt dann ihren Blick in den Pernod fallen. Während ich weiter bediene, bleibt sie einfach dort stehen und trinkt. Sie wartet augenscheinlich, aber auf trotzdem dezente Art und Weise. Schließlich verlassen gegen sechs Uhr die letzten Torkler den Laden. Sie steht immer noch dort. Ich räume kurz auf, rechne ab und lösche die Lichter. Dann komme ich zu ihr, sie nimmt mich wortlos an die Hand, und wir gehen hinaus. Die Straßen entlang, durch einen Park und schließlich zu einem zweistöckigen Haus in einer Seitenstraße. Wir haben bis jetzt kein Wort geredet. Ich weiß nicht, wie, aber es geht mit ihr, ich fühle mich ganz vertraut. Sie geht die Treppe zum zweiten Stock voraus, ihre Hüften haben einen wunderbaren Schwung. Sie öffnet eine Tür, und nachdem wir eingetreten sind, hängt sie ihren Mantel auf. Sie zieht die Vorhänge der geräumigen Wohnung zu. Es wird dunkel und schummrig. Bis auf ihren BH und den Slip legt sie alle Kleidung ab und nimmt mich mit in ihr Schlafzimmer. Wir legen uns rücklings aufs Bett. Sie dreht sich zu mir, nähert sich, fasst meinen Kopf mit den Händen und küsst mich zärtlich auf den Mund. Ich überlasse mich ihr, sie küsst mich, leckt mein Gesicht ab, legt sich dann auf die Seite und schaut mich an. Sie schließt die Augen, und ich warte ab. Nach einiger Zeit merke ich, dass sie eingeschlafen ist. Ich kanns nicht fassen. Einfach eingeschlafen. Was für eine sonderbare Person. Was will sie von mir? Hat sie keine Angst? Ist sie taubstumm? Wer ist sie? Ich beobachte sie, fahre mit meinem Blick ihre schönen und entspannten Gesichtszüge ab. Vorsichtig hebe ich ihre Decke und klappe sie nach hinten, um ihren Körper sehen zu können. Sie ist schlank und sportlich, ich kann ihre Bauchmuskeln erkennen. Mein Schwanz ist steif, und ich schäme mich deswegen. Genauso vorsichtig decke ich sie wieder zu. Ich erhebe mich, ziehe mich an und streune im Zimmer herum, gehe in die Küche, versuche rauszukriegen, wer sie ist, finde aber nur ein paar Fotos an einer Pinnwand, die mir nichts verraten. Ich muss mal und setze mich auf dem Klo nieder, als ich Geräusche aus dem Flur höre. Eine männliche Stimme ruft: Petra? Ich reiße mir die Hose hoch und schleiche zur Tür. Am Ende des Flurs sehe ich durch den Türspalt einen Männerrücken, er zieht sich gerade aus. Ich habe meine Jacke neben dem Bett liegen lassen. Was tun? Was ist hier überhaupt los? Ich schleiche mich die Treppe runter und aus der Haustür. Nachdenklich gehe ich nach Hause. Nach Hause in die Grabkammer des Königs der Überflüssigen in der Mitte der Pyramide aus Müll.

26

Drüsen, Botenstoffe, synaptische Kontakte, ein dunkler, weicher Dschungel aus organischen Verbindungen in meinem Inneren. Und mein Wesen, meine Empfindungen und mein Sein ein Resultat aus diesem für mich undurchschaubaren und unlenkbaren biologischen Chaos meines Körpers. Die Schwärze in mir, immer noch wachsend, sich ausdehnend, das Herz der Finsternis, in meinem Zentrum ein schwarzes Loch, das alles außerhalb und in mir frisst. Kein Gott und keine Erlösung, keine Idee und keine Technik. Nichts, das mich aufheitern kann, nur Zweifel, Zweifel an allem, an allen und an mir.

Ich trage nur noch Schwarz. Alte, enge schwarze Anzüge. Ich bin mein eigener Bestatter. Und dennoch, trotz all meiner Lebensabgewandtheit bricht sich das Leben immer wieder seine Löcher, sprudelt und sprießt an ungeahnten Stellen auf unangenehme Weise in mich. Wenn ich doch nur einfach vergehen könnte, ganz langsam, erst durchsichtig werden könnte, um dann endgültig zu verschwinden.

Ich bewege mich durch die Straßen der Stadt, und es trifft mich wie elektrische Schläge. Der Anblick von Frauen. Nur ein kleines Detail genügt, um den Motor anzuwerfen. Eine Schulter, lange Haare, Waden, ein blauer Blick oder geschwungene Mundwinkel. Um das grenzenlose Begehren zu starten. Ein Begehren ohne konkrete Bilder, ein tiefer Instinkt, ein Besitzenwollen, der schweinische Grundauftrag des Lebens, der mich packt und schleift und daran erinnert, warum ich eigentlich auf der Welt bin.

Dir ist das Leben gegeben worden, damit du es weitergibst. Das ist alles. Sonst gibt es nichts. Ganz einfach. Du sollst es bitte nur weitergeben. Das Leben ist ein Staffellauf. Du bekommst das Leben in die Hand, rennst eine Zeit lang damit, und dann musst du es weitergeben. Verstanden? Ob du das verstanden hast?

Ich will aber nicht.

Was? Du willst nicht? Das ist ja allerhand. Der Herr mag das Leben nicht weitergeben. Also so eine Sauerei ist mir schon lange nicht mehr untergekommen.

Nein, ich mag nicht.

Gut, wenn das so ist, dann gibts auch nichts anderes, dann gibts eben nur Zweifel, Unsicherheit und Depressionen und nichts anderes! Verstanden?

Ich will ja eigentlich auch gar nichts.

Was? Schwester Maria, haben Sie das gehört? Die Sau will nichts? Unglaublich. Also jetzt reichts. Raus hier ... RAUS!!!

Das Leben will mich aus sich selbst rausschmeißen. Das ist die Wahrheit. Es hat genug von meinen Eskapaden. Kann ich irgendwie auch verstehen. Mir kann man es wirklich nicht recht machen, ich geb es ja zu.

Montag lief ich nachmittags durch die Stadt und ließ mich mit den Menschen treiben. Vor den Schaufensterscheiben der Herrenausstatter stellte ich mich so hin, dass ich mit meinem Spiegelbild die Konturen der Schaufensterpuppen ausfüllte. So brauchte ich die Kleidung, die ich mir sowieso nicht leisten konnte, nicht anzuprobieren, sondern nur noch meinen Kopf auf den perfekten Körpern zu begutachten. Ich werde versuchen mir jede Form von Eitelkeit abzugewöhnen. Peu à peu sollte ich mir alles abgewöhnen. Das Ziel des Lebens ist es, die Leidenschaften zu verlieren, da bin ich mir ganz sicher. Wenn ich mir alles abgewöhnt haben werde, tut auch der Abschied vom Leben nicht mehr weh. Ich werde mir eines Tages das Leben abgewöhnen.

Vor einem großen Damenmodegeschäft stand eine Frau in einer engen grauen Anzughose, mit einer weißen Bluse und sorgfältig frisiertem, hochgebundenem, dunklem, glänzendem Haar. Sie löste sich von der Auslage und setzte sich erst langsam, dann zielstrebig in Bewegung, ohne dass ich ihr Gesicht gesehen hätte. Mein Blick fiel auf ihre Hüften und auf ihren Hintern, schätzte die Verhältnisse zueinander ein, prüfte die Spannkraft der Muskeln unter dem Stoff und das Nachwippen der Masse, maß erst die Beinlänge und dann den Rücken ab, schätzte das Kreuz, den Hals und ihre Armmuskulatur, registrierte die schlichten Perlenohrringe, die sie trug, meine Ohren genossen das Tippen ihrer spitzen Absätze, das sich deutlich gegen die anderen Umweltgeräusche absetzte, wie das Ticken einer speziellen Uhr, und meine Nase meldete einen femininen, ordinär blumigen Duftschleier, der ihr nachwehte, während ein stummer Motor in meinen Lenden die Befehlsgewalt übernahm und mich ihr hinterherwarf. Ohne mich dem Sog widersetzen zu können, folgte ich ihr, während ich darauf achtete, dass man meinem Blick seine Fixiertheit nicht anmerkte. Dabei sah ich ab und zu in den Augen anderer Männer, an denen sie vorbeilief und die von ihrem Anblick überrascht waren, das Anlaufen desselben Motors wie bei mir. Verschwindet, ich habe sie zuerst gesehen. Sie war meine Beute, ich war ihr Jäger, ich war ihr auf der Fährte. Oder umgekehrt? Immer wieder landete ich mit den Augen für Sekundenbruchteile prüfend auf ihren Sexualmagneten. Ich konnte keinen Makel feststellen. Ein Debakel. Wie sollte ich von dieser Angel wieder loskommen? Ich hing an ihrem Haken, sie zog mich hinter sich her und wusste noch nicht mal etwas davon. Schlimmer noch: Wenn sie es gewusst hätte, sie hätte mich dafür verachtet. Ich war gleichzeitig unglaublich vitalisiert und frustriert, unten lebendig und oben agonisch. Ist dieser Widerspruch aufzulösen? Ich setzte meine ganze Hoffnung auf ihr Gesicht, zog mein Schritttempo etwas an und ging eilig an ihr vorbei. An der nächsten Fußgängerampel hielt ich an und drehte mich, als ob ich etwas suchen würde, in ihre Richtung: Erlösung! Für einen kurzen Augenblick konnte ich in ihre Augen schauen. Dort war etwas befreiend Profanes, ein selbstgefällig nach innen gerichteter Blick, eine leere Maske, erstarrt für reibungslosen Umgang mit anderen Menschen ähnlicher Ausstattung, ein Interface, geschult im täglichen Umgang mit unendlich vielen Leuten, ein Gesicht, in das ich nicht länger schauen könnte, ohne Angst vor dem Nichts dahinter zu bekommen. Erschöpft blieb ich an der Ampel stehen und ließ sie an mir vorbeigehen, ohne dass sie mich auch nur bemerkt hätte. Um ganz sicherzugehen, hob ich noch mal den Kopf und musterte sie erneut von hinten. Ich stellte fest, dass mein unterer Motor vollkommen unbeeindruckt von dem Relativierungsprozess der oberen Steuereinheit sofort wieder dazu bereit gewesen wäre, mit dem gesamten Restkörper ihr hinterherzusprinten. Fluch der männlichen Sexualität, bestrafende und befreiende Selbstkastrationsfantasien. Was für ein Stress. Ich überließ sie den anderen der Horde, die ganz sicher nicht an ihrem Gesicht abprallen würden und somit ein viel größeres Problem als ich hatten. Denn sie würden sie nicht bekommen.

Ich beschließe nach Hause zu fahren, zu denen, die mich erbaut haben. Vielleicht können sie mir sagen, ob sie bei meiner Geburt vergessen haben, mir die eine Mutter oder die andere Schraube zu befestigen. Vielleicht finde ich ja die fehlenden Teile bei ihnen und kann sie mir im Nachhinein noch einsetzen. Und wenn alles nichts hilft, kann Mutter mir ja immer noch die Pille danach geben, die sie in meinem Fall bislang vergessen hat zu nehmen. Dann hätte sich die Sache ein für alle Mal erledigt.

Ich mache noch ein paar Nachtschichten für Wiener Kalle, bis ich ein bisschen Geld habe. Die blonde Schweigerin treffe ich nicht wieder. Einmal sehe ich Mia vom Küchenfenster aus, wir winken uns zu, und mein Herz knackt. Bald werde ich es wagen. Zur nächsten Bandprobe gehe ich nicht, ich spiele krank, aber ich schwöre mir, bald wieder hinzugehen. Aber vorher steht der Besuch bei meinen Eltern an. Und bei Thea. In Cloppenburg.

Beklopptenburg, wie wir bei uns sagen.

27

Ich fahre am Samstagmittag um 12 Uhr 30 mit der Bahn über Bremen nach Hause. Ungefähr zwei Stunden dauert die Fahrt. Da ich niemandem gesagt habe, wann ich ankomme, kann mich auch niemand vom Bahnhof abholen. Und da ich nur eine Plastiktüte dabeihabe, ist das auch kein Problem für mich. Ich freue mich, durch die unbelebten Straßen zu Fuß nach Hause zu schlendern. Vom Bahnhof zur Sevelter Straße, dann durch die Landwehr, über die Körnerstraße, die Schillerstraße, die Malvenstraße, den Kessener Weg bis schließlich zur Dahlienstraße. Nummer 5. Nach Hause, wie das klingt. Doch es ist tatsächlich mein Zuhause, meine Heimat, mein inneres Zentrum. Je weiter ich gehe, desto bewusster wird mir das. Jeder Schritt bringt mich wieder mit meiner Vergangenheit und meinem eigentlichen Wesen in Verbindung. Und je näher ich unserem Haus komme, desto mehr blüht jedes Detail in mir auf. Der schiefe Bordstein in der Malvenstraße, an dem ich mir den Knöchel nach dem Fußball verknackst habe, ist immer noch schief. Wie viele Menschen mag er seitdem verletzt haben? Bei Halfpapes steht ein kleiner Hühnerkäfig, in dem ich früher immer die Hühner beobachtet habe und der mich zu der kindlichen Ansicht brachte, dass Hühner zugleich die dümmsten und die lustigsten Geschöpfe der Welt sein müssten. Schon allein ihre Bewegungen und Geräusche. Manchmal stand ich minutenlang vor diesem Käfig und lachte. Ich stelle mich an die Stelle, an der ich früher stand, beobachte die Tiere und grinse in mich hinein. Dann laufe ich an den Einfamilienhäusern und Doppelhaushälften vorbei, steingewordene Tristesse, aus Langeweile geborene Geschmacklosigkeit. Ein Ende jeder Bewegung in diesen Straßen. Erstarrte Objekte umfangen erstarrte Subjekte. Menschen in selbst gewählten Gefängnissen, Kerker, die ihnen ein Gefühl von Sicherheit vermitteln. Häuser, die aussehen wie die Menschen in ihnen: leidenschaftslos, sauber und ordentlich. Das ist die Normalität. Für diese Menschen fühlt sich die Welt wie ein sinnvoller Ort an. Ich bin der Fehler hier. Mein kranker Blick taucht diese Welt in sein verkommenes Licht. Und dennoch ist es das Licht der Erkenntnis. Oder?

Dahlienstraße 5. Es ist eigentlich ein ganz hübsches Haus, das meine Eltern da besitzen. Ein zweistöckiges weißes Haus, etwa neunzig Jahre alt, mit einem Schieferdach und einem langen Garten, der das Gebäude mit seiner Hecke schmal umschließt. Vor und hinter dem Haus stehen Obstbäume, Äpfel und Birnen, und vorne zur Straße hin hat meine Mutter ein Gemüsebeet. Mitten in diesem Beet steht ein Fahnenmast. Mein Vater hat immer Deutschland gehisst. Ich stehe vor dem niedrigen weißen Lattenzaun und schaue auf unser Haus. Mir ist, als ob ich hier schon ewig stehen würde. Ich weiß nicht mehr, welcher Tag heute ist, welches Jahr, ich weiß nur, dass ich von hier komme, dass ich aus diesen Bedingungen gemacht bin. Aus diesen winzigen, banalen Bedingungen besteht mein ganzes Wesen. Die Farbe an den Wohnzimmerfensterrahmen ist an einigen Stellen abgeblättert. Egal, wie oft Vater sie nachstreicht, sie blättert immer wieder an den gleichen Stellen ab. Die Rinde der Birnbäume auf dem moosigen Rasen ist fleckig und knotig, überzogen mit braunen Flechten. Die Birnen fallen viel zu früh vom Baum. Der Baum ist kränklich. Es riecht aus dem Gulli vor der Gartentür, modrig. Die erste Gehwegplatte hinter der Tür ist zerbrochen. Wenn man auf die rechte Hälfte tritt, kippelt sie leicht. Ameisen leben unter ihr in ewigem Risiko und nehmen die permanenten Verluste schicksalsergeben hin. Zwischen den Tomaten im Beet steht ein einsamer Gartenzwerg, dem die Spitze der Mütze abgebrochen ist. Ich kenne ihn, solange ich denken kann, und er wird nie aus mir verschwinden. All das hier ist das Material, aus dem meine Grundmauern bestehen. Das Material, aus dem alle Grundmauern gebaut sind. Wir sind alle gleich.

Ich trete aus der normalen Zeit heraus, hinein in die Zeitlosigkeit. Während ich das Tor unseres Gartens quietschend öffne, betätige ich einen Mechanismus und die Uhren der Welt bleiben gleichzeitig stehen. Meine Gegenwart hört auf zu schlagen und verschiedene vergangene Zeitebenen vermischen sich zu einem Zustand permanenter Vergangenheit. Ich habe meine innere Uhr verloren und kann mich für einen Moment nicht einsortieren. Wie alt ist das Ich, das hier steht und auf ein ewig gleiches Bild starrt? Ich laufe die Gehwegplatten langsam entlang und tauche ein in die Welt der alten Bilder. Ein Zeittunnel, mitten durch unseren Garten! Hinter dem Wohnzimmerfenster bewegt sich ein Schatten. Ich sehe in dem spiegelnden Glas ein begeistertes Auge, eine Nase und eine winkende Hand. Oh, Gott, das muss sie sein, Mutter, zügele deine Freude, wir sehen uns doch gar nicht so selten. Einige Sekunden später wird die Haustür aufgerissen. Ich bin kurz davor, mich in Deckung zu schmeißen. Bitte tu mir nichts, Mutter.

Sie erscheint in ganzer Person im Türrahmen, strahlt und

eilt auf mich zu. Sie ist nicht allzu groß, aber massig, trägt ein Kunststoffkleid, und die hellen, leicht ins Graue neigenden Haare sind praktisch kurz geschnitten. Sie ist ungefähr Mitte fünfzig, ich vergesse immer ihr genaues Alter. Peinlich. Ihre Gesichtshaut wabbelt durch ihren eiligen Schritt, ihre hohen, aber breiten Absätze tippeln nervös über den Gartenplattenweg. Ich bleibe stehen, um unseren Aufprall abzumildern. Was für eine komische Person, denke ich, während sie näherkommt. Wie unglaublich gewöhnlich sie aussieht! Sie könnte die Mutter jedes Menschen in diesem Land hier sein. Ist sie überhaupt meine Mutter? Sehen Mütter alle gleich aus? Wahrscheinlich fühlen sich alle Mütter gleich an, was einem gleichen Aussehen ja sehr nahe kommt.

»Michael«, ruft sie, wie um sich selbst zu bestätigen, dann hat sie mich erreicht. Panik übermannt mich, und ich lasse mich nach hinten fallen, während ich in ihr entsetztes Gesicht schaue. »Michael, was machst du denn?« Ihre Freude und das kurz darauf folgende Entsetzen schlagen in ärgerliches Besorgtsein um, während sie mich am Arm packt und hochzieht. Ich kann mich nicht mehr wehren, jetzt hat sie mich, und ich lege die Arme auf ihre Schultern, um die Begrüßungsumarmung hinter mich zu bringen. Wieso fällt mir das so schwer? Ich freue mich ja auch sie zu sehen. Dann zieht sie mich mit sich ins Haus.

»Hast du denn gar nichts dabei? Junge, wieso hast du denn kein Gepäck dabei? Ich hätte doch Wäsche für dich waschen können.«

»Is doch egal, Mama, hab grad keine dreckige Wäsche. Schön, endlich mal wieder hier zu sein.«

Wieso wollen Mütter immer die dreckige Wäsche ihrer

Söhne waschen? Was hat das für eine psychologische Bedeutung? Sie wollen die Spuren der dreckigen, gefährlichen, brennenden Welt von ihren Söhnen herunterwaschen. Sie wollen die Schuld übernehmen, all die Schuld, die junge Männer in der miesen Welt auf sich nehmen. Komm, Sohn, ich wasche deine Weste rein. Das reicht nicht. Egal. Mutter zieht mich in die Küche und drückt mich auf einen Stuhl. Ich rieche den Geruch unseres Hauses, den Geruch der Gerichte, die Mutter bevorzugt kocht, den Geruch der Materialien, aus denen ich gemacht wurde, und es breitet sich eine Ruhe in mir aus, die durchsetzt ist von Ekel und Panikpartikeln. Alles ist in diesem Haus wie immer. Alle Gegenstände stehen an ihrem Platz. Die Ordnung, die hier herrscht, ist eine, die nie durchbrochen werden wird. Sie spiegelt das Innere meiner Mutter. Erschreckend. Der lange, ruhige Fluss ihres Lebens hat alles, was es dort gibt, an seinen Platz gespült. Und so wird es jetzt für immer bleiben. Doch nicht ganz.

»Oh, Mama, ihr habt ja einen neuen Kassettenrecorder, der ist aber schick.« Ich zeige auf einen Sharp-Recorder mit CD-Player, der im Küchenregal steht.

»Ja, das ist was ganz Tolles, den hat Papa letzte Woche mitgebracht. Aber ich kriege nur das Radio an. Aber der ist was ganz was Tolles.«

Sie setzt sich mir gegenüber und schaut mich an.

»Hast du abgenommen? Junge, du musst mehr essen, du hast ja ganz dunkle Ringe unter den Augen. Oder bist du krank?«

Jetzt fängt die Leier wieder an, ächz, bitte nicht. *Nein, Mama, ich bin nicht krank, Essen interessiert mich bloß nicht so, ich steh mehr auf Speed und Koks und so Sachen, das ist viel lustiger, wenn man das einnimmt, als zu essen. Das solltest du auch mal machen. Ne schöne fette Line Speed. Das würde dir auch ganz gut tun bei deinem Gewicht.*

»Nein, Mama«, antworte ich müde. »Ich wiege immer gleich viel, und krank bin ich auch nicht, muss bloß ab und zu nachts arbeiten. Ich sehe nicht so viel Sonnenlicht, weißt du?«

»Ja, das sehe ich. Das solltest du aber. Du musst dir einen gesünderen Beruf suchen, wenn du alt werden willst.«

Bitte? Wenn ich alt werden will? Wieso sollte ich denn jetzt schon alt werden wollen? Und wieso sollte ich überhaupt alt werden wollen?

»Mama, jetzt hör aber auf. Ich habe keine Lust, jetzt schon übers Alter nachzudenken. Ich bin jung und habe mein Leben noch vor mir.« Vielleicht.

»Papa kommt auch gleich zur Mittagspause, ich habe Kohlrouladen gemacht, und Thea kommt auch. Dann essen wir zu Mittag wie früher, alle zusammen. Ist das nicht schön?«

»Ja, Mama.« Ich kann meine Freude nicht zugeben. Wenn sie sich zu viel freut, muss ich das eben nach unten wieder ausgleichen. Ich vermute, dass sie uns Kinder als Teile von sich empfindet und dass sie erst, wenn wir alle zusammen sind, selber wieder ganz ist. Aber ich empfinde sie nicht als Teil von mir, nicht in dem Sinne. Ich empfinde sie eher als liebenswürdige, aber anstrengende Notwendigkeit. Was für ein gemeines Missverhältnis. Und vielleicht stimmt das auch gar nicht. Der Gedanke an ihren Tod ist mir unerträglich. Schlimmer als mein eigener Tod. Dann muss da ja wohl doch mehr sein.

Das Radio dallert leise im Hintergrund, der Sänger berichtet davon, dass bei ihm zu Hause ein Pferd auf dem Flur stünde. Die Flurtür geht auf, und Thea kommt herein. Mein Gott, sie sieht mittlerweile genauso aus wie Mutter. Dabei ist Thea gerade mal dreißig. Sie ist etwas schmaler, trägt eine Jeans und ein buntes Sweatshirt mit dem Aufdruck »No shirt, no shoes, no problem!« in bunten Lettern. Sie hat sich Strähnen in ihre unkomplizierte Kurzhaarfrisur färben lassen. Ich freue mich sehr, sie zu sehen, und wir umarmen uns ungelenk. Sie setzt sich neben mich. Kurz darauf betritt Vater die Küche. Vater heißt Hans Bernd, aber seine Freunde nennen ihn Birne, wegen seiner der bekannten Obstsorte entsprechenden Figur. Er hat sich kaum verändert. Er sah immer schon alt aus, groß und schwer, und er trägt stets die gleiche Kleidung: eine Jeans, ein helles Oberhemd und darüber seine Strickjacke aus blauer Wolle. Über der Oberlippe wachsen die Haare, die ihm auf dem Kopf fehlen. Dazu eine Stahlrahmenbrille. Nach wem von den beiden werde ich kommen? Ich muss diese Gedanken immer wieder verdrängen. Insgeheim hoffe ich, dass mich ein Kuckuck in dieses Nest gelegt hat.

»Ach, Herr Sonntag junior diniert heute bei uns. Mutter, sperr die Erbsen ein«, begrüßt er mich mit grobem Lachen. Er meint es gut mit mir, aber ohne Scherze dieses Kalibers kommt er nie aus, wenn wir uns wiedersehen. Mit auswendig gelernten Witzen versucht er, unsere fehlende Herzlichkeit zu überspielen. Danach schweigt er meist, denn ihm fällt nichts mehr ein. Mann ohne Leidenschaften. Der Beruf, die Familie, das Haus, das wars.

Er erwartet auch von mir keine Reaktion und setzt sich zu uns an den Tisch. Deutschland privat, denke ich. Wir sind alle gleich. Alle in diesem Land. Die drei fragen mich ein wenig über mein Leben aus. Ich erfinde heile Großstadtweltlügen, dann erzählen Mutter und Thea mir die neuesten Geschichten aus der Provinz. Wer gestorben ist, wer Kinder gekriegt hat, wie der Handballverein gespielt hat und dass der Bürgermeister korrupt sei. Ab und zu reißt mein Vater mal einen Witz. Zwischendurch bekomme auch ich eine ab: »Warst du beim Friseur? Den Prozess gewinnst du!« Ich muss unfreiwillig lachen. Mein Vater steht auf Fips Assmussen.

Während ich ihnen zuhöre, werde ich immer neidischer. Das hier ist die richtige Welt und das echte Leben. Hier macht alles einen Sinn und greift ineinander. Hier gibt es keine überflüssigen Fragen und Zweifel, hier ist das Leben zum Leben da.

Sind denn alle meine Zweifel verkehrt?

Warum bin ich dann von hier geflüchtet?

Ich komme doch aus dieser Familie. Warum bin ich nicht so geworden wie sie?

Vielleicht bin ich ja doch ein Findelkind.

Ein unwertes, ausgesetztes Balg, im Alter von zwei Jahren mit dem Hundehalsband an der Autobahnplanke festgebunden, von einer lieben deutschen Familie entdeckt, mitgenommen und aufgezogen. Konnte ja keiner ahnen, dass ich diese verkorksten Gene besitze. Ich habe schon oft darüber nachgedacht, sie zu fragen, warum nicht, es könnte doch möglich sein, das würde alles erklären.

Aber natürlich sind diese Gedanken Blödsinn. Es gibt ja sogar Fotos von Mutter und mir im Krankenhaus nach meiner Geburt.

Wenn mir jemand wenigstens den Namen meiner Aufgabe, meines Spezialauftrages sagen würde, damit ich wüsste, wofür ich leide und auf was ich stolz sein kann. Aber ich weiß nichts, nur dass ich es nicht so machen kann wie sie. Ich muss es auf meine Weise machen. Auf meine einsame, traurige, verzweifelte, demütigende, triste, niedrige, agonische, desolate, spannende, aberwitzige, glänzende, göttliche Art und Weise. Vielleicht bin ich die Ausnahme, die die Regel bestätigen muss, vielleicht bin ich dazu da, die Richtigkeit ihres Lebens von außen zu erkennen, vielleicht sind die Zweifel, die ich spüre, aber auch berechtigt.

Es kann nicht richtig sein, keine Fragen zu stellen.

Es kann nicht richtig sein, ständig das zu tun, was andere einem sagen. Es kann nicht richtig sein, nur eine starre Form auszufüllen und das Leben und die menschliche Gesellschaft und ihre Muster nicht in Frage zu stellen. Es kann nicht richtig sein, einfach nur den Fluss runterzuschwimmen.

Wer mir allerdings diese Einsicht beigebracht hat, wenn es nicht meine Eltern waren, weiß ich nicht. Es muss der liebe Gott gewesen sein. Der liebe Gott mit weißem Bart und dem Gesicht Michael Bakunins. Oder ein zufälliges Funkenspiel falsch verbundener Synapsen und schlecht dosierter Drüsensäfte. Ich bin einfach schlecht eingestellt, das ist wahrscheinlich die nüchterne Wahrheit. Mein Hormonhaushalt funktioniert nicht richtig. Die positiven Botenstoffe sind blockiert, mein Endorphin vertrocknet zwischen den Zellen, die Zahnräder greifen nicht ineinander. Während ihre Motoren schnurren und laufen, spotzt meiner bei jedem Meter, und das Öl leckt mir aus der Psyche. Ich werde zum Hackenschrauber gehen, mir den Denkkasten aufräumen lassen und ganz normal zu Hause bei Vater und Mutter wieder einziehen, um an diesem lebenslangen Glück teilhaben zu können.

Klingeling.

Ich: Hallo, Mama. Ich bin zurückgekommen. Das war vielleicht eine Quatschidee mit dem Wegziehen und dem Entdecken der Welt.

Mutter: Siehst du, Junge, ich hab es doch gleich gesagt. Du kannst wieder in dein Zimmer ziehen, es ist alles noch beim Alten.

Ich: Oh, toll, Mama, ich freu mich darauf, mit euch alt zu werden.

Mutter: Hans Bernd, der Junge kommt zurück, komm doch mal.

Vater: Was? (polter) Der Junge ist zurück? Na, ich hab's mir ja gleich gedacht. Was, Junge? Dann haben wir ja auch eine Zukunft für den Betrieb. Ich habe sogar einen Wagen für dich über, eine überdachte Zündkerze, eine echte Zwiebacksäge, hahahahahahahahahahahaha, die kannst du fahren, hahahahaha (er meint damit einen Trabi).

Ich: Hahaha

Alle: Hahahahahaha

Oder erfahren sie dieses Leben gar nicht als permanentes Glück? Vielleicht ist ihnen einfach nur alles egal, weil ihnen nicht einfällt, was sie sonst tun könnten. Den Eindruck hatte ich, als ich wegzog. Die negative Auslegung. Die positive Auslegung: Vielleicht sind sie bescheiden und demütig genug, um das Leben so nehmen zu können, wie es sich anbietet. Ich verdränge meine Gedankenspiralen und lasse das einfache Gefühl zu, dass ich zu ihnen gehöre. Für einen Moment bin auch ich glücklich, findet alles in mir seinen Platz und wir als Gemeinschaft zusammen. Vaters Witze sind die Straße, auf der wir wandern. Möge ihm der Teer nie ausgehen!

Mutters Essen schmeckt sehr gut. Daraus ist mein Körper im Grunde gemacht. Wenn man von mir abbeißen würde, würde ich lecker nach Mutters Essen schmecken, ich bin sicher.

Nach dem Essen legen sich Mutter und Vater ein wenig hin und ich sitze in meinem ehemaligen Jugendzimmer auf dem Bett, starre auf die Rupfen der Rauhfasertapete und stelle fest, dass ich noch jede einzelne davon auswendig kenne, ihre Position, Größe, die Distanz zur nächsten. Wie viele Stunden habe ich auf diese tumben Punkte gestarrt, und darauf gewartet, von ihnen erlöst zu werden?

Später am Nachmittag streune ich ein wenig durch die Stadt und laufe die Pfade meiner Jugend ab. Die Straßen sind menschenleer. Offenbar wird in dieser Stadt nur gewohnt, nicht gelebt. Wo seid ihr alle geblieben? Ich komme mir vor wie ein Fremder, der durch eine Geisterstadt geht. Dann begreife ich, dass es genau andersherum ist, dass ich der Geist bin, der durch diese lebendige Stadt wandert.

Ich laufe durch eine in mir versunkene Stadt, denn ich habe keine Beziehung mehr zu ihrem Hier und Jetzt. Je näher ich der Innenstadt komme, desto mehr Menschen tauchen auf. Fremde Menschen, die jetzigen Bewohner dieser Gegend und Zeitebene. Ich finde, dass sie alle sonderbar aussehen. Sie kommen mir aufgedunsen und verformt vor. Aus der Kreissparkasse, an der ich vorbeikomme, schreitet ein älterer Mann mit kahlem Kopf, seine Bewegungen sind unsicher, er hat ein graues Gesicht und sein Mund ist geöffnet wie ein Karpfenmaul, rote Warzen hat er dort und wunde Haut. Seine Augen erfassen mich nicht. Ich bin ein Geist. Er läuft mich fast über den Haufen, ich mache einen schnellen Schritt zur Seite. Es ist seine Stadt und sein Gebiet, er hat das Recht hier. Bin ich wirklich unsichtbar?

Meine Beine tragen mich von selbst zu den Orten, zu denen sie mich schon immer getragen haben, den Orten, wo ich und meine Freunde uns früher aufhielten. Im Stadtpark, an den Fundamenten des Turms der Cloppenburg, setze ich mich auf die Bank und warte. Automatismen. Ein Gefühl von ruhiger Gespanntheit fährt in mich, bis mir einfällt, dass ich niemanden zu erwarten habe. Es wird niemand kommen. Dies ist nicht mehr unser Treffpunkt. Es gibt uns gar nicht mehr, es hat uns zersprengt: nach Hamburg, Freiburg, nach Köln, Berlin und München. Und ab und zu, alle paar Monate, tauchen Einzelne von uns hier auf, Geister aus der Vergangenheit, und schauen nach den anderen, die nicht kommen werden. Überprüfen ihre Erinnerungen und ihre Gegenwart. Fliegen die Raben noch um den Turm? Nein. Sie sind für immer ausgeflogen.

Ich will meine Jugend zurück. Ich habe keine Lust, ein abgeklärtes, aufgeräumtes Leben zu führen. Ich möchte mit meinen Freunden abhängen, hier an diesen alten, versunkenen Mauern, zwischen den Bäumen, unter denen schon Generationen vor uns gesessen haben, sinnfrei, möchte in das unendliche Meer der Zeit vor uns starren, dieses Meer, das einem in der Jugend alle Sicherheit des Lebens und seiner Möglichkeiten vermittelt. Ich kann es nicht mehr. Meine Zeiger sind weitergewandert und haben mich mit sich geschleift.

Auch begreife ich jetzt, warum Jugendliche sich langweilen: Sie haben zu viel Zeit. Ältere Menschen leiden an zu wenig Zeit, Jugendliche an totalem Zeitüberfluss.

Zum Abendessen bin ich wieder zu Hause, es gibt Kohlrouladen und Alkohol. Erst Bier, danach holt Birne (ich darf ihn natürlich nicht so nennen, sonst wird er sauer) eine Flasche Korn aus dem Kühlschrank. Erst mal einen Zerhacker.

Wir unterhalten uns über Politik. Vater schmeißt reaktionäre Thesen durch den Raum, die zu sinnlos sind, um mich zu provozieren. (Wer zu Gast in Deutschland ist, muss sich auch wie ein Gast benehmen. Ich kotze dem Papst doch auch nicht auf den Petersplatz, zum Beispiel.) Ja, sicher, Birne, alles klar.

Wir anderen gehen nicht auf ihn ein, sondern nicken seine Themen ab. Er sollte besser zu den Witzen zurückkehren. Später ist Fernsehen. Thea geht nach Hause, und ich sitze da mit meinen schweigenden, abgeschalteten Eltern. Tatort. Tatort Cloppenburg. Ich bin nicht betrunken genug, um es hier auszuhalten. Da ist sie wieder, diese ziehende Unruhe. Was soll ich hier in dieser Gruft des fortgeschrittenen Lebens, in diesem Vorbereitungscamp des Todes? Das ist das Gefühl, das mich schon früher aus dem Haus getrieben hat und dann ganz aus der Stadt. Diese tiefe Unzufriedenheit, die lodernde Aktionslust, die bleckende Neugier, das Bellen der Möglichkeiten, die Angst vor der Leere der Nacht, die lockende Wildheit, die stechende Geilheit.

Ich gehe in mein ehemaliges Zimmer, krame einen alten Tuschkasten aus meinem Schrank und beginne mir das linke Bein mit grüner Tusche anzumalen. Unten hellgrün, oben dunkel. Als ich fertig bin, ziehe ich das Hosenbein wieder herunter und verstaue den Tuschkasten. Ich verabschiede mich von den Abgeschalteten, schmeiße meine Baseballjacke über und gehe los. In die toten, nassen Straßen. Kaltes Licht von Laternen spiegelt sich auf feuchtem Teer. Nachtwind streicht über mein heißes Gesicht. Meine Schritte sind zielsicher, ich weiß, wo ich hin will. Octopussy heißt mein Ziel.

Das Octopussy liegt in der Innenstadt, ein Barrestaurant mit einem Tanzkeller, in dem in der Woche Musik vom

Band läuft und am Wochenende ein DJ auflegt. Im Restaurant gibts griechisches Essen, meistens Calamari, und an der Bar Cocktails. Einen Großteil meiner nächtlichen Jugend habe ich hier verbracht. Jeden Freitag- und Samstagabend. Sonst gab es hier nicht viel, nichts für uns junge Leute.

Nach etwa zehn Minuten zügigen Gehens komme ich an. Das Gaststättenschild mit dem Happy-Face-Kraken, der Pommes Frites an den Saugnäpfen hält, erstrahlt am Ende der Straße. Hoffnung keimt in mir auf, hier werde ich ganz sicher ein paar alte Gesichter wiedertreffen. Nachts werden die verbliebenen Einsamen hier nach wie vor Einsame zum Einsamen suchen. Dies ist eine Zeitblase, an der speziellen Stimmung hier sind die Jahre spurlos vorübergegangen. Wann immer ich in der jüngeren Vergangenheit hierher kam, war da noch etwas von dem Spirit, den ich tagsüber in den Straßen schon lange nicht mehr finden konnte.

Schwungvoll stoße ich die Tür auf. Hi, Leute, ich bin zurück, alles klar, alles wieder gut, kein Problem, ich bin wieder da, wir sind wieder zusammen! Es ist bereits nach 23 Uhr, beste Zeit fürs Octo. Der Laden ist halb gefüllt. Es stehen einige Menschen an der Bar bei Kostas, dem Chef, andere essen noch. Aus dem Keller klingt leise und dumpf glatter Acidsound. Ich kann niemanden sehen, den ich kenne. Langsam lasse ich meinen Blick durch den Raum wandern. Die meisten Anwesenden sehen aus wie Kinder, junge, ausdruckslose Gesichter, öde Klamotten. Ein paar Normalos trinken Bier im Restaurant. Man beachtet mich nicht. Mir fällt wieder ein, dass ich ja ein Geist bin. Doch es muss jemand hier sein, den ich kenne, ich bin mir ganz sicher. Zwar bin ich fortgegangen damals und viele andere auch, aber einige aus unserer Gruppe haben den Absprung nicht geschafft. Auf die setze ich. Ich steige die Kellerstufen hinab. Unten, hinter einer Durchgangstür mit Bullaugen, läuft laute Musik, und im Strobolicht tanzen etwa vier Sechzehnjährige ungelenk wie Weberknechte vor sich hin. Ich bin enttäuscht, laufe wieder nach oben und bestelle mir an der Bar erst mal ein Bier. Neben mir sitzt auf einem Barhocker eine zusammengesackte Gestalt. Auf den zweiten Blick realisiere ich, dass es Fotzer ist, der dort hängt. Fotzer! Einer meiner ganz alten Freunde. Noch aus der Zeit, bevor ich Beatnik wurde. Einer aus meinem ersten Jugendkumpelhaufen. Einer, den ich immer mochte, obwohl schon früh klar war, dass bei ihm nicht viel gehen würde.

Fotzer ist in seiner Entwicklung etwa mit sechzehn stehengeblieben. Er hat damals einfach aufgehört weiterzumachen, sich zu bilden, zu wachsen. Dieser Zustand lässt sich sehr gut mit Alkohol konservieren. Er hat sich mit sechzehn quasi selber in Alkohol eingelegt und es somit geschafft, die Zeit und das Altern zu überlisten. Vermeintlich. Denn jetzt sieht er abgenutzt aus. Die Zeit hat ihn schließlich doch erwischt wie ein Bumerang. Er trägt die gleichen Klamotten: Jeanshemd und -hose, und auch die gleiche Frisur: schulterlanges, lockiges Haar, das durch einen Mittelscheitel geteilt ist. Eigentlich sieht er ein bisschen wie Wolle Petri aus, nur mit Wampe und großer Nase. Unter der Jeansjacke trägt er ein Exploited-T-Shirt. Mit der rechten Hand hält er ein halbvolles Bierglas umklammert. Ab und zu gibt er undeutliche Worte von sich: »die Schweine hab ich das gesagt, is mir doch egal, hab ich den einen gesagt ...«, in der Art.

»Hi, Fotzer«, sage ich, während ich ihm die Hand auf die Schulter lege.

Er schreckt wippend auf, schaut mir ins Gesicht und seine Pupillen versuchen mich zu fokussieren. »Härr urr, hä ... waf wills du, waf ...«

»Ich bins, Sonntag, Fotzer, kuck mich mal an.«

Er ist bereits wieder vornübergesackt.

Verdammt, der einzige Bekannte hier und ausgerechnet Fotzer. Ich bestelle ein großes Glas Leitungswasser, drücke es ihm in die Hand und beginne sein Bier zu trinken. Das braucht er ja nicht mehr. Das Octo füllt sich langsam. Es treffen immer mehr Provinzteenies ein, die unten im Keller abhotten wollen. Es sind auch ein paar hübsche Mädchen dabei. Ich kenne sie nicht, ich bin für sie ein Fremder, ich bin zu alt für sie. So schnell geht das. Ich sehne mich nach weiblicher Begleitung, nach einer Frau, die dazu bereit wäre, mich durch die Nacht zu führen. Fotzer schwingt aus seiner Bückhaltung, setzt sein Glas an und trinkt. Sein Gesichtsausdruck ist angeekelt von dem abstoßenden Geschmack reinen Wassers. Er trinkt aber trotzdem weiter. Etwas in ihm spürt, dass er sich damit etwas Gutes tut. Auf der anderen Seite neben mir steht eine junge Frau mit dunkelroten Haaren, schwarzer Kleidung und starker Schminke im Gesicht. Die Schminke hätte sie gar nicht nötig, da sie zumindest in Kostas funzeligem Tresenlicht recht hübsch zu sein scheint. Ich glaube, sie hat eine Gothicvorliebe. Um sie herum schwebt ein Hauch von Patchouli. Wie lange ich das nicht mehr gerochen habe! Zuletzt wahrscheinlich in der Hippieteestube im Haus der Jugend? Sie will etwas bestellen.

Ich beschließe spontan sie anzumachen, und zwar mit

einem der einfachsten und besten Tricks, die ich draufhabe. »Hi, darf ich dich zu etwas einladen?«

»Hm, ich ...« Nachdem sie sich etwas ratlos umgeschaut hat, sie wartet augenscheinlich auf jemanden, stimmt sie zu. »Warum eigentlich nicht, bin sowieso versetzt worden.«

Ich bestelle uns zwei Sambuca mit Bohnen, das oberste Hauptgetränk von Cloppenburg, mir dazu noch ein Bier und, nach einem fragenden Blick auf sie und ihrer Antwort, ein Glas Rotwein für sie. Sambuca und Rotwein, nicht schlecht.

»Weißt du«, sage ich direkt einstartend, »der Nachteil an Sambuca ist, dass ich darauf immer sehr stark körperlich reagiere.«

»Soso«, antwortet sie. »Wie denn? Kriegst du davon Pusteln oder Ausschlag, oder was?«

Die Sambucagläser stehen mittlerweile vor uns, und Kostas zündet den Alkohol mit einem Ofenfeuerzeug an.

»Nein, meine Finger fangen davon an zu brennen«, antworte ich, stecke den Zeigefinger in den flammenden Schnaps und ziehe ihn heraus. Eine bläuliche Flamme züngelt auf meiner Fingerspitze, und ich ziele damit auf sie. Nach etwa zwei Sekunden, kurz bevor ich mich verbrenne, stecke ich den Finger in den Mund. Sie lächelt müde.

»Nein, im Ernst«, sage ich, »ich kriege von Sambuca immer ein grünes Bein.«

Jetzt muss sie lachen. Wir heben unsere Gläser und stoßen vorsichtig an, blasen die Flammen aus und trinken auf Ex. Süß und heiß rinnt der Brand unsere Kehlen herunter. Danach schmeißen wir die Kaffeebohnen ein und zerbeißen sie knackend. Ich trinke direkt einen Schluck Bier hinterher.

»Was ist denn jetzt mit deinem Bein?«, fragt sie mich halb belustigt, halb gelangweilt. Was soll schon mit meinem Bein sein. Ich ziehe das rechte Hosenbein hoch. Sie sieht die normale Hautfarbe, und ich mache einen erleichterten Gesichtsausdruck. Sie hat nichts anderes erwartet. Ich ziehe das linke Hosenbein hoch, meine Augen nehmen langsam einen erschreckten Ausdruck an. Sie hat erst gar nicht nach unten geschaut, reagiert jetzt aber auf meinen Blick und senkt den ihren. Ich sehe ein Erstaunen in ihren Augen. Verblüffung, Erschrecken. Je weiter ich das Hosenbein lüpfe und je dunkler die Farbe wird, desto entsetzter ist sie. Ich spiele ebenfalls den Entsetzten.

»Siehst du«, sage ich, »ich habs doch gesagt, da ist es wieder, es wird immer schlimmer, so grün wars noch nie.«

Sie schaut mir in die Augen, sucht nach der Lösung, schaut wieder runter. In dem Moment schlägt mir Kostas von hinten auf den Rücken.

»He, Sonntag, machs du wieda grüna Bein? Erschreck die arme Mädche nich so. Die kriegt sonst noch Herzschlag!«

Kostas, du Verräter. Sie sollte doch nicht mitkriegen, dass das Ding hier meine Masche ist, verdammte Scheiße!

Sie schaut zu Kostas, dann zu mir, dann lacht sie lauthals. Sie lacht und schlägt mir dabei aufs Bein. Ihre Hand verfärbt sich grün.

»Das ist echt gut, Mann, hahahaha!« Das Ding zündet, selbst wenn man verraten wird. Ich bin stolz auf die Idee und krempele das Hosenbein wieder runter. Die Basis ist bereitet. Ich gefalle ihr, sie findet mich cool. Das ist mehr als die halbe Miete. Auch sie gefällt mir immer besser. Sie scheint eine der wenigen Dropouts zu sein, die diese Stadt in letzter Zeit hervorbringen konnte. Die Jugendlichen werden immer normaler, haben nichts Wildes und Aufbegehrendes mehr, sie sind alle gleichgeschaltet, sie kaufen sich ihre Individualität von der Stange, sie sind langweilig. Sagt sie. Als bereits etwas Ältere. Ich bin ganz ihrer Meinung. Hat wohl mit meinem Alter zu tun.

Kostas, der meinen Beintrick schon immer unterstützt hat und meine Sehnsucht nach Frauen kennt, schenkt uns fortwährend ein, und wir reden und lachen und reden. Schließlich, nach Stunden, werden wir uns handelseinig, und sie erklärt sich bereit, mit zu mir zu kommen.

Ich frage Kostas: »Kostdas?«

Er antwortet: »Nix, is Sonntag.«

Dieser Dialog ist schon seit ewigen Zeiten in unserem Repertoire. Zahlen muss ich natürlich trotzdem. Wir wühlen uns durch die schwitzenden Kinder nach draußen. Vor der Tür steht eine Menschentraube. Ich erkenne von der Treppe aus, dass in ihrer Mitte Fotzer einem fremden, gedrungenen Typen gegenübersteht. Fotzer hält ein Stilett in der Hand und brüllt immer wieder:

»Was willst du denn, du Sau? Du bludest heude noch, das schwör ich dir, du bludest heude noch!«

Ich muss grinsen. Ich nehme die schöne Fremde, nach deren Namen ich aus lieber, alter Gewohnheit nicht gefragt habe, bei der Hand und wir schlingern in Richtung meines Elternhauses.

Hinten im Garten ist ein kleines Gästehaus, in das wir gehen können, ohne meine Eltern zu wecken. Ich bin so froh, dass sie bei mir ist, dass ich nicht zu Hause bleiben musste, dass ich nicht allein nach Hause zurückgekommen bin, dass doch noch einmal alles wild und aufregend und warm werden konnte, hier in dieser Ex-Stadt.

Das Gästehaus ist unbeheizt. Wir ficken, bis wir einschlafen. Wir haben keine Zeit zum Frieren.

28

Ich wache durch das Gefühl von Betonspeichel auf, der meine Kiefer zusammenklebt. Die Nachwirkung von Sambuca. Alles an und in mir ist verklebt. Langsam öffne ich die Augen, taste um mich. Wo ist sie, die Rote, Warme, die mir so gefällt, auf die ich in dieser Sekunde schon wieder Lust bekomme? Ich stütze mich auf die Ellenbogen und schaue mich im Raum um. Das Laken neben mir ist total verschmiert mit schwarzer und roter Farbe. Ihr halbes Gesicht muss dort in der Nacht hängen geblieben sein. Ich schaue an mir runter und sehe, dass unten das Laken mit grüner Farbe eingesaut ist. Die grüne Farbe, die notwendig war, um die rotschwarze Farbe hier ins Bett zu bekommen.

Aus der Dusche kommen plätschernde Geräusche. Ich springe auf, segele auf meinem Restalkohol Richtung Dusche, zünde mir auf dem Weg eine Zigarette an und stehe schließlich vor dem Duschvorhang. Langsam schiebe ich ihn beiseite und sehe sie vor mir: mit geschlossenen Augen, das Gesicht dem Duschstrahl entgegengereckt. Ich kann sie kaum wiedererkennen. Die Schminke hat ihrem Gesicht einen total anderen Ausdruck verliehen. Jetzt wirkt sie bleich, zerbrechlich. Sie hat fast keine Augenbrauen und schmale Lippen. Ich bin erschreckt. Gefällt sie mir noch? Immer ist alles Täuschung. Nichts als Oberfläche und Täuschung. Lack und Alkohol. Aber sie ist so humorvoll, so wild, so aufrichtig, so sexuell. Sie gefällt mir. Eigentlich ohne Schminke viel besser als mit.

Ich hasse Schminke. Douglas-Planet der Lüge. Um Männer über Fehler hinwegzutäuschen, über die sie gar nicht hinweggetäuscht werden wollen. Ich möchte lieber mit den Fehlern schlafen als mit der Lüge. Ich puste ihr meinen Rauch ins Gesicht und sie öffnet erschreckt die Augen. Ihr Blick ist etwas verschämt, als sie mich durch das fallende Wasser anschaut. Das Wasser umrinnt uns. Als sie merkt, dass sich zwischen meinen Beinen etwas regt, drückt sie mich sanft von sich.

»Jetzt nicht«, sagt sie ruhig.

Ich steige aus der Dusche, um ihr nicht zu nahe zu bleiben und mich abzuregen. Die Zurückweisung ist mir peinlich. Ich lege mich, nass wie ich bin, wieder ins Bett. Nach einiger Zeit döse ich ein. Als ich wieder erwache, ist sie weg. Auf dem Nachttisch liegt ein Zettel: *Du bist ein richtig guter Typ. Ich würde Dich gerne wiedersehen. Wenn Du Lust hast, ruf mich an, ich könnte Dir helfen mit Deinem grünen Beinproblem. Kuss: Nadja, 0536/424289*

Ich bin traurig, dass sie weg ist, aber auch ein bisschen erleichtert. Zu Mittag erscheine ich im Haus, nachdem ich im Gästehaus die Spuren des farbigen Exzesses beseitigt habe. Ich führe einen ausgewachsenen Kater in mir an der Leine.

»Na, mein Junge, wo warst du gestern? Noch bei Kostas?«, fragt mich meine Mutter, die wie immer in der Küche steht.

»Ja, hab noch ein paar Bier getrunken, aber viel war nicht los«, lüge ich, während sich meine Fahne wie ein Nebel des Grauens in die Küche legt.

Natürlich bemerkt meine Mutter die Lüge, ignoriert aber den Tatbestand. Sie will sich ja keine Sorgen mehr machen.

Mutter, Vater und ich speisen zusammen zu Mittag, Thea ist woanders. Während des Essens und einer Diskussion über meine Zukunft und Vaters Fahrschule beschließe ich so schnell wie möglich abzureisen, zurück in meine Jetztzeit, in die Stadt, in der meine Uhr schlägt und mein Herz, in die Stadt, in der ich mein Leben zurückgelassen habe, zumindest das, was ich davon noch habe.

Ich erzähle den beiden, dass ich heute einen wichtigen Vorstellungstermin in einem Grafikbüro hätte. Auf die Frage meiner Mutter, ob die denn auch Vorstellungsgespräche am Wochenende machen würden, entgegne ich, dass man dort immer arbeiten würde. Das erzeugt den Respekt, den ich mir erhofft hatte. Immer arbeiten, vor so was hat man als normaler Deutscher schon Respekt, auch wenn der Bereich, in den diese Arbeit fällt, nicht sonderlich bodenständig ist, sondern eher künstlerisch, also de facto etwas Schwules hat. Zumindest denkt mein Vater so, das spüre ich. Ich hole meine Tüte von oben, steige die Treppe wieder herab und verabschiede mich krumm und unfähig von meinen Eltern. Vater steckt mir ein Bündel Geldscheine zu und macht eine vertuschende Handbewegung. *Danke, großer Lebensspender. Arme Mama, du tust mir leid. Aber du willst es auch nicht anders. Ihr wollt es alle nicht anders. Ihr wollt es so, wie es ist. Bitte schön, da habt ihr den Salat. Ich werde Nadja anrufen und wiedersehen, wenn ich das nächste Mal zurückfahre in die Vergangenheit.*

29

Ich bin froh, wieder nach Hamburg zu kommen. Auf einmal erscheint es mir wie das Paradies, alles scheint hier möglich, zu jeder Tages- und Nachtzeit. Diese Stadt lebt. Für mich. Weil ich in ihr lebe. Die Fahrt durch Harburg erhebt mich, das folgende Gewirr an Schienen, Brücken, Flussarmen, Fleten, Industrieanlagen, die sich auftürmenden Schuppen, Häuser und Bürotürme, die ich aus den Fenstern des langsam fahrenden Zuges beobachten kann, deuten die Aktivität dieser Metropole an. Hier gibt es für jeden Platz, hier gibt es für jeden ein paar Gleichgesinnte. Wer so viel wertvolles Material in so geordneten Strukturen anordnen kann, wie es die Bewohner dieser Stadt können, der hat auch einen Platz für die, die keine Struktur haben, weil sie flüssig sind. Überflüssig. Mein Kater hält sich durch die Erinnerung an das Liebesgeschenk in Grenzen. Diese Unkosten zahle ich gerne dafür, dass mein Herz aufgefüllt ist. Am Hauptbahnhof verlasse ich den Zug und schlendere durch die Straßen nach Hause. Eine weite Strecke mit vielen Gesichtern liegt vor mir. Ich sammle Gesichter wie andere Briefmarken. Ich habe die besten Gesichter der Welt in meiner Sammlung, unbezahlbare Gesichter. Ich gehe langsam und schaue mir die Menschen an.

Auf dem Rathausmarkt steht eine Gruppe Japaner, die sich gegenseitig fotografieren. Wie zufällig stelle ich mich im Hintergrund mit ins Bild. Den Japanern falle ich unter den herumlaufenden Touristen gar nicht auf. Mir gefällt die Idee, dass sie mich alle in ihren Fotoapparaten mit nach

Hause nehmen, auf die andere Seite der Welt. Dass ihnen beim gemeinsamen Anschauen der Fotos vielleicht irgendwann auffällt, dass auf allen derselbe bleiche Typ in zu kleinen Klamotten im Hintergrund rumhängt und dämlich in die Kamera blickt. Genau in die Linse. Absicht. Was sie dann wohl von mir denken werden? Dies gehört zu der Art von Geheimnissen, wie sie mir gefallen. Bei jeder sich bietenden Gelegenheit stelle ich mich unauffällig zu Touristengruppen und lasse mich mit fotografieren. Was für ein tolles Hobby! Das könnte ich immer machen. Nach zwei Stunden des Schlenderns und des Unbemerkt-fotografiert-Werdens komme ich zu Hause an.

Ich bleibe einen Moment vor der Tür stehen und freue mich über den Schnipselregen von Frau Postel. Für mich ist das jedes Mal ne Kunstaktion. Man sollte sie dafür bezahlen, den ganzen Tag zu schnipseln. Bruno ist nicht zu Hause. Als ich einen Blick in sein Zimmer werfe, stelle ich fest, dass es leer ist. Bis auf ein paar dreckige Socken, etwas Unrat und sehr viele Fliegen. Was ist denn jetzt los? Ist Bruno ausgezogen, geflüchtet, entführt worden? In der ganzen Wohnung ist keine Nachricht zu finden, keine Indizien über seinen Verbleib. Muss ich mir Sorgen machen? Eigentlich nicht. Bruno ist so unberechenbar. Er wird wieder mal irgendeine dumme Aktion laufen haben, ich sollte mir nicht den Kopf zerbrechen. Vielleicht ist er ja zu seiner Freundin gezogen. Viel Spaß dabei! Auch in der unaufgeräumten Küche wimmelt es von Fliegen. Vor allem Fruchtfliegen: Drosophila Melanogaster (schwarzbäuchige Taufliege, Kulturfolger, einer der ältesten und treuesten Begleiter des Menschen, seit dieser sich über die Erde ausbreitet).

Jetzt fällt mir ein, was Typen wie Bruno und ich eigentlich

von Haus aus sind: Fliegenzüchter. Bei Typen wie uns leben viele Insekten, vor allem Fruchtfliegen. Typen wie wir haben diese Rasse über die ganze Welt verteilt. Ich bin Fliegenzüchter, könnte man mich nicht dafür bezahlen? Eines weiß ich jedenfalls genau: Ich will kein Fahrlehrer werden. Ich will kein Fahrlehrer werden! Dabei habe ich nichts gegen Fahrlehrer. Das ist ein anständiger und notwendiger Beruf, ich kenne sehr nette Fahrlehrer! Aber ich persönlich werde keiner davon werden.

Dennoch: Irgendetwas muss ich ja machen. Sonst bin ich gar nichts. Ich denke an Frau Postel, an den Schnipselregen, und dann fällt es mir wieder ein: Ich bin doch Künstler. Ich habe einen Studienplatz an der Hochschule. Vielleicht sollte ich wirklich wieder anfangen, meinem Leben eine Richtung geben, mich konzentrieren und entscheiden. Etwas zu sein, das über die Ahnungslosigkeit meines jetzigen Seins hinausgeht. Vielleicht ist es tatsächlich eine Frage der Entscheidung.

Eins ist Fakt: Ich bin Kaputtalist. Nieder mit dem Kaputtalismus!

Ich muss mich zusammenreißen und neu aufbauen. Zu etwas Schönem, Begehrenswertem mit großen, schimmernden rosa Schwingen aus Zellophanpapier und einer weichen Schnauze, modelliert aus Orangenmarzipan. Ich werde nach Raumspray duften und leise, weiche Sounds von Jan Hammer werden mir aus den Achselhöhlen pullern. Meine messerscharfen Zähne sind aus Duftkerzenwachs geformt. Ich habe eine zwanzig Meter lange, gleitende Leckzunge, und alle wollen Partys in meiner Mundhöhle feiern, weil es so gemütlich ist, wenn man meine Zähne anzündet. So werde ich wahrscheinlich sein.

Aber bis dahin ist es noch ein weiter Weg.

Zuerst muss ich Sozialhilfe aufgeben und mein Kunststudium wieder aufnehmen. Dann muss ich versuchen, Mia von ihrer Zuneigung zu mir zu überzeugen. Und dann werde ich ein richtiges Leben führen.

Ein richtig tolles Leben.

Aber eins nach dem anderen.

30

Ich habe Mia angerufen. Sie hat sich gefreut und gesagt, dass sie mich gerne treffen würde. Am Freitagabend will sie mit mir ausgehen. Wir wollen uns gegenseitig unsere Lieblingsorte zeigen. Das macht man ja nicht mit jemandem, von dem man nichts will. Hoffe ich.

Auch Doktor Frank habe ich angerufen und neue Termine vereinbart. Er soll mir endgültig die Hutschnur nachziehen. Ich will raus aus dem Morast.

Ich habe mir die Studienpläne von der HfbK besorgt, um Kurse zu belegen. Ich werde mein Studium wieder aufnehmen und meine Zwischenprüfung ablegen. Einige gute Ideen dazu habe ich auch schon.

Wiener Kalle hat mir zwei feste Tresenjobs die Woche gegeben, so habe ich ein festes Auskommen und kann endlich die verdammte Sozialhilfe kündigen. Dieses Leben auf Pump widert mich an. Heute morgen gehe ich zum Sozialamt. Ich gebe mir keine Mühe mit den Klamotten. Ich will ja sowieso nichts. Ich möchte nur etwas loswerden, eine Abhängigkeit. Ich bin schlampig gekleidet, putze mir extra nicht die Zähne. Ich möchte mich von meiner schlechtesten Seite zeigen und dann auch das Geld ausschlagen. Der Triumph eines Überflüssigen.

Um 9 Uhr 30 laufe ich durch die engen Gänge des Sozialamtes Altona, Große Bergstraße. Die Bergstraße hat ohnehin schon etwas Ghettomäßiges, aber hier drinnen kommt alle Tristesse zusammen. An den ewig langen Flurwänden sitzen auf Stühlen dicht gedrängt die Bedürftigen und warten mit grauen Gesichtern in fahlem Licht auf den Aufruf ihrer Nummer. Ab und zu braust Geschrei auf, manchmal fliegen die Fäuste, Kinder weinen, die Hoffnungen aller sind auf ein absolutes Minimum zurückgedimmt. Hinter den Arbeitszimmertüren sitzen professionelle Hoffnungsdimmer. Das ist deren Job: Hoffnungen dimmen.

Ich ziehe eine Zahl aus einer roten Walze und setze mich neben eine junge Türkin mit Kopftuch. Sie schaut mich nicht an. Warum gibt es eigentlich keine amourösen Querverbindungen zwischen unseren Völkern? Wo wir doch so nah zusammenleben? Ich kenne keine türkisch-deutschen Paare. Ich bewege mich aber auch in einem Areal der Welt, das Türkinnen ungern freiwillig besuchen. Ich bin einfach zu unseriös für eine Muslimin.

Ich warte eine Ewigkeit. Vor mir sind bestimmt fünfzehn Menschen an der Reihe. Sie alle verschwinden wortlos hinter der Tür mit dem Schildchen 7.22 und erscheinen mit erloschenem Gesicht nach etwa zehn Minuten wieder. Sie hatten eine Begegnung mit einem Zombie.

Ich döse vor mich hin, und schließlich, nach etwa zwei Stunden, ertönt der Gong, und meine Nummer erscheint auf dem Display an der Flurdecke. Ich betrete das Zimmer.

»Guten Tag, setzen Sie sich bitte da hin, nein, nicht da, ich sagte da!« Der Typ, der das sagt, gereizt sagt, ist um die vierzig, dünn, sehnig und sieht irgendwie vogelig aus. Er trägt eine Stonewashed-Jeans, ein Hawaihemd, eine kurze stachelige Mittelscheitelfrisur und eine Nickelbrille mit kleinem Rahmen, der die Augen scharf umfasst. Die Brillengläser sind sehr dick, seine Augen wirken riesig, doch blind dahinter.

Ich setze mich trotzdem auf den ursprünglich angesteuerten Platz. Was will er mir denn? Er schaut mich nicht an, er hat so gut wie keinen Blick auf mich geworfen, ich bin für ihn ein Schemen.

»Nein«, bellt er. »Dahin sagte ich. Das ist der Platz, dahin!«

»Wieso, hier ist es doch genauso gut«, antworte ich von dem Stuhl daneben. »Das ist mir von der Distanz her lieber.«

»Sie setzen sich jetzt auf diesen Platz, oder Sie gehen wieder, so einfach ist das!«, sagt er, nun mit gespielt gleichgültigem Ton. So sind sie, diese Seelenzerstörer, immer und bei jeder Gelegenheit Menschen runtermachen und das Gegenüber auf den Platz in der Gesellschaft verweisen, auf den es gehört: dem direkt vor ihm, dem untersten! Lässig und gemächlich stehe ich auf und wechsele den Platz. Während er weiter auf seinen Computerbildschirm starrt, nimmt er meinen Platzwechsel aus den Augenwinkeln wahr.

»Oh, hier ist ja noch ein Platz frei. Ich habe mich jetzt auf diesen Platz gesetzt, der ist besser«, sage ich.

»Das hat nichts mit besser oder schlechter zu tun, sondern mit Regeln«, antwortet er knapp und soldatisch. Er dreht sich das erste Mal zu mir, das ist sein Showeffekt. Seine Augen bleiben auf mir hängen. Kalte, kleine Augen, die wie Schläuche funktionieren. Wo sie einen berühren, dort ist man verätzt, mit Säure verätzt, eine kalte Säure aus Demütigung, Verachtung und Emotionslosigkeit. Der ist so abgewetzt, so ausgebufft, so zerschlissen, den berührt gar nichts mehr. Wie könnte er diesen kranken Beruf auch sonst bewältigen, als durch das vollständige Ablegen von menschlichen Gefühlen. Ich kenne ihn schon länger. Ich vergesse ihn nie, er mich immer wieder.

»Name?«, hebt er in Gestapoton wieder an.

»Sonntag, Michael«, erwidere ich und spule meine Personendaten ab.

»Tja, dann wollen wir mal schauen, was wir da haben. Ah ja, ja, Herr Sonntag, Sie kriegen Sozialhilfe. Das läuft ja. Was wollen Sie denn nun von mir?« Er macht ein förmliches Gesicht, wartet auf meine Bitte und seine Möglichkeit, diese auszuschlagen. Leute wie er sind Soldaten. Soldaten einer Spezialgruppe im Krieg des Alltags. Im Krieg Staat gegen Bürger. Jeden Tag über Hunderte von Schicksalen entscheiden. Immer zugunsten des Staates, um den Staat vor all den Parasiten und Putzerfischen zu schützen. Seine Passion muss das Nein-Sagen sein.

»Ich möchte die Sozialhilfe kündigen, ich brauch sie nicht mehr.«

Erst schaut er mich für eine Sekunde ungläubig und ein wenig enttäuscht an. »Ja, das hört man gerne, das gefällt. Gut, das übernehmen wir mal.«

Wir gehen alle Formalien durch und bereits nach wenigen Minuten sind wir fertig mit meinem Beendigungsprozedere. Als ich weiß, dass er mir nichts mehr kann und unser Abschied vor uns liegt, den er sicherlich zelebrieren möchte, springe ich auf und knalle die Hacken zusammen, ich hebe die rechte geballte Faust und schreie: »Heil Hitler, du Knallfrosch!« Er schaut mich mit offenem Mund an, und ich verlasse lächelnd den Raum. Ich schließe die Tür, draußen sitzt die Türkin, sie schaut mich mit ihren schönen Mandelaugen an, und ich sage froh zu ihr: »Endlich keine Sozialhilfe mehr!«

Sie lächelt mich an. Vielen Dank dafür. Eine Sonne in meiner Brust.

Als ich das Sozialamt verlasse und auf die Große Bergstraße trete, ist diese ebenfalls von hellem Sonnenlicht erfüllt. Ich bleibe stehen und atme auf. Ich fühle mich so befreit. Losgekommen zu sein von diesem Tropf, von dieser Nabelschnur. Ich möchte nie wieder in eine derartige Abhängigkeit zurück. Ich möchte das Gesicht des toten Sachbearbeiters nie wieder sehen. Er ist für mich das Schlechte unter der Sonne.

Meine Geldvorräte, die mir Birne zugesteckt hat, werden eine ganze Zeit reichen. Achthundert Mark, davon kann ich lange leben.

Ich gönne mir einen Einkauf bei Lidl. Die Urhorde steht wie immer dort, aber der Pfahlmann ist nicht da. Er ist verschwunden, sein Pfahl ist leer. Auch seine Tüten sind weg. Hat er zurückgefunden in sein Leben, oder ist er endgültig vernichtet worden? Zu schnell gefallen, zu heftig aufgeprallt? Ich trete zu der trinkenden Gruppe.

»Sagt ma, da saß doch immer son Typ auf dem Pfahl. Wo ist der denn hin, ich suche den.«

»Ach, Behrendsen, der is wech. Den hat seine Frau abgeholt«, sagt ein älterer Trinker.

»Wie?«, frage ich ungläubig.

»Ja, eines Tages hielt hier ein Opel an, und das war wohl seine Alte. Auf jeden Fall hat der seine Tüte genommen und ist wortlos hinten eingestiegen. Und dann hat seine Alte die Tüte mit dem Eierlikör aus dem Fenster geschmissen, und denn is der nie wieder gekommen«, grunzt er mit rauer Stimme.

Ich denke kurz darüber nach, ob ich fragen soll, was mit dem Eierlikör passiert ist, verkneife es mir aber. Könnten die Herren persönlich nehmen.

Unglaublich. Das gibts doch gar nicht. Ist das jetzt ein Happy End oder das Gegenteil? Ich werde es nie herausfinden. Ich war grade so weit, mit dem Pfahlmann eine WG aufzumachen, habe ja zurzeit ein Zimmer frei. Ich hätte es gemacht.

In den nächsten Tagen besuche ich wiederholt Kurse an der Kunsthochschule. Am besten gefallen mir die von Bödner, meinem Prof, und seinem Kollegen Kromer. In einem der Kurse geht es um die künstlerischen Arbeiten der Studenten. Bödner und Kromer spielen abwechselnd den Kritiker und den Fürsprecher und beweisen sehr einleuchtend, dass Kunst nur so gut ist, wie man über sie urteilt.

Nach der Uni fröne ich in der Innenstadt meinem neuen Hobby: Ich werde Gesammelter. Ich werde der meistfotografierte Privatmensch der Geschichte werden. Ich werde mich auf subtile Art nachweisbar machen. Stundenlang stelle ich mich bei immer neuen Touristengruppen wie zufällig in den Bildhintergrund. Ich entwickele einen speziellen Gesichtsausdruck, der so was wie mein Markenzeichen sein soll, wie es zum Beispiel bei Dalí das hysterische Psychogesicht war, so generiere ich ein dümmliches Lächeln, bei dem ich den Mund zu einem Entenschnabel verforme und die Augen halb schließe. Die Mimik ist unauffällig genug, um mich agieren zu lassen, aber auffällig genug, dass ich beim Betrachten der Bilder später unübersehbar sein werde. Ich werde zu einem tausendfachen Wundern und Rätseln verführen.

»Du kuck mal, wat is dat denn da hinten für ne Jeck? Kennst du den?«

»Nee, den hab isch noch nie jesehen, oder war der in der Kölner Reisegruppe dabei?«

»Nee, dat wär mir aufgefallen. Wat macht der denn da?«

»Kuck mal, auf diesem Foto is der auch drauf und auf dem auch, und hier ... nee, sach ens, der is ja überall mit drauf, wat is dat denn?«

»Isch weiß nisch, vielleicht is dat ja ne Taschendieb.«

»Kuck mal, der hat auf allen Fotos diesen dummen Ausdruck im Gesicht, und wie schäbig der aussieht!«

»Meinst du, dat wir die Fotos der Polizei übergeben sollten?«

»Isch glaube, besser is dat, der is mir irjendwie unheimlich.«

Ich bin der Geist von Hamburg. In Hamburg kennt man mich nicht, aber überall sonst auf der Welt betrachtet man mich und wundert sich.

Um die Aktion beweisbar zu machen, führe ich einen kleinen Fotoapparat mit mir und fotografiere nach bestandenem Shooting die Reisegruppe. In wenigen Tagen habe ich bereits über hundert Beweisbilder meiner Kunden und Mitarbeiter, die ich wiederum zu Hause bei mir an die Wand hänge mit einem kleinen Schildchen über den Herkunftsort, den ich anhand der Sprache, des Aussehens oder eines Aufdrucks auf dem Reisebus erahnen kann. Dies soll meine Zwischenprüfungsarbeit sein. Ich bin gespannt, was Bödner dazu sagt. Ich vermute etwas wie: Was soll der Quatsch denn? Oder: Und wie wollen Sie davon leben? Hahahaha. Oder: Das ist ja ganz lustig, aber keine Kunst.

Ich selber bin hochzufrieden mit meiner Arbeit. Auch wenn ich zugeben muss, dass die Verwertbarkeit bis jetzt noch in Frage steht.

Bruno taucht nicht wieder auf. Ich habe bei der Polizei angerufen und in verschiedenen Krankenhäusern, habe einige Freunde gefragt, niemand weiß etwas. Mellas Nummer habe ich nicht, weiß auch nicht, wo sie wohnt. Für eine

Vermisstenanzeige ist es noch zu früh. Ich werde abwarten müssen, spüre aber, dass ihm nichts passiert ist. Ich räume sein Zimmer auf, schmeiße den Müll weg, wische es aus und lüfte es. Ein leerer, freier Raum. Auch den Rest der Wohnung bringe ich auf Vordermann. Im Kühlschrank haben sich Lebensmittel der letzten drei Jahre angesammelt. Vorne stehen die neueren, aber in den hinteren Winkeln halten sich die abgelaufenen, lebenden, sich verändernden verborgen. Ich rieche an einer Milchtüte und muss spontan loslachen. Während ich an der Tüte rieche, drücke ich leicht mit Daumen und Zeigefinger auf ihre Seiten, um Luft entweichen zu lassen. Dabei macht die Tüte ebenfalls riechende Geräusche. Die Frage ist also: Wer riecht hier an wem?

Noch zwei Tage, dann treffe ich Mia. Endlich haben wir ein Rendezvous.

Die Nachtarbeit im Foolsbüttel beginnt erst nächste Woche. Ich kann also mit meiner Zeit spendabel umgehen. Wenn ich nicht mit Touristen arbeite, lasse ich mich los, schlendere durch das Viertel, über Hinterhöfe, schaue mir die Giebel der Häuser an, die ich früher nie beachtet habe, und entdecke Dinge, die mir sonst immer entgangen sind. Man muss sich Zeit nehmen für den Müßiggang, sonst kann er sich nicht entfalten.

Am Samstagmittag ist Feldstraßenflohmarkt und ich gehe mit Siggi und Tobbs dorthin. Es ist ein gesellschaftliches Ereignis. Zumindest ist das Angebot an Gesichtern so groß, dass ich mich nicht auf den feilgebotenen Ramsch konzentrieren kann. Wir treffen viele Freunde und Freundinnen, einige unterhalten auch Stände hier. So findet man alte Geburtstagsgeschenke von sich wieder. Siggi hat einen Mordskater und muss ständig zu Wurstbuden, um sich Bier in Plastikbechern zu holen. Ohne Bier erträgt er den Menschenauflauf nicht.

Während ich den Blick über die Einkäufer wandern lasse, bleibe ich in zwei tiefen Augen stecken, die mich kalt anschauen. Ich erkenne Taruk, meinen Verfolger, er steht etwa zwanzig Meter von mir entfernt, allein zwischen einigen Tischen, und zeigt mit dem Finger auf mich. Er spricht irgendwelche bösen Sachen in sich hinein. Ich bin schlagartig auf hundertachtzig. Kann der mit diesem widerwärtigen Psychomüll nicht endlich aufhören? Ich zeige Siggi und Tobbs meinen Stalker und rufe zu ihm rüber:

»Was willst du eigentlich? Ich kenne dich nicht. Was ist dein Problem? Lass mich endlich in Ruhe oder geh zu nem Arzt oder so.«

»Du weißt doch genau, was du gemacht hast, auf Kampnagel. Das warst du doch, gib das doch zu«, antwortet er.

Wir drei nähern uns ihm langsam.

»Was auf Kampnagel? Wann denn? Ich war die letzten zwei Jahre nicht auf Kampnagel. Ich geh da selten hin. Was soll denn da gewesen sein?«

Er ist etwas unsicher geworden, greift sich mit der einen Hand in die Bomberjacke. »Doch, das warst du. Wenn du sone Scheiße machst, musst du dich nicht wundern!«

Ich bin nur noch genervt. »Ich kenne dich nicht, ich hab nichts gegen dich und nichts für dich. Ich will nichts von dir. Lass mich einfach in Ruhe, verstehst du? Lass mich einfach in Ruhe!«

Ich drehe mich um, und wir gehen langsam weg. Taruk bleibt stumm stehen, er wirkt so, als ob er sich seiner Sache nicht mehr ganz so sicher wäre. Das wäre natürlich ein Traum, wenn dieser Psychomist endlich aufhörte. Ich hatte zwischendurch schon überlegt, aus diesem Viertel wegzuziehen. Ich bedanke mich bei Tobbs und Siggi. Beide gestehen mir zu, dass der Typ wirklich unangenehm wirkt.

Ich kaufe mir an einem Stand ein Ölgemälde, auf dem eine Frau und ihr Kind zu sehen sind. Der Maler hatte weder Talent noch Stil, Vision oder Übung. Die Mutter gleicht einem hässlichen, blond gelockten Ritter, und dem Kind stehen die Zähne wie ein loses Gebiss vorne aus dem Mund heraus. Ein wirklich schönes Gemälde, das perfekt in meine kleine Sammlung von Privatkunst passt.

Ich sammle seit Jahren misslungene Bilder. Ich verabschiede mich von meinen Freunden und trage das Bild nach Hause. Heute ist mein großer Tag, heute werde ich Mia treffen, heute wird sie mir einen ganzen Abend mit sich spendieren. Ich räume die Wohnung auf, vielleicht landen wir ja noch bei mir, und höre dabei laute Musik. Nino Rota: Amacord. Dann bade und rasiere ich mich, schneide mir die Haare mit einer Nagelschere nach, vernichte einige Pickel und lege mich aufs Bett, um zu warten. Das Parfum muss einwirken. Parfum muss stundenlang in die Haut einziehen können, um seine ganze Tiefenwirkung zu entfalten. Jörg Draeger hilft mir beim Warten. Einmal nur Jörg Draeger sein. Jörg Draeger, charmanter Herrscher des gigantischen Omareiches. Um 19 Uhr 30, nachdem das Parfum mich durchdrungen hat und wie ein Overall sitzt, kleide ich mich an.

31

Ich ziehe einen schwarzen, engen Anzug, ein dunkelblaues Hemd, dazu einen schwarzen Schlips an. Bei der Anzugjacke verschließe ich selbstverständlich nur den untersten Knopf, alles andere wäre Spießerkram. Zu dem Anzug passen dünne Stiefeletten mit flachen Absätzen, ein Gürtel mit Goldschnalle, ein Goldring und eine Golduhr, alles Fake, selbstredend. Ich mustere mich im Spiegel und stelle fest, dass ich wundervoll aussehe: männlich, frisch, etwas gefährlich und verarmt. Stilsicher zerlottert. Anders ausgedrückt: unwiderstehlich. Ich bin der größte Angeber der Welt und aller Zeiten! Ha!

Um Punkt acht Uhr verlasse ich die Wohnung, um zu ihr rüberzugehen. Ich fliege die paar Meter bis zu ihrem Hauseingang, betätige die Klingel, und nach einigen Sekunden schnarrt der Öffner. Sie ist da, sie hat es nicht vergessen! Langsam und voller Hochgefühl durchschreite ich den Flur zu ihrer Wohnung hinauf, wie das letzte Mal, ohne Licht anzumachen, um das Geheimnisvolle des Dunkels auszukosten. Ihre Tür steht offen, ich trete ein. Gegenüber der Wohnungstür ist eine Zimmertür geöffnet. Das ist ihr Zimmer, das ich von drüben kenne. Zwei Stehlampen mit gelben Schirmen erleuchten es. Sie sitzt auf ihrem Schemel vor dem Spiegel und ist ganz mit sich selbst beschäftigt, mit dem perfekten Herrichten, dem Entfernen und Hinzufügen von entscheidenden Details, mit der Fertigung einer verführenden Täuschung. Die sie gar nicht nötig hätte. Mia, schöne Mia!

Ich trete hinter sie und sie schlägt ihren Blick im Spiegel zu mir auf, um mich anzulächeln. Sie steht auf, umarmt mich und gibt mir einen Kuss auf die Wange. Hoffentlich hat sie bei der Umarmung meine Halberektion nicht gespürt. Wundervoll sieht sie aus. Sie trägt ein Kostüm aus brauner Strickwolle, eng, aus einem Rock und einer Jacke bestehend, braune hohe Lederstiefel, ihre Haare hat sie hinten zusammengebunden. Sie ergießen sich hinter dem Gummiband wie ein dunkler Wasserstrahl über ihren Rücken. Und sie riecht wieder so gut, nach Wasserlilien. Gott, gib ihr die Einsicht, die klare Einsicht, dass wir ein perfektes Paar wären, dass wir zusammengehören, dass ich für sie gemacht bin und sie für mich. Sie setzt sich wieder und schminkt sich weiter. Dass Frauen kein Problem damit haben, Männer bei ihren Täuschungsmanövern zuschauen zu lassen, lässt darauf schließen, dass ihnen diese Täuschung nicht im Mindesten peinlich ist. Es ist ein völlig unbewusster, selbstverständlicher Akt geworden. Ein Automatismus. »Wie geht's dir denn, was machst du zurzeit?«, fragt sie.

Ich erzähle ihr ein wenig von mir: von meinen Eltern, von meiner Entscheidung mit der Kunsthochschule und der Idee, der meistfotografierte Privatmensch werden zu wollen.

Ihr gefällt die Idee, aber auch sie begreift nicht, was ich damit anfangen könnte. »Leben kannst du davon nicht, oder wie willst du das vermarkten?«

»Ich will es nicht vermarkten, dann ist es nicht mehr schön. Eigentlich brauche ich einen Mäzen. Am liebsten hätte ich eine Mäzenin. Eine schöne Mäzenin.«

Sie dreht sich um und schaut mich an.

»Du hast sie schon«, sagt sie. »Komm, lass uns was essen gehen. Ich habe Hunger.«

Wir verlassen ihre Wohnung und gehen durch die nächtliche Schanze. Die Straßen sind voll. Eine weitere große Nacht der Überflüssigen spült durch das Tor zur Welt. Sie führt mich zu einem kleinen Restaurant in einer Seitenstraße. Ein französisches Spezialitätenrestaurant. Wir bekommen einen Tisch in der Ecke des Gastraums. Ich vermute, dass sie reserviert hat oder man sie hier kennt. Der Laden ist ansonsten gut gefüllt. Während des Essens machen wir, wenn man so will, einen gegenseitigen Check. Wir gleichen die Interessen ab. Sie ist belesen, hat Humor und mag meinen, und ihr Lachen bezaubert mich.

Das Schönste an einer Frau ist ihr Lachen. Wenn das Lachen nicht stimmt, ist der schönste Hintern für den Arsch. Ich schaffe es oft, sie zum Lachen zu bringen. Sie hält sich mit dem Trinken zurück, ich lasse die Zügel schießen. Ich möchte wirken, will locker sein und originell. Sie stört sich nicht an meinem Trinkverhalten. Nach dem Essen beschließen wir, in die Nacht zu starten, sie bestellt die Rechnung und bezahlt für uns beide. Ich danke ihr und innerlich Gott. Für diese Frau und den Stand der Dinge.

Ich nehme sie mit in eine meiner Lieblingskneipen in Eimsbüttel, eine kleine Cocktailbar in einem Kellerraum. Ein brutaler Hippie mixt hier die besten Drinks, die ich kenne. Jetzt kann sie nicht mehr vorbei am Alkohol. Wenn sie erst mal eins der großen Gläser vor sich stehen hat, begonnen hat davon zu trinken, dann ist die Tür aufgestoßen. Sie trinkt, und die Wirkung zieht nicht an ihr vorüber. Sie wird ausgelassener, unkontrollierter, raucht viel, und wenn sie spricht, schauen ihre Augen nach innen. Aber was sie mir erzählt, ist, obwohl sie es intelligent formuliert, auf eine komische Weise undurchschaubar. Es hat keine Tiefe.

Ich kann sie in ihren Worten nicht erkennen. Ich spüre ihr Inneres nicht. Ihre Ängste, ihre Schwächen, alles bleibt verborgen. Nach zwei großen Longdrinks gehen wir. Jetzt ist sie es wieder, die mich in den nächsten Laden führt. Wir gehen nach St. Pauli. Ich habe uns zwei Flaschen Bier für den Weg besorgt. Am Himmel über uns sehe ich die Sterne und die Sichel des Mondes hell leuchten. Ich knabbere an meinem rechten Daumennagel, tu so, als ob ich ihn abbeißen würde. Sie schaut mich an. Ich mache eine Spuckbewegung nach oben und zeige mit der Hand in einer schenkenden Geste hinauf. Ihr Blick hebt sich, und sie sieht meinen Fingernagel zwischen den Sternen kleben. »Für dich«, sage ich. Sie lacht und ist ein wenig gerührt.

Wir laufen die Hein-Hoyer-Straße Richtung Kiez. An dieser Ecke ist es dunkel und ruhig. Ich bleibe stehen, sie ebenfalls, und ich drehe mich zu ihr. Ich lege ihr die Hände auf die Hüften und nähere mich langsam ihrem Gesicht. Sie tut gar nichts. Ich berühre ihre Lippen mit den meinen, sehr vorsichtig und langsam. Ich fahre mit meinem trockenen Mund über ihre Gesichtshaut, ihre Nasenflügel, ihre Augen und zurück zu ihrem Mund, ich öffne die Lippen und gleite mit meiner Zungenspitze über die ihren. Langsam reagiert sie, wir küssen uns, richtiger: ich küsse sie, sie lässt es mit sich geschehen. Unsere Gesichter trennen sich wieder, sie blickt zu Boden, dann kurz in meine Augen. Wir gehen weiter, in mir dreht sich alles. Was war das eben? War das ein Kuss oder eine Zurückweisung? Ist sie so sensibel und vorsichtig, oder wagt sie nicht, mir zu sagen, dass sie mich nicht will?

Ich bin aufgewühlt, kann sie aber nicht darauf ansprechen, weil ich mich vor der Antwort fürchte. Ich frage sie, ob wir nicht zu mir gehen wollen, würde lieber Musik hören und mich mit ihr unterhalten als in der nächsten lauten Kneipe rumzustehen. Unerwartet willigt sie sofort ein. Ihre Antwort wirkt so, als ob es den Kuss eben gar nicht gegeben hätte.

Vorsichtshalber hatte ich im Vorhinein noch Wein besorgt, und ein paar Kerzen, es fehlt an nichts. Als wir bei mir sind, landen wir erst mal in der Küche.

Sie schaut auf ihr Fenster hinab, dann lächelt sie mich an.

»Ganz gute Aussicht hier, Bruno.«

»Mia, ich muss dir etwas sagen. Ich heiße gar nicht Bruno, das ist der Name meines Freundes. Er hat ihn auf den Zettel geschrieben, als Gag, um mich zu verarschen.«

»Ich heiße auch nicht Mia, aber der Name gefällt mir besser als mein echter, Bruno.« Sie lächelt weiter.

Ich muss lachen. Für sie bin ich Bruno, verdammt, ich will nicht Bruno sein. Sie hat mich noch nicht mal gefragt, wie ich wirklich heiße. Ich lege eine Henry-Mancini-Platte auf und führe sie durch meine kleine Wohnung, nachdem ich ein paar Kerzen entzündet habe. Dies ist der Moment, auf den ich schon sehr lange gewartet habe. Sie, die Frau der Frauen, ist hier bei mir, in meiner Wohnung und nicht, um sofort wieder zu gehen, sondern entspannt, mit einem Glas Wein in der Hand und der Frage nach der Musik auf den Lippen. Wir setzen uns auf mein Bett, über das ich eine dunkelrote Tagesdecke geworfen habe. Ich zeige ihr ein paar Bilder von mir, wir rauchen. Ich strecke die Hand nach ihr aus, fahre zärtlich über ihr Gesicht, ziehe ihren Hals langsam in meine Richtung. Sie schließt die Augen, öffnet ihren Mund und nähert sich mir. Ich küsse sie erneut und mit aller Zärtlichkeit, die ich habe. Ich versuche, diesen Kuss zu inszenieren, in seiner Impulsivität zu steigern, sie zu erregen und ihr Wildheit zu entlocken. Sie aber rührt sich kaum. Irgendwann öffnet sie ihr Hemd und streift es ab. Ihr schwarzer Spitzen-BH hält ihre Brüste straff umschlossen, die schönsten Brüste der Welt. Ich öffne ihren BH mit einem Handgriff und beginne nun ihre nackten Brustwarzen zu stimulieren, sie bleibt dabei fast völlig still. Schließlich öffnet sie ihren Rock, streift ihn ab, trägt darunter nichts. Mich durchfährt ein wildes Pochen. Sie hat die Schlüpfer vorsätzlich weggelassen, also will sie es auch. Sie legt sich vor mir auf den Rücken und spreizt die Beine. Dort liegt sie, die schönste Frau, die ich kenne, die Vollendete, der Schlüssel zu meinem Schloss, sie, die mein Urmuster ausfüllt. Ich sehe sie still an. Ich spüre nichts in mir, nichts. Ich habe keine Erektion, mein Begehren versiegt in kurzer Zeit. Als ob ich ausgelaufen wäre wie ein umgestürztes Glas.

Warum? Warum kann ich sie nicht wollen? Sie bietet mir alles, ich bräuchte es nur zu nehmen. Ich kann nicht. Ich spüre keine Liebe von ihr zu mir. Ich spüre noch nicht mal eine Verbundenheit. Ich spüre einfach nichts. Das ist zum Heulen. Gott, warum musst du es so kompliziert machen? Kann ich nicht wenigstens aus reinem Trieb mit ihr schlafen? Nicht um der Liebe willen, nur aus reiner Geilheit heraus? Es geht nicht, denn sie will mich nicht. Warum sie hier nackt vor mir liegt? Keine Ahnung. Ich lege mich neben sie. Meine Hand gleitet über ihren Bauch, ihre braune weiche Haut. Ich küsse sie auf die Wange. Bin so traurig.

»Ist denn da gar nichts?«, frage ich sie.

»Ich mag dich«, sagt sie, »reicht dir das nicht?«

»Ich kann nicht mit dir schlafen, wenn du mich nicht wirklich willst.«

»Ich wollte dir ein Geschenk machen. Aber ich kann mich nicht dazu zwingen, dich zu wollen. Entweder es ist da, oder es ist nicht da.«

Sie hat es gesagt, es ist raus. Ich habe es geahnt. Es ist nichts da.

»Hast du einen Freund? Ist dein Herz vergeben?«

»Nein, ich habe niemanden und will auch niemanden.« Sie richtet sich auf, zieht sich langsam an. Meine Chance vergeht. Der große Moment zieht vorüber. Es hätte die Einlösung eines Lebenstraumes sein sollen, jetzt wird es das Gegenteil.

»Ich für meinen Teil bin in dich verliebt. Schon lange«, sage ich.

»Ich weiß. Und ich mag dich auch. Aber mehr kann ich dir nicht geben.«

Sie knöpft sich die Bluse zu, kommt zum Bett, beugt sich zu mir und gibt mir einen langen Kuss auf den Mund. Einen zärtlichen Kuss, aber ohne Zunge. Dann stößt sie mich mit der Hand sanft zurück und geht wortlos.

Verdammt, verdammt, verdammt, verdammt, verdammt.

Ich trinke den Rest des Weins auf ex, lege mich auf den Rücken und heule still vor mich hin, bis ich einschlafe.

32

Auf einem sanften Hügel in einem Wald ist eine Lichtung. Die Bäume umranken diese Lichtung wie ein unendliches, dunkles, rauschendes Meer bis zum Horizont. Oben auf dem Hügel steht ein alter, schwarzer, fast kahler Apfelbaum. Er trägt keine Blätter, keine Früchte, nur trockene Äste und Dornen, die über den ganzen Stamm verteilt sind. Ganz oben, an der äußersten Astspitze, hängt ein einziger, tiefroter, glühender Apfel. Ich klettere den Baum hinauf. Es ist sehr schwer voranzukommen. Die Dornen reißen mir die Kleidung und die Haut auf. Als ich schließlich nach einer Ewigkeit bei dem Apfel ankomme, bin ich dreckig, blute, und meine Kleidung ist total zerrissen. Ich pflücke den glühenden Apfel und beiße voller Vorfreude und Heißhunger hinein. Der Bissen schmeckt bitter und fade, und ich spucke ihn sofort aus. Ich will wieder herunterklettern, aber ich sehe, dass unten vor dem Baum ein Bär wartet. Ein Bär mit langen schwarzen Haaren. Ich kann nicht mehr herunter, bleibe mit dem Apfel auf dem Baum sitzen. Er ist alles, was ich habe.

Ich erwache. Mia. Alles tut mir weh, in meinem Brustkorb, in meinen Eingeweiden, in meinem Schädelkasten. Schmerz. Ich muss sie loswerden. Ich muss sie mir austreiben. Ich werde sie vergessen. Was ich von nun an tue, dient dem Zweck, sie zu vergessen.

Und wenn ich es weiter versuchte? Ich könnte sie so mit Liebe umgarnen, dass sie schließlich einsehen müsste, dass sie nie etwas Besseres bekommen könnte als mich. Schließlich bin ich nicht nur attraktiv und einmalig, ich bin ja auch der Fürst der Überflüssigen, zwar völlig ohne Einfluss, aber mit einer gewaltigen Bruderschaft.

Doch es hat keinen Sinn. Der Kater kaut auf meinen Synapsen, ihre Enden sind schon ganz fusselig. Ich gehe in die Stadt.

Am Sonntag ist Eventtag. Ich lebe in einer Eventstadt, in der die Gesellschaft des Spektakels sich durch eine Massierung von Events in den nationalen Vordergrund zu spielen versucht, vorbei an der Messestadt Hannover, vorbei natürlich an der Hauptstadt und vorbei an dem Moloch München mit seinem verdammten Oktoberfest. Man möchte auch hier eine permanente Volksfeststimmung haben. Ständig ist unter irgendeinem Vorwand irgendetwas los. Es bedarf nur einer minimalen Idee, die an die große Glocke gehängt wird, und die Massen strömen dumpf und ergeben herbei, staunen auf Bestellung, glauben und genießen, bewundern, verehren und bejahen. Natürlich ströme ich mit. Hier gibt es viele Gesichter umsonst und bestimmt viele Fotogruppen. Und es gibt Ablenkung.

Vorsichtig lasse ich mich Richtung City treiben, per pedes, weit außen. Ich will nicht in das schlagende Herz der Menge geraten. Dort kriege ich Panik. Ich will vom Rande aus zuschauen, ich will die Einzelnen beim Dabeisein sehen. Ich will in der Menge die eine vergessen.

In der Innenstadt haben sich flockige Pulks von Claqueuren gebildet, die auf ein Ereignis warten. Heute ist Innenstadtmarathon, wie ich bald herausbekommen habe. Die Menschen sind von weither angereist. Ich stehe am Rathausplatz und höre, wie neben mir eine ältere Frau in willkürfarbener Fliegerseide zu ihrem ähnlich gekleideten Mann sagt: »Du, guck mal, da der Bus!« Ich sehe einen großen Bus vor mir, an dem ich beim besten Willen nichts Spektakuläres entdecken kann. Ich untersuche und mustere ihn genau. Der Mann schaut auch hin, will aber nichts sagen, weil ihm das Entdeckte zu langweilig vorkommt. Als er nicht reagiert, stößt sie ihn mit dem Ellenbogen an: »Du, da der Bus, guck mal!«

Er schaut erneut hin und stößt schließlich ein gequältes »Ja« hervor, worauf sie ihren Blick von ihm und dem Bus abwendet und zufrieden ist.

Sie hat den Bus angeguckt, er hat auch den Bus angeguckt, das findet sie schön. Ich bin ebenfalls sehr zufrieden, diesen gelungenen Dialog aufgeschnappt zu haben. So etwas könnte ich mir tagelang anhören. Während ich langsam weitergehe, lasse ich das schöne Gespräch eine Zeit lang in meinem Kopf verweilen. Bis es wieder verdrängt wird. Mia.

Entlang der großen Einkaufsstraße sind Gitter aufgebaut, um die Massen vom Überqueren der Laufbahn abzuhalten. Tausende von Menschen säumen diesen Gitterpfad, gemaßregelt von gelbbehemdeten Helfern. Sie alle stehen bereit und warten. Schließlich kommen die Läufer. Gekleidet in schrille, teure Spezialkleidung laufen sie durch den Gitterpfad. Wenn die einen kommen, fangen die anderen an zu klatschen und zu johlen. Es geht nicht um die vorderen Plätze, um Geschwindigkeit oder Stil, es geht für beide Seiten ums Dabeisein. Wenn mal keine Läufer vorbeikommen, herrscht in den Zuschauerreihen Schweigen. Man hat sich nicht viel zu sagen. Die meisten Leute kennen sich nicht, man wartet auf ein Ereignis, in dem man wieder zusammen sein, eine Gruppe bilden, ein gemeinsames Geräusch erzeugen kann. Man zelebriert ein Minimum von Ereignis und tut so, als ob es ein Maximum wäre. Ich schaue mir das Ganze etwa eine halbe Stunde an und entschließe mich spontan, teilzunehmen.

Ich suche mir einen freien Platz am Absperrgitter und warte ebenfalls. Wenn einige Läufer nahen, stoße ich ein tiefes, lautes »ÖÖÖÖdijödiiiii!« aus und fuchtele mit dem einen Arm herum. Ich schaue mich um und stelle fest, dass ich niemandem aufgefallen bin. Das Gefühl gefällt mir, beim nächsten Läufer stoße ich wieder das »ÖÖÖÖdijödi« aus, setze aber noch einige rhythmische »Hey, Hey, Hey« dahinter und schaue mich diesmal direkt um. Ich setze einen aufmunternden Gesichtsausdruck auf und erzeuge dadurch Zuspruch. Man fällt mit ein in meinen Hey-Chor, bis der Läufer vorüber ist. Danach wird wieder geschwiegen. Ich bin erstaunt über dieses wunderbare System und beginne mit meiner Zelebration lautstark, sobald ich die nächste Gruppe entdecke. Die Umstehenden steigen nur zögerlich mit ein. Ich habe zu früh begonnen und bin zu euphorisch. Dennoch lassen sie sich von mir mitziehen. Ich steigere die Lautstärke und das Tempo, sehe mich diesmal gespielt begeistert um. Man skandiert gemeinsam, die Läufer sind vorbei, entschwinden langsam, aber ich lasse nicht nach, im Gegenteil: ich röhre enthusiastisch auf die leere Laufbahn. Die Stimmung schlägt um. Ich werde böse angestarrt, Widerwillen und Ekel sind den Leuten ins Gesicht geschrieben. Sie hassen mich dafür, dass sie einem Verrückten aufgesessen sind, dass sie mitgemacht haben bei einem, dessen Begeisterung gar nicht der Sache galt, nicht dem Event, bei einem, der nur provozieren wollte. Sie fühlen sich in die

Irre geführt, beschmutzt, ich heize sie weiter an, schaue begeistert in die Runde. Sie rücken von mir ab und suchen sich ein paar Meter weiter einen anderen Platz. Es ist ihnen einfach zu peinlich.

Sosehr ich mich auch anstrenge, ich kann die Menschen einfach nicht verstehen. Ich klappe in mich zusammen. Fotos kann ich heute keine machen. Was gäbe ich für ein Bild ab in den Wohnzimmern der Reisenden aller Herren Länder.

Schau dir mal den Trauerkloß dahinten an. Was ist denn mit dem los? Der heult ja auf allen Fotos direkt in die Linse.

Ja sonderbar. Und ganz dunkle Ringe hat der unter den Augen, kennst du den?

Nee, wirklich, hab ich noch nie gesehen.

Hm, also irgendwie kommt mir das komisch vor. Vielleicht hast du ja was mit dem, der guckt dich die ganze Zeit an!

Mit dem Rumhänger soll ich was haben? Außerdem hab ich die Fotos gar nicht gemacht, die hast du gemacht!

Was, ich? Also so jemanden würde ich doch niemals fotografieren.

Ich löse mich langsam aus dem Strom der Massen, dem großen gleichschwingenden Volkskörper, zu dem ich augenscheinlich nicht gehöre. Ich höre aus der Ferne eine Stimme rufen. Es ist die ruhige, heilsbringende Stimme des ehemaligen Bundeswehrmajors Jörg Draeger.

Mia, Mia, es ist alles erlaubt, um dich zu vergessen. Alles.

Auf dem Anrufbeantworter ist eine Nachricht. Es ist Bruno.

»Hi, Sonntag, tut mir leid, dass ich mich so lange nicht gemeldet habe, war alles zu viel gerade. Naja, wie du siehst, bin ich nicht mehr da. Ich bin nach Berlin gezogen mit Mella. Sie sagt, da wäre es für sie viel besser mit der Arbeit und so. Naja, also ich hatte nicht viel Zeit, dich noch mal zu sehen, tut mir leid. Ich komm bald mal vorbei, und die letzten acht Monate Miete, die zahl ich dir natürlich dann, is ja klar. Also bis bald, mein Schieter, bis bald, ciao.«

Hab ja schon geahnt, dass ihm nichts passiert ist. Schade, dass du weg bist, alter Freund. Ich könnte dich gebrauchen in dieser Phase meiner Leere.

Wochen schleppe ich Mia mit mir herum, versuche alles, um sie zu vergessen. Ich meide das Küchenfenster und gehe einen großen Bogen um die Haustür. Es hilft nichts, mir zu sagen, dass sie sowieso nicht zu mir gepasst hätte. Es hilft nichts, mich daran zu erinnern, dass mir die Unterhaltung mit ihr irgendwie hohl vorkam und ich eigentlich damals selber an ihr gezweifelt habe. Was zählt, ist das Zurückgewiesen-worden-sein. Nicht erfahren zu haben, wie es wirklich mit ihr hätte sein können. Was zählt, ist der drängende Wunsch nach einer erfüllenden körperlichen Vereinigung mit ihr, denn eine Schönere als Mia werde ich nie finden. Andere wollen von mir, dass ich mich auf sie einlasse, Mia nicht, und deshalb, weil sie mir nicht zu nahe kommen kann, klammere ich mich ausgerechnet an sie. Ich kann nur die wollen, die ich nicht kriegen kann. Was ich haben will, das krieg ich nicht, und was ich kriegen kann, das gefällt mir nicht. Ich könnte mich bei Nadja melden oder bei Tina. Aber ich will keine Bedürftigkeit spüren. Ich will mich nicht einfangen lassen. Ich will erobern.

So drehe ich mich um meine eigene, kleine Achse, immer im Kreis um das verdammte Wort ICH herum. Ich und die Frauen, ich und die Männer, ich und die Einsamkeit, ich und die Welt, ich und das Leben und ich und der Tod, ich und ich.

Ich, ich, ich.

Wir sind alle gleich.

33

Ich arbeite viel nachts. Ich mache drei Schichten die Woche, manchmal vier. Wiener Kalle setzt mich unentwegt ein, weil ich ein zuverlässiger Barmann bin und Leute anziehe. Zumindest einige Frauen kommen nur meinetwegen. Bilde ich mir ein. Ich verdiene ganz gutes Geld, kriege viel Tip, weil ich sehr gut einschenke und bei den Gästen beliebt bin.

Dadurch, dass ich so oft hier stehe, vergeht mir langsam die Trinkerei. Man kann nicht immer mit den Gästen mithalten, das nimmt einem die Lust am Rausch. Die ersten Wochen halte ich das noch aus und lasse mich gerne von denen einladen, denen ich eben gerade nen Drink spendiert habe. Auf diese Art kriege ich ne ganze Menge ausgegeben. Von mir.

Am Ende des Abends bleibt meistens eine tolle Frau stehen und wartet auf mich. Ich habe die, die mir am besten gefallen, über den Abend großzügig mit Alkohol bewirtet und sie mir auf diese Weise tresentreu gemacht. Ich schenke so gut ein, bis sie sich mich schöngesoffen haben. Ich lächle sie an, mache charmante Bemerkungen und bin zwischendurch auch mal für ein kurzes Gespräch zu haben. Diese Form von Unverbindlichkeit wirkt attraktiv. Einige können dem nicht widerstehen. Na bestens. Ich gehe mit verschiedenen Frauen nach Hause. Fast jedes Mal ist es eine andere. Manchmal bleibt mir auch eine für mehrere Male, aber ich bin froh, wenn das Karussell sich weiterdreht.

Während es am Anfang noch gelegentlich zu ausgeführten sexuellen Handlungen kommt, lässt die Lust darauf mit der Zeit immer mehr nach. Diese Auswechselbarkeit macht mich benommen, manchmal, unter einer warmen Bettdecke mit dem Licht der ersten Frühlingssonne hinter den ständig wechselnden Vorhängen, weiß ich nicht mehr genau, wessen Busen ich gerade küsse und wessen Stöhnen ich erzeuge, und ich muss mich durch einen kurzen unauffälligen Blick nach oben auf den Stand der Dinge bringen. Dort liegt eine mir fremde Person, hier liege ich als Fremder. Hoffnungen und Wünsche prallen aufeinander, einsame, verborgene Gedanken in unseren Köpfen über den jeweils anderen, der sich an unseren Körpern zu schaffen macht. *Was macht der andere da eigentlich mit meinem Körper? Gefällt mir das? Er kennt mich ja gar nicht. Sie weiß nicht, was ich will. Er strengt sich an. Sie gibt sich Mühe. Ich muss mich einlassen. Ich kann mich nicht gehen lassen. Was macht er denn jetzt? Die macht aber komische Geräusche. Er muss vorsichtiger sein. Spielt sie mir etwas vor?*

Ist das Liebe? Ist das Sex? Oder ist das nur Verzweiflung?

Es ist die Vorbereitung auf das Treffen mit jemandem, mit dem man das Spiel des Lebens spielen kann. Es ist der große finale Testlauf, in dem gecheckt wird, welche Partner gemeinsam das Spiel bestreiten können. Je mehr mir das bewusst wird, desto alberner komme ich mir in meinem Gebaren vor. Desto mehr komme ich mir wie ein Rennschwein vor oder wie ein Testaffe. Wie eine Spielfigur in einer absurden Komödie. Der Komödie der Gene. Ich als riesige tumbe Fleischmarionette an den aus Sehnen bestehenden Fäden meiner wahren Meister und Beherrscher, die Millionen Mal kleiner als ich sind und Millionen Mal stärker, meine verdammten Gene. Gene Genius.

Ich kann und will das alles immer weniger sein. Ich bin der Geist in der Marionette und will loskommen von den Fäden. Von der Abhängigkeit. Von den Stoffen, mit denen sie mich lenken. Ich werde entziehen, das Leben entziehen, bis ich diese grausame Sucht los bin. Eines Morgens um fünf Uhr komme ich mit einer jungen Frau in meine Wohnung, in meine aufgeräumte, warme und gut riechende Wohnung. Sie, die Fremde, ist ziemlich betrunken. Ich weniger. Wir waren die letzten im Foolsbüttel. Auf dem Weg nach Hause hakte sie sich bei mir unter, und wir unterhielten uns lachend. Sie gefällt mir sehr. Lustvoll schleudert sie jetzt ihren Mantel über meinen Schreibtisch, tanzt zum Bett und lässt sich rücklings darauf fallen, sodass sich ihre lockigen Haare zu einem Strahlenkranz um ihren Kopf legen. Ich trete zu ihr und bemerke, wie schön sie ist, dort ausgestreckt, mit ihrem hellen, sommersprossigen Gesicht, den lustigen Augen und den vollen Lippen. Sie breitet die Arme aus, bereit, mich zu sich zu nehmen.

Ich möchte mich zu ihr legen, aber ich kann nicht, ich kann einfach nicht, ich muss stehen bleiben. Ich kann es ihr auch nicht erklären, ich stehe einfach nur vor ihr und schäme mich dafür, dass das alles ist, was ich ihr geben kann. Irgendwann steht sie auf, schnappt sich ihre Sachen und geht beleidigt. Was muss ich in ihren Augen für ein Idiot sein? Ich laufe ziellos durch die Wohnung, mein Magen grummelt. Ich gehe aufs Klo und bleibe dort lange sitzen. Als ich in die Schüssel schaue, bemerke ich, dass ich nicht viel losgeworden bin, nur ein kleines Fischgerippe liegt dort. Der Kopf ist noch dran und auch der Schwanz. Die Gräten eines kompletten, kleinen, verdauten Fisches. Bist du es, mein Begleiter? Wieso tauchst du erst jetzt auf?

Wie lange hast du noch in mir gelebt? Du musst es sein. Es tut mir leid.

Ich trinke überhaupt nicht mehr während der Arbeit. Ich schenke auch nicht mehr so viel ein, dass es einsame Frauen als Angebot verstehen könnten. Und schließlich gehe ich immer öfter alleine nach Hause. Mit wachsender Klarheit. Mit schwindender Angst. Binde mir den nach Qualm stinkenden Schlips vom Hals, lasse den Filzanzug auf das Sofa fallen und schaue mich im halbblinden Spiegel nackt an. Ein dünner Mann, eine lebende Kreatur, bestehend aus der Produktpalette von Lidl, ein rausgebrochener Zacken aus der Krone der Schöpfung. Ich bin gut aussehend und einsam, meistens traurig und manchmal glücklich, und ich habe ein Ziel im Leben gefunden: den nächsten Tag.

34

Es ist Sonntag, der erste Mai. Mein Geburtstag. Und mein Namenstag. Ich gehe über das Heiligengeistfeld. Heute wird Berlin brennen. Ich bin in Hamburg. Hamburg liegt unter Wasser. Es ist Mittag. Die Sonne hat die Wasseroberfläche durchbrochen und spiegelt sich auf dem Meeresgrund hier unten in zerbrochenen Scherben, auf dem Teer und in den Blättern der Bäume. Eine warme Strömung weht von Westen her durch die Stadt und die Häuser, durch die Straßen und meine Haare. Der Dom ist zu Ende, die Schausteller haben abgebaut, das Feld ist groß und leer, nur einige wenige Passanten kreuzen es.

Auf einem Pfahl bei den Müllcontainern zu meiner Rechten sitzt ein Mann mit einer Tüte und stiert in den blauen Himmel. Ich gehe langsam über die Fläche. Ich weiß nicht, wo ich hin will, lasse mich treiben. Ich werde einen Abstecher an den Hafen machen und mir die Schiffe anschauen. Weit vor mir am anderen Ende des Feldes sehe ich eine Person auf mich zukommen. Sie geht zügig. Es ist eine Frau, ganz in Schwarz gekleidet. Ich denke an Bruno, daran, ob er wohl heute am Feuer tanzen wird, daran, dass er wie üblich am nächsten Morgen auf einer Polizeistation aufwachen wird. Ich denke an meine Eltern und an Thea und an das tote Cloppenburg. Meine Schritte sind langsam, ab und zu hebe ich den Kopf. Die Frau kommt in meine Richtung gelaufen. Sie hat lange schwarze Haare, die der Wind ihr ins Gesicht weht. Ich kann ihre Schritte hören, und als sie sich die Strähnen mit der Hand aus dem Gesicht fegt, sehe ich ihre Augen. Sie schaut mich freundlich an, und es durchfährt mich wie ein Blitz. Ich kenne sie. Wer ist sie? Ich kenne sie! Als wir auf einer Höhe sind, verlangsamt sie ihre Schritte kurz und lächelt. Ich bin verunsichert, kann sie nicht einordnen. Sie geht an mir vorbei und ihre Schritte entfernen sich wieder. Verdammt, wer ist sie? In meinem Kopf überschlagen sich die Bilder, die schwarzen Haare, das Schiff, das Meer, die Wellen, der Bär unter dem Baum. Sie ist es, die Frau aus meinen Träumen, sie, mit der ich schon seit Monaten aufwache. Ich kenne ihren Namen nicht, mir fällt keine Begebenheit mit ihr ein, ich weiß nur: wir kennen uns. Und ich habe sie an mir vorüberlaufen lassen. Und sie ging vorbei und weiter. Ich drehe mich um und sehe sie von hinten, vielleicht fünfzig Meter von mir entfernt. Ich gehe ihr hinterher. Ihr Gang ist bestimmt, entschieden, voller Leben. Ich beginne zu laufen, komme ihr näher. Sie ist es. Ich strecke meinen Arm aus und lege ihn auf ihre Schulter. Sie dreht sich um, erkennt mich und lächelt mich an.

Und damit fängt die Geschichte an.